吞噬星空

典藏版 6

我吃西红柿 著

ARTTIME 时代出版
时代出版传媒股份有限公司
安徽文艺出版社

图书在版编目（CIP）数据

吞噬星空：典藏版. 6 / 我吃西红柿著. — 合肥：
安徽文艺出版社, 2020.12（2025.6重印）
ISBN 978-7-5396-6995-3

Ⅰ. ①吞… Ⅱ. ①我… Ⅲ. ①长篇小说—中国—当代
Ⅳ. ①I247.5

中国版本图书馆CIP数据核字(2020)第115181号

TUNSHI XINGKONG DIANCANG BAN 6

吞噬星空 典藏版6

我吃西红柿 著

出 版 人：姚 巍
责任编辑：周 康 秦 雯
装帧设计：周艳芳

出版发行：安徽文艺出版社 www.awpub.com
地 址：合肥市翡翠路1118号 邮政编码：230071
营 销 部：(0551)63533889
印 制：湖南天闻新华印务有限公司 电话：(0731)88387856

开本：710 mm × 1000 mm 1/16 印张：18 字数：290千字
版次：2020年12月第1版
印次：2025年6月第12次印刷
定价：32.00元

目录

CONTENTS

第245章

B6级激光炮

会议厅中的人瞬间蒙了，现场鸦雀无声。在地球上，直到现在都没有任何一个人敢说有把握击杀吞噬兽，连拥有领域的洪和雷神都只是说拼死击杀吞噬兽。

“罗峰！”洪定定地看着罗峰，“你，你说什么？”

“我没听清。”旁边的雷神也定定地看着罗峰，“你再说一遍！”

“罗峰，你刚才说什么？”旁边的贾谊连忙抓住罗峰，激动得声音有些颤抖。

“罗峰。”

各国领导人和议员强者都紧紧地盯着罗峰，仿佛一群即将溺亡的人陡然看到了一艘朝他们行驶而来的轮船。

不少人都揉了揉耳朵，担心是自己听错了。有的人甚至询问身旁的人，罗峰是不是真的说了这句话。

紧张、激动、忐忑……

会议厅中的人心情很复杂。

“我说……”罗峰深吸一口气，看向周围的人，“我有把握击杀吞噬兽！”

“你真有把握？”

“罗峰，你，你靠什么击杀吞噬兽？”

“罗峰，你没有骗我们？”

周围的人纷纷问道。

“安静！”洪高声喊道。

会议厅中的人渐渐安静下来。

洪朗声说道："我来问罗峰，大家都冷静点。"

在场的人都是地球上的精英，因为此事牵扯到整个国家，乃至地球上全人类的存亡，所以一个个才那么失态。听洪这么一说，他们顿时都冷静下来。

"罗峰。"洪看向罗峰，眼中满是疑惑。

罗峰看着洪，淡淡地道："馆主，问吧。"

"你用什么击杀吞噬兽？你别跟我说，你打算拼死一战。"

"各位，"罗峰环顾众人，"上一次，我向馆主索要了一份记录着地球各大古文明遗迹资料的文件。"

"我能证明确有此事。"洪微微点头。

那份资料的确是他给罗峰的。

"吞噬兽出现了，我也很着急。我想来想去，认为在古文明遗迹中或许能找到拯救地球的希望。"罗峰郑重地道，"地球上有众多遗迹，各国几乎都寻找过，现在只剩下三大绝境。"

"三大绝境！"不少人惊呼出声。

他们都清楚，那三大绝境是何等危险。

"1号、12号、31号这三大古文明遗迹中，你去了哪一个？"洪忍不住问道。

"1号古文明遗迹的海底银白色金字塔和31号古文明遗迹的毒气源地，我根本无法进入。"罗峰摇摇头，又道，"我去的是第12号古文明遗迹，那是一艘黑色的飞船。"

会议厅中的不少人都点点头。

知道12号古文明遗迹的人不在少数，可是各国的人都在12号古文明遗迹中吃了亏。

"那艘飞船能够持续供应激光通道的能量，我当时就认定那艘飞船不会损坏得太严重，事实果然如此。"罗峰说着，眼睛一亮，"我进入其中后，发现里面有些武器虽然损坏了，但是其中最厉害的一件单体攻击兵器激光炮近乎完好。我在飞船内得到了维修机器人，正在维修那些损坏的武器，相信现在那些武器差不多能使用了。”

“激光炮？！那能有多厉害？”有人表示怀疑。

“你不懂就别乱说。”一名老者训斥道，而后紧紧地盯着罗峰，“你得到的激光炮是什么级别的？”

罗峰微微一怔。

他的识海中响起了巴巴塔的声音。

“告诉他，是B6级的！”

“B6级。”罗峰回道。

“天哪，B6级的激光炮！人类有救了！人类有救了！”老者很激动。

旁边有议员强者问道：“布雷肯里奇先生，这B6级激光炮的威力到底多大？”

“各位，”布雷肯里奇环顾四周，高声说道，“不少人都知道，我们地球上现在能击杀王级怪兽的激光炮，就是把在古文明遗迹中发现的破损激光炮拆卸下来后，仔细研究，才制造出来的。”

“当时，我得到了一份资料，得知了宇宙中关于激光炮威力的级别划分方式。”布雷肯里奇缓缓说道，“翻译成地球语言，就是分成A、B、C三大级别。比如A1级激光炮，可以击杀普通的行星级一阶武者；A2级激光炮，可以击杀普通的行星级二阶武者。依此类推，A9级激光炮，可以击杀行星级九阶武者。而B级激光炮在宇宙中也是很珍贵的，B1级激光炮可击杀普通的恒星级一阶武者。依此类推，B6级激光炮能够击杀普通的恒星级六阶武者。根据资料记载，当时的星际舰队都没有这种单兵武器。”

顿时，会议厅沸腾了。

“哈哈！有希望了！有希望了！”

“感谢老天，人类不会灭亡了！”

在场不少人都很兴奋。

“罗峰，”洪看着罗峰，微微一笑，“谢谢！”

“馆主……”罗峰刚要开口。

“不用喊我馆主，若是看得起我，就和雷一样，叫我一声洪哥。”洪笑道。

他很感激罗峰。

即便他愿意和吞噬兽拼死一战，他也只有两三成把握。如果能保住自己的性命，又能杀了吞噬兽，谁还愿意去送死呢？

“洪哥。”罗峰喊道。

“哈哈！好！我很久没有这么高兴了。”洪朗声笑道。

旁边的雷神也笑了。

“对了，罗峰。”洪的表情陡然变得严肃，郑重地道，“据我所知，激光炮的速度达到了光速，那吞噬兽根本逃不了。可是，如果第一炮没有击杀吞噬兽，吞噬兽能瞬间逃到地底，并且会立即找到机会破坏激光炮，所以，我们只有一次击杀它的机会。”

罗峰闻言，心中一惊。

激光炮的速度的确很快，可是，射出一炮后，第二次攻击需要做准备工作。在准备的时间里，以那吞噬兽不可思议的速度，绝对能轻易逃掉。一旦逃掉，吞噬兽将不会给罗峰第二次机会。

“我明白。”罗峰点点头。

罗峰的意识离开虚拟空间，回归现实，已经是早晨六点多了。

窗外已经蒙蒙亮。

“黑夜过去了，天亮了。”

罗峰站在阳台上，呼出的热气落在玻璃窗上，令玻璃窗起雾了。

“罗峰，搞定了，搞定了。哈哈！我太厉害了！80多万年没有使用的激光炮，也就我能这么快搞定。”巴巴塔得意的笑声在罗峰的识海中响起。

罗峰脸上露出喜色，道：“武器呢？快拿出来给我看看。”

“别急。”在罗峰手腕的智能空间中，巴巴塔伸了个懒腰，“激光炮虽然是单兵武器，可是，那也是宇宙中的单兵武器，体积还是比较大的，需要6米长、6米宽、3米高的空间，你的阳台放不下。”

“这叫单兵武器？！”罗峰愕然。

“随便派出一个机器人或者武者，都能轻易将其扛起，当然是单兵武器。”

巴巴塔不满地道，“要知道，那种大型的战舰舰载武器，单单体积就比得上你们地球上的航空母舰了。”

罗峰嘿嘿一笑。

也对，行星上的武器和星空中的武器规格差别是很大的。

“罗峰，你根本搞不定这单兵武器，你不是有三个维修机器人吗，安排一个机器人给我。我给它设定程序，这种操作的事情交给机器人绝对没错，虽然机器人没有创造力，但是绝对不会犯一些低级错误。”巴巴塔说道。

罗峰当然同意。

很快，巴巴塔就将一个机器人直接收入储物空间中，进行一些程序设定。

“吞噬兽怎么还没从海底出来？”

洪、雷神、贾谊、罗峰等人聚集在罗峰家的天台上。此刻，太阳悬挂高空，已是中午12点多了。

“急什么，那吞噬兽永远不出来才好。”洪看了雷神一眼，笑道。

罗峰则看着眼前高大的黑色金属机器人，那是一个平放在地上的巨大仪器，6米长、6米宽、3米高，整体好像都是由水晶构造而成的。仪器里面的结构复杂，炮口的直径为5米。

“这一炮能击杀吞噬兽吗？”来自A国的默汉德森担心地道。

“放心。”罗峰信心满满，“别看那吞噬兽长达180米，可是它的脑袋也就20米长，直径5米的光柱射过去，能将它的整个脑袋爆掉，保证让它魂飞魄散。”

“嗯！爆掉它的脑袋。”默汉德森有些兴奋。

一群人在焦急地等待着。

唯有黑色金属机器人在那里一动不动，阳光照射在它的身上，几乎没有一丝反光。

第246章

射向太空的光柱

时间一分一秒过去。

下午一点，下午三点，下午五点……

当太阳快落山的时候——

“喂！”洪按动通信手表。

“馆主，吞噬兽刚刚从斯文斯岛周围的海域飞出了海面。”一道声音从通信手表中传了出来。

在场的12人一下子都激动起来。

几乎同时，其他人的通信手表都振动起来。

罗峰家的天台。

12个强者的目光落在了黑色金属机器人的身上。

“罗峰，你确定要让机器人操控B6级激光炮？”雷神忍不住问道。

“当然！不用机器人操控的话，谁又会使用B6级激光炮呢？”罗峰笑道。

其他人都笑了，可是都笑得有些勉强。

没办法，大家的心理压力非常大。一旦失败，人类可是会灭亡啊！

罗峰定定地看着金属机器人——

“行动！”罗峰下令。

“嘀！”

金属机器人由红色晶石构成的双眸陡然大亮，而后伸出了钢铁双臂，直接抓住巨大的激光炮。

“嗖！”机器人直接腾空而起。

夕阳西下，机器人抓着激光炮疾速飞行，迅速消失在天边。

罗峰等人都抬头看着。

“别看了，我们赶紧进屋，看卫星跟踪。”洪大声喊道。

顿时，其他人都接连进入罗峰家二楼的视听室。

“哗啦啦——”

海水微微起伏，C国时间是傍晚五点多，这里却是深夜。

今夜漆黑一片，没有月亮。

“呼！”

海域上空，一头全身漆黑如墨，有着被金色秘纹缠绕的尖角的巨大怪兽横空飞过，那一双布满黑色鳞片的翅膀挥动着，宛如一片黑影。

这正是令地球人惊恐的星空巨兽吞噬兽，即金角巨兽。

金角巨兽在疾速飞行的同时，暗金色双眸朝下方俯瞰，眸中满是杀气。

离金角巨兽上万公里处，太阳刚刚下山，天没有全黑。

一个3米高的机器人正轻松地抓着激光炮迅速飞行，离开C国陆地范围，进入海洋区域。它和金角巨兽不断接近。

Y城，罗峰家二楼视听室。

墙壁上，屏幕的左半边显示出金角巨兽疾速飞行的场景，右半边则显示出机器人抓着激光炮疾速飞行的场景。

“金属机器人的飞行速度为2109米/秒。”一道电子音回荡在视听室内，“金角巨兽的飞行速度为15219米/秒。”

视听室内，地球上的12个强者聚集于此。

“罗峰，这道解说的电子音是一个智能系统。”洪对罗峰低声说道。

“各位，庆贺的酒我已经准备好了。”雷神从酒柜内拿出酒杯，倒酒，“各位，我们就等着看那金角巨兽到底是怎么死的吧！”

“哈哈！庆贺的酒可得多准备一点。”

罗峰等人笑着说道。

大家都在笑，实际上却都紧张得很，只不过是故作轻松而已。

如此关键时刻，没人能够完全放松下来。

虽然机器人和金角巨兽相距一万多公里，但是金角巨兽在一秒钟就可飞行十几公里。

时间一分一秒过去。

视听室内的气氛越来越紧张。

“双方距离2100公里。”

“机器人已经停下来了。”那道电子音再次响起。

屏幕的左半边显示金角巨兽依旧在疾速飞行，直接朝C国的大陆方向飞来了，而屏幕的右半边显示机器人已经停下来了，悬浮在高空之中。

“激光炮有光！”

“已经启动了！”

罗峰等人都屏息看着。

机器人一手抓着B6级激光炮，另外一只手则灵活地操控，只见巨大的激光炮渐渐发出亮光，亮光沿着纹路迅速朝中央射去。

“激光炮准备一次需要50秒。”罗峰压低声音，解释道。

“嗯！”旁边的贾谊略显紧张，点点头，“激光炮是沿着直线攻击的，之前双方都是沿直线飞行的，必须距离近一点才好攻击，1000多公里的距离刚刚好。”

罗峰点点头。

激光炮可是宇宙中的兵器，虽然行星内部存在空气和灰尘形成的阻力，但是对激光炮几乎没有影响。

50秒过去了。

屏幕的右侧显示机器人操控的巨大激光炮的炮口有了动静。

“哧哧——”光芒在炮口闪烁着，令整个炮口极为耀眼。

“已经准备好了。”罗峰低声说道，“随时可以攻击。”

“差不多能发起攻击了。”雷神忍不住说道。

“没事，时间足够。”贾谊死死地盯着屏幕。

“快！快！快！”默汉德森喊道。

“行了，行了，能攻击了。”洪也低声说道。

所有人都处于紧张状态中。

在场的12人可都是地球上的精英，心理素质很强。可是，在这一刻，他们有些焦躁不安。

A国总指挥部。

“上帝，保佑你的孩子们吧！”A国总统的额头冒出了汗珠，他死死地盯着屏幕，默默地祈祷着。

旁边的将军和内阁大臣们都屏息以待。

C国总指挥部。

一号首长周老站得笔直，紧紧地盯着屏幕。他旁边的人没有一个人敢吭声。

E国、I国、R国、HR联盟等势力的领导人都屏息盯着屏幕，他们感觉到了前所未有的压力。

生存还是死亡?

一切即将揭晓。

机器人和金角巨兽之间的距离只有1200公里、1150公里、1100公里……

看着这一幕的人都紧张得很。

机器人的红色晶石双眸忽然大亮，一道信号直接输入激光炮中。

顿时，一道无比耀眼的白色光柱从激光炮的炮口射出。

刹那间，这道白色光柱就已经袭向1082公里外的目标——金角巨兽。

黑夜中。

海洋上空，金角巨兽的双翅处于微微上扬的状态，它正俯瞰下方的海域。

此刻，那道无比耀眼的白色光柱直接射穿了金角巨兽的头颅。

金角巨兽的脑袋瞬间只剩下嘴巴，鼻子上面的部分全部消失了。

白色的光柱射穿金角巨兽的脑袋后，继续往前射去，而后穿过大气层，直接射入了布满璀璨星辰的太空中。

画面在这一刻被定格。

视听室中。

屏幕的左半边显示着呈飞行姿态的金角巨兽，此时金角巨兽的头部只剩下一个嘴巴，其他部位都没有了，而屏幕的右半边显示着已经射入太空的耀眼光柱。

12人看到这一幕，眼睛瞪得滚圆。

“哈哈！成功了！成功了！”贾谊率先兴奋地跳起来，欢呼出声。

“哦！哦！哦！”默汉德森得意地扭动屁股。

“哈哈！成了！成了！”罗峰激动地大叫。

“来来来，赶紧干一杯，庆贺成功！”雷神朗声说道，同时拿起旁边的酒杯。

“太好了！”洪也是一脸兴奋之色。

此时，罗峰的识海中传来了巴巴塔兴奋的声音。

“罗峰，我很厉害吧！我早说过了，这可是能够击杀恒星级六阶武者的激光炮，用它来击杀金角巨兽，轻而易举啊！”巴巴塔得意扬扬。

……

全球各国瞬间都沸腾了。

“终于成功了！这场灾难终于要过去了！”罗峰兴奋地朝雷神走去。

“嗯？”

忽然，刚刚还很热闹的视听室一下子安静下来。

罗峰心中一凛，转头看向屏幕。

屏幕左侧的画面显示，金角巨兽的头部只剩下一个嘴巴，诡异的是，它仍旧悬浮着，而且一长一短的两根尖角悬浮在旁边。

两根尖角上的金色秘纹陡然发出耀眼的金光。

金角巨兽巨大的身体上，特别是颈部、背部有着金色秘纹的鳞片都亮了起来，这些金光迅速沿着秘纹直接射到双翅上。

转瞬间，那双翅膀变大了一倍，形状也略有变化。

“嗖！”

金角巨兽宛如一道金色流光，直接俯冲入海。

“轰隆隆！”海水爆炸开来。

“失败了！”洪的脸色苍白，身体不禁颤抖。

贾谊惊恐地看着屏幕，一脸难以置信。

雷神瞪大眼睛看着屏幕，手中的酒杯无意识地滑落。

“啪！”

玻璃杯落地，碎片飞溅，破碎声仿佛利剑刺在每一个人的心上。

罗峰愣愣地看着屏幕，脸上没有任何表情。

这一刻，整个地球上的人类都绝望了。

这一刻，宛如能看到人类的灭亡。

“金角巨兽在海底疾速前进，速度为36062米/秒，是之前的2.37倍。”

视听室中，那道电子音毫无感情地报出两个数据，然而没有任何人作出反应，所有人都愣愣地站在原地。

第247章

重创

昏暗的视听室中，罗峰感觉脑袋一片空白，外界的声音完全听不到。

“失败了！竟然失败了！怎么会这样呢！”

罗峰心中充满了疑惑、悔恨。

对于这一次攻击，他寄予了很大的希望。自从上一次氢弹攻击失败后，他们就只剩下最后一招——让洪和雷神这两大强者去和金角巨兽拼命。

可是，即便拼死一战，洪和雷神也根本没有取胜的把握。

而罗峰得到的B6级激光炮能够击杀金角巨兽，全球各国的精英得知此事，都激动不已，所有人都期待看到激光炮击杀金角巨兽的那一刻。

B6级激光炮确实做到了，它射出的激光无比强大，轻易就毁掉了金角巨兽的脑袋，并且射入了太空中。可是，谁都没有想到，脑袋被毁，只剩下嘴巴的金角巨兽竟然还活着！

“它不可能不死，怎么会这样？”在罗峰手腕的智能空间中，巴巴塔震惊地摇头，“不对，不对，无论人类还是动物，灵魂都处于识海中，只要脑袋被毁，必死无疑。除非其精神印记融入每一个细胞，细胞才可重生。”

“可是，恒星级怪兽根本不可能做到这一步。”巴巴塔连连摇头，“难道这金角巨兽有特殊天赋？”

宇宙中的人们，对星空巨兽不太了解。比如陨墨星主人一辈子都没碰到过一头金角巨兽，对金角巨兽的了解当然很少。

“快！赶紧将激光炮给带回来！”贾谊忽然咆哮道。

屋子里的其他人猛地回过神。

“激光炮！”

罗峰的眼睛瞪得滚圆，他盯着屏幕，只见机器人正抓着激光炮疾速飞行。屏幕上的另外一边的画面中，一个庞大的虚影正在海底疯狂地追着。

“机器人的飞行速度为2110米/秒，金角巨兽在海底的追击速度为36069米/秒，双方距离只剩下520公里、460公里、398公里……”那道电子音依旧不停地说着。

所有人脸色大变。

“快！快！快！”雷神急切地连声道。

“来不及了。”洪脸色苍白，摇摇头，“机器人的速度太慢了，金角巨兽只需30秒就能追上，而激光炮根本来不及发出第二次攻击。”

行星级强者们急得拳头紧攥，罗峰也死死地盯着屏幕。

金角巨兽在海底疾速前行，卫星根本无法拍摄到它的踪迹，可是能够感应到金角巨兽那极强的生命气息。它现在的速度飙升到之前的两倍多，生命气息也更强了。

金角巨兽的双翅比之前大了一倍，双翅上的鳞片更加浓密，鳞片上的金色秘纹仿佛有着奇异的魔力，从而令它在海底的速度达到了不可思议的地步。

此时，它十分愤怒。上次，它遭受了氢弹的攻击，可是，对它而言，那只是受了一些皮肉伤而已。这一次，它的伤比上一次重十倍，乃至上百倍。

忽然，它的速度骤减。

它的背上有着一长一短两个尖角，长的尖角陡然金光大闪，而后金色尖角猛地朝上方冲去。

“嗖！”金光快如闪电。

金色尖角几乎瞬间就冲出了海面，速度极快，根本不容上方的机器人闪避开来。

机器人双手抓着的B6级激光炮还在准备之中。

金色尖角直接刺穿了激光炮，令激光炮瞬间中断了准备工作。

砰的一声，激光炮直接碎裂。

与此同时，那金色尖角猛地刺在机器人身上。

“轰隆隆——”由乌钇金属铸造的机器人非常坚硬。

“嗡——”

半空中的机器人被击飞了数十公里，而后直接朝下方海域坠落。

随后，机器人坠入海中。

视听室内，洪、雷神、罗峰等人都惊讶地看着屏幕。

屏幕上，海中的虚影往海底深处潜去。

“罗峰，机器人受到了强烈的冲击，体内的控制系统被震坏了，已经无法召回了。”巴巴塔的声音在罗峰的识海中响起。

罗峰闭上眼睛，长叹一口气。

一个机器人损坏了，根本不算什么，可是，这一次攻击牵涉到人类的命运，竟然失败了，这可如何是好？

“对不起，罗峰，我的资料库中关于星空巨兽的信息本来就很少，至于金角巨兽，相关信息更是少之又少，我只知道一些常识性的东西。”巴巴塔歉然地道。

它也很清楚，这次失败对于地球上的人类意味着什么。

视听室中死一般地寂静。

贾谊站在窗边，从口袋里掏出一包香烟，点燃了一根，默默地抽着烟。

“给我来一根。”朱喜拿过一根烟。

其他人或是默默地坐着，或是痛苦地闭上眼睛，一个个都很安静。

“防御强，速度快，甚至还能爆发出更加惊人的速度。不但如此，它连脑袋被毁掉了，还依旧活着，还能发出攻击。而且，它犹如精神念师，能够远距离操控它的独角进行攻击，并且威力极大。”罗峰的脑海中闪过这些讯息，“它拥有体内世界，可以直接将大量金属吞下，且成长速度极为惊人。”

天哪！地球上竟然出现了这么强的星空巨兽，他们怎么反抗？

“嗡嗡——”忽然，一只通信手表振动起来。

其他人几乎同时看去，是默汉德森的通信手表。

默汉德森按动按钮，通信手表中传出一道声音。

“你问问罗峰和两位议长，还有对付金角巨兽的办法吗？”

“好的，我会问的。”默汉德森低声应道，挂断了通信手表。

默汉德森看向罗峰。

罗峰摇摇头。

洪和雷神相视一眼，不约而同地露出一丝笑容。

这次对付金角巨兽的行动失败，对全球的人打击都非常大。

原本他们心中对此次行动充满希望，之前看到金角巨兽的脑袋被毁掉，激动万分。可是，紧接着他们就从天堂掉到了地狱。

金角巨兽比人类想象的还要可怕、强大。

它的脑袋被毁了，却依旧强大，飞行速度更快。

“天哪！怎么会这样？”

“上帝，救救你的孩子们吧！”

“老天爷，我们该怎么办啊？”

地球上的一些精英过去从来不烧香拜佛，不相信神灵，而此刻，不少人默默祈祷起来。

人只有在绝望无助的时候，才寻求精神寄托。此刻，就连这些精英都在默默祈祷能得到上天的庇护。

海底23000米处的岩石层。

金角巨兽盘踞在一处，全身隐隐闪烁着金光。它原本只剩下嘴巴，此刻头上的其他部位迅速生长着，耳朵长出来了，渐渐地，那一双暗金色眼眸也再度长出来了。

终于，它的整个脑袋完全长好了，脑袋上还有着一长一短的尖角。只是，它脑袋上的鳞片看起来没有其他部位的鳞片坚硬。它的暗金色眸子中充满了怒意。

“呜呜——”一道道饱含愤怒的吼声从它的嗓子中不断发出。

它的伤势太重了！

它永远忘不了白色光柱疾速朝自己袭来的场景，那一刻，它根本来不及闪躲，也没有任何反抗之力。而它全身力量最强的部位是角，既坚硬又锋利，在激光下虽然被击飞很远，受伤严重，却并没被毁掉。

"呜！"

金角巨兽的伤势复原后，它感觉到了饥饿。

它消耗了太多能量了，实力也变弱了，现在急需补充能量。

"呜！"金角巨兽发出一声低吼，迅速往上面的岩石层钻去，它需要进食，也就是吞噬金属。

外面天色暗了。

罗峰家的视听室内，罗峰等人都看着洪和雷神。

"我们这么下去根本就没活路，金角巨兽太厉害、太诡异了。"洪摇摇头，又道，"若是这般任由它继续成长，恐怕连那些躲在古文明遗迹中的人最后也会死在它的手上。而且，据我推断，它遭受了激光炮的攻击，伤势绝对不轻，我怀疑它最后爆发速度，是拼命使出的一击，是死前的挣扎。"

洪说出最后一句话的时候，自己都有些不信。

"即便不是死前的挣扎，它的实力一定比之前要弱得多。"洪郑重地说道，"趁它受伤了，要了它的命。"

"嗯！机会一旦错过，就没了。"雷神点点头。

罗峰等人都很难受。

难道他们真要眼睁睁地看着洪和雷神去送死吗？

"我和雷神都拥有自己的领域，拼命一战，还是有希望的。"洪笑道。

旁边的雷神笑着点点头。

第248章

罗峰的责任

“领域？！”罗峰很惊讶。

地球上就只有洪拥有领域，正因为拥有领域，所以洪才是无可争议的世界第一强者。可是现在按洪所说，雷神也有了自己的领域。

“不可能！”罗峰手腕上智能空间中的巴巴塔瞪大眼睛，忍不住大叫起来，“一个行星上怎么会一下子冒出来两个拥有领域的强者，而且两个都是行星级武者？这根本是不可能的。”

“巴巴塔，你没必要这么咋咋呼呼吧！”罗峰用意识与巴巴塔交流道，“雷神拥有了领域，这样一来，和金角巨兽一战，他和洪取胜的希望更大一些，这是好事。”

“不，罗峰，你不懂。”巴巴塔连声说道，“这么说吧，你的遁天梭一共有三大形态，共分为九层，你应该还记得第三形态的施展条件吧？”

“记得，达到宇宙级，振幅达到48，而且拥有自己的领域，才能施展。”罗峰记得很清楚。

“达到宇宙级，只是其中一个条件，说明了什么？这说明宇宙级强者中的一部分人是没有领域的。那可是宇宙级强者啊，正常情况下，一个星系才出一个宇宙级强者，如此厉害的人都不一定拥有领域。”巴巴塔越说越激动，“境界有四大层次，即基础、意境、领域、世界，罗峰，你现在的修为还停留在基础这一层次。”

“要知道，恒星级强者中，也只有极少数人拥有自己的领域。”巴巴塔朗声说道，“行星级武者拥有领域，这是极为罕见的。地球上，洪一人拥有领域就算了，现在连雷神都拥有领域，这个概率简直是亿万分之一。”

罗峰想了想，巴巴塔的话的确有道理。

一个星系才诞生一个宇宙级强者，宇宙级强者都不一定拥有领域，行星级武者拥有领域的可能性之小可想而知。可现在，地球上一下子就出现了两个拥有领域的强者。

“也好。”巴巴塔顿了顿，又道，“雷神拥有领域，他跟洪联手对付金角巨兽，如果两人施展出绝命一击，的确有希望。”

“有希望？！”罗峰从巴巴塔嘴里听到这三个字，十分欣喜。

“罗峰，你没去宇宙闯荡过，不知道拥有领域是多么难得的事情。洪和雷神都拥有领域，容易遭人嫉妒，若是被宇宙中的人发现，不是被杀，就是被一些大势力招入麾下。拥有领域的行星级武者绝对是天才的代名词。

“而拥有领域的强者一旦拼命，威力非常可怕，因为他们能将基因原能、身体力量、精神之力、意识真正地结合在一起，引起宇宙空间的共鸣。拼命时，他们会燃烧灵魂，从而令结合在一起的诸多力量达到极为可怕的地步；不拼命的时候，行星级的领域强者就号称本级别内的无敌强者了。

“一旦拼命，领域强者对于金角巨兽的杀伤力是极大的。一个是行星级七阶强者，一个是行星级八阶强者，当然洪在领域上的造诣更深，或许已经踏入第二重领域了，他们两个若是燃烧灵魂，拼死一战，结果还真的很难说。两个绝世天才，如果在宇宙中，哪里轮得到他们拼命啊？”

明月小区的草坪上，罗峰目送着一艘艘战机离开。

“洪、雷神，你们一定要成功啊！”罗峰默默道。

轰鸣声、爆炸声、怪兽的嘶吼声不断传来，火光冲天。

早在上午的时候，海域怪兽就已经和JN基地市的武者开始战斗了。不过，以人类数十年的准备，短时间内绝对能够抵挡得住海域怪兽的攻击。

“吱呀！”罗峰推开门，走进客厅。

一大家人都在客厅中。

“哥，怎么样了？”罗华站起来，连忙问道。

“金角巨兽死了吗？”原本坐在沙发上的徐欣也站起来，期待地看着罗峰。

其他人也都看着罗峰，之前罗峰透露过，今天会有一次对金角巨兽的猛烈攻击，而且极有可能杀了金角巨兽。

“没有。”罗峰摇摇头。

“不过，还是有希望的。”罗峰沉声说道，“一定有希望的。”

说完，罗峰就直接上楼了。

客厅内的几人彼此相视一眼，沉默不语。

半晌，龚心兰低声说道：“小峰的压力很大，徐欣，你上去陪陪小峰吧！”

“嗯。”徐欣点点头，沿着楼梯上去了。

二楼卧室中。

罗峰直接躺在床上，看着天花板。

“巴巴塔，还有杀死金角巨兽的办法吗？”罗峰问道。

“没有，连B6级激光炮都失败了，且被毁掉了，没有其他办法了。现在只能靠洪和雷神这两个行星级领域天才去拼命了。”巴巴塔回道，“他们两个若是燃烧灵魂，还是有机会的。”

“巴巴塔，”罗峰顿了顿，又道，“我的赤混铜母残片锋利无比，如果给洪和雷神使用，是不是威力更大？说不定就能击杀金角巨兽。”

“不！他们一个是用枪，一个是用刀。”巴巴塔摇摇头，“只有靠枪和刀，他们才能使自己的领域的威力达到最大。你的赤混铜母残片虽然无比锋利，但也只是一块碎片，这让两个武者怎么使用？你是精神念师，所以才可以使用。”

罗峰心中很焦急。

这种等待人类灭亡的感觉，很痛苦，而自己对此根本没有办法。

“别急，我现在正在制造一杆长枪和一把战刀。”巴巴塔缓缓地说道，“洪和雷神的武器在地球上虽然算得上是神兵，但是在宇宙中根本不算什么。我用飞船中的一些金属材料给他们打磨出两件兵器，在锋利度、韧性等方面绝对超过他们现在用的武器。”

“好！”罗峰点点头。

罗峰忽然听到外面有脚步声，只见徐欣推门走了进来。

“很累吧？”徐欣坐在床边，为罗峰轻轻按摩肩膀。

“还行。”罗峰闻着徐欣身上传来的香味，一伸手，就将徐欣揽到怀里。

徐欣朝罗峰怀里凑了凑，将脑袋靠在罗峰胸前，轻声道：“罗峰，有一件事情本来我想等这场灾难过去再告诉你，不过，我怕现在不说，以后就没机会说了。”

“什么事？”罗峰疑惑地问道。

“我怀孕了。”徐欣轻声说道。

她的声音很轻，却犹如雷声在罗峰耳边响起。

罗峰坐起来，看着徐欣：“你，你说……”

“嗯。”徐欣微微点头。

“哈哈，我来探测一下，哇，还是双胞胎，都是男孩。哈哈……”巴巴塔的声音在罗峰的识海中响起。

“怀孕？这，这……”罗峰瞪大眼睛。

他的心中既欣喜又焦急。

人类社会即将崩溃，徐欣却怀孕了，还是双胞胎！

“你不高兴？”徐欣一惊。

“不是，高兴啊，但思绪也很乱。”罗峰缓缓说道。

如果不杀死金角巨兽，那么人类社会肯定会瓦解。就算自己有能力保住徐欣和孩子，难道要让他们孤独地生活？而且罗峰很清楚，不达到行星级，想在宇宙中闯荡那是找死！

“罗峰，你在想什么？”徐欣伸手抓住罗峰的手臂。

“没什么。”罗峰轻轻抱住徐欣，低头靠近徐欣腹部。

徐欣笑了，道：“现在还早着呢，听不到什么吧。”

"听得到。"罗峰在心中默默地道，"孩子，我不知道有没有机会看到你们出生。可是，我保证，你们出生后，我不会让你们担惊受怕，不会让你们过着没希望的日子。我保证！我以我的生命保证！"

1月16日，上午，天地间还有雾气，罗峰就脚踏遁天梭来到了洪宁基地市。

洪宁基地市的街上看不到行人，只看到大量的军队在疾速前进。罗峰落在星际运输舰入口。

"罗巡察使。"入口处的守卫恭敬行礼。

罗峰直接步入其中，疾速赶往洪和雷神闭关的修炼室。在通过通道时，罗峰看到了两个青年，一男一女，其中女子的容貌比较像洪。罗峰曾经看到过洪的子女的有关资料。

"罗巡察使。"这两个青年连忙行礼。

"你们是馆主的孩子吧？"罗峰询问道。虽然看起来年轻，不过这两个青年的年龄都比罗峰大，只是因为修为较高，显得年轻。

"嗯。"这两个青年眼睛都有些红，显然刚哭过。

"我不去见馆主了。你们将这两把兵器分别给馆主和雷神，这件贴身护甲给雷神。"罗峰说着，直接将身上背着的背包递过去，里面存放的是巴巴塔连夜赶制出的两件兵器和黑龙山X81型飞船的主人的遗物贴身护甲。

洪有摩云藤护体，不需要贴身护甲，这件贴身护甲自然给雷神比较好。

"这……"两个青年有些吃惊。

"馆主平常很忙，很少照顾你们，不过，你们的父亲真的很伟大。"

话落，罗峰转头就离开了。

第249章

谈笑风生

修炼室。

洪仔细地打量着手中那杆通体漆黑的长枪，雷神则抚摸着手上那把通体呈紫黑色的战刀。

“好兵器！”洪朗声笑道。

“战刀的结构精巧，重量适中，拿在手上非常舒服，很适合我使出刀法。”雷神忍不住夸赞，“而且，这战刀很锋利。”

洪看了雷神一眼，笑道：“那贴身护甲也是一件宝贝，你这次可是赚了。”

“哈哈！看来不仅仅我们得到了一些古文明遗迹中的宝物，罗峰也得到了一些宝物啊！”雷神感叹一声，又道，“他是不是找到了古文明遗迹的某个兵器库？否则，他怎么可能找到刚好适合我们两人的兵器，而且是这么好的兵器？”

洪和雷神已经拥有自己的领域，境界又极高，就算是刚刚得到的新兵器，只要稍微感受一番，就能完全发挥出新兵器的威力。

“主人，”一道低沉的声音响起，“刚刚金角巨兽在A国西海岸出现，之后在荒野区中吞噬了一家破败的造船厂，将不少腐坏的轮船都吞噬了。它飞出海面仅2分18秒后，就飞回了海里。”

洪和雷神听了，都脸色一变。

昨夜，金角巨兽就接连出海两次，刚才是它第三次离开海底了。

每次飞出海面它都只停留很短的时间，待吞噬了大量钢铁后，就立即回到海里。

“它现在变得非常小心。”洪沉声道，“显然，之前激光炮的攻击令它变得小心翼翼了。不过，它从昨晚到现在竟然连续三次出来觅食，肯定是受了重伤，需要吸收大量钢铁从而恢复能量。”

“对，我们不能再等下去了。”雷神郑重地道。

“嗯！”洪点点头。

本来是想等金角巨兽飞出海面的时候，逮到机会就去劫杀它。没想到，它每次出海的时间极短，而后立即潜回海里。

“继续锁定金角巨兽的气息，我们飞到海域上空，时刻追踪。一旦它冒头……”雷神目光冷厉。

“出发。”洪当即下令。

他们心里很清楚，现在的金角巨兽正处于重伤状态，如果错过了攻击金角巨兽的机会，等金角巨兽的实力完全恢复，那么他们击杀它的希望将更加渺茫。

Y城的外城墙上。

JN基地市分为主市区和八大卫城，八大卫城是环绕基地市而建的。战争开始后，首先迎战的是八大卫城，主市区处于最中心的位置，相对比较安全。除非是遭到金角巨兽的空袭，不然并没什么问题。

“嗖——”飞刀疾速掠过钢铁铸造的城墙下的宽阔河道。

这河道是数以亿万计的怪兽挖出来的，长度达1.2万米，宽度达60米。无数海域怪兽沿着这条河流杀向Y城，一点都不怕死。

“退了！退了！”城墙上的士兵激动地大喊起来。

“怪兽死得太多，将河道都堵塞了，后面的怪兽过不来。它们当然得后退，清理河道，补充兵力。”李达威俯瞰下方，长叹一声，“也好，我们大概有两个小时的休息时间。”

罗峰也俯瞰下方，不由得摇头。

怪兽太多了，每天大海里都能诞生无数怪兽，人类武者如何解决得完啊？短时间内，人类武者尚且能抵挡住，但时间越久，人类武者的境况越糟糕。最糟的是，金角巨兽不断破坏基地市由钢铁铸造的城墙。

一旦失去了由钢铁铸造的城墙的保护，海域怪兽便可以直接杀入人类的居住区，到时就真完了，所以现在必须先干掉金角巨兽。

“嗯？”罗峰看向手腕上的通信手表。

极限武馆和雷电武馆联合发出了消息。

洪和雷神已经出发，来到了海域，即将和金角巨兽一战。

旁边的李达威也低头看向手腕上的通信手表。

“开始了吗？”李达威难得地露出了紧张的神色。

“李司令，我先回住处了，有事的话，请立即通知我。”罗峰嘱咐一声，就飞离开去。

Y城上空。

罗峰清楚地看到城内许多街道上的大屏幕上显示出了海域上空的画面，画面中，一个黑衣男子和一个白袍男子并肩飞行。

看到这一幕，罗峰心中一酸。

“这是人类最后的希望吗？”罗峰默默地道。

对于极限武馆和雷电武馆将此消息公开，并且进行全球直播的行为，罗峰很理解。毕竟此次一战生死攸关，两大武馆的创始人要和金角巨兽拼死一战，很可能殒身。两大武馆怎么可能任由两位创始人默默牺牲呢？

此外，两大武馆将此战进行全球直播，某种程度上，也能激起人类武者的斗志。

若洪和雷神此战成功，当然是天大的喜事。

若是失败了，也能激起人类武者拼死之心。

明月小区是极限武馆的武者家属小区，小区内的所有居民都前往会馆了。

极限会馆最大的练武厅中聚集了近千人，巨大的墙面上挂着幕布，投影落在上面，显示出了海域上空的场景……

“此刻，洪和雷神这两大强者正并肩飞行在海域上空，他们的目标是金角巨兽。”旁边传来了解说的声音。

各国领导人也都很紧张，他们都很关注这场大战。

“罗巡察使，那金角巨兽到底有多厉害啊？两位总馆主一定会赢吧？”站在罗峰后面的一个青年低声问道。

罗峰看了青年一眼，这青年是新晋武者，刚刚搬入明月小区不久。看到他，罗峰仿佛看到当年从廉租房搬入明月小区的自己。

“会，一定会赢的。”罗峰坚定地道。

近千人站在练武厅中，都紧张地看着巨大的屏幕。因为时间很紧，极限会馆根本无法提供那么多把椅子，不过在现在这个紧急时刻，没人计较这些。

罗峰一家人都站在那里，罗峰紧紧地握着徐欣的手，默默看着屏幕。

此时，C国正值正午时分，洪和雷神所在的海域却已经天黑了。

“哈哈！洪哥，你说这时候有多少人在关注咱俩啊？”雷神咧嘴笑道。

“应该超过六十亿人吧。”洪看了雷神一眼，没好气地道，“这个时候，你还有心思想这个？”

“怎么了，死前得意一下，不行吗？”雷神笑道。

“你啊，几十年来，一直嬉皮笑脸的，都这个时候了，还是嬉皮笑脸。”洪笑着说道。

这一刻，他们的心情无比平静。事实上，他们早已经将生死置之度外，将一切都抛之脑后，他们的目标只有一个——杀了金角巨兽。

这种状态下，他们反而很轻松，准备全力战斗。

“主人，金角巨兽正迅速朝海面飞去，很快就要飞出海面了。”一道声音在洪的脑海中响起。

“飞出海面？！”洪眼睛一亮。

“走，去那边。”洪低喝一声。

“嗖！嗖！”两道流光迅速朝西南方向飞去。

黑夜，狂风呼啸，海水疯狂地翻滚，浪头怕是有十几米高。

“轰！”一头恐怖的怪物猛地从海中冲出。

它有着布满鳞片的巨翅、四蹄爪、有力的尾巴，还有能瞬间刺向天际的金色尖角。不过，此时尖角上的金色秘纹比之前暗淡了一些，而它那双暗金色眸子比之前更加冷厉。

它现在正不断恢复实力，待实力足够，它一定会进行报复。

“嗷呜！”

金角巨兽瞬间飞出海面，陡然停下，微微扭动它的脑袋，暗金色眸子仿佛能看到一百公里外的地方，它发现那里有两股气息。

虽然那两股气息相对较弱，但是竟然敢挑衅它，这令它非常愤怒。

放眼浩瀚宇宙，它拥有的血脉十分高贵，自然很孤傲。

“轰！”它的双翅疾速扇动，瞬间化作流光，疾速飞向洪和雷神。

这一刻，全世界的人都屏息看着。

……

明月小区，极限会馆练武厅中的人都紧张地盯着屏幕，海域上空，金角巨兽和洪、雷神之间的距离不足千米。

忽然，洪和雷神全身猛地发出让人心悸的光芒。

瞬间，他们燃烧了灵魂。

战斗在一瞬间开始了！

“洪、雷神，拜托了。”罗峰默默地道。

第250章

玉石俱焚

海水咆哮，海风呼啸，天地间一片昏暗。

海域上空，金角巨兽和洪、雷神已然碰面。

“轰！轰！”

洪和雷神瞬间爆发出了领域强者的绝招。如果没有领域，是根本无法施展出这一招的。

洪的身体和他手中的长枪瞬间被光芒笼罩了。

雷神则全身被笼罩在青色电光之中。

“哈哈！”雷神大笑起来。

“哈哈！”洪也发出大笑声。

两人瞬间化作流光，从不同的方向冲向金角巨兽。

金角巨兽悬浮在半空中，冷冷地看着朝自己冲来的两人。在它看来，这两人不过是渺小的蝼蚁而已。

极限会馆练武厅内。

罗峰看着屏幕，心中紧张万分。

“洪、雷神与金角巨兽拼命了。罗峰，洪和雷神直接燃烧了灵魂，他们的战斗最多持续一分钟。一分钟内，如果金角巨兽没被杀死，那么他们就没有一点反抗之力了。”巴巴塔的声音在罗峰的识海中响起。

罗峰心一紧，道："这跟陨墨星一脉的精神念师拼命时燃烧灵魂是同样的道理吗？"

在陨墨星一脉的诸多秘籍中，关于基础的很多，不过《杂篇》中也有诸多陨墨星的秘技，如魂印、虚空之塔等秘技，博大精深，十分强大，自然也有关于燃烧灵魂的绝招。

"当然不同，在技巧方面，陨墨星一脉的秘技，层次要高得多。不过，技巧方面的层次虽然高，但是威力比不上他们的。"巴巴塔解释道，"他们现在施展的是领域强者才能施展的拼命绝招，精神之力、基因原能、身体力量、意识完全结合，联通宇宙，爆发出最强之力，威力是非常可怕的。如果能够瞬间将对手杀了，他们是能活命的。可是，金角巨兽若是不死，那就是他们死。"

"流银护卫抵达那里了吗？"罗峰问道。

当初前往12号古文明遗迹的时候，罗峰得到了已经没有能量的流银护卫，不过经过巴巴塔的维修，流银护卫补充了能量晶，现如今已经能够使用了。

"快了！不过，罗峰，流银护卫是保镖，洪和雷神是去送死，流银护卫也没办法帮忙。"巴巴塔无奈地道。

"尽人事，听天命！"罗峰紧紧地盯着屏幕。

他和巴巴塔的对话看似很长，实际上是用意念交流，瞬间就结束了。

然而，就这么一小会儿，屏幕上显示战斗已经到了高潮，堪称恒星级别的战斗，普通民众根本看不清，只能看着屏幕旁边的回放、慢放，听着解说。

而罗峰是这个练武厅中唯一一个能看清战斗的人。

"不好，它使出了吞噬绝招。"罗峰脸色一变。

海域上空。

金角巨兽的尾巴疾速袭向洪和雷神。

只听得"砰"的一声，金角巨兽感觉到对方长枪上传来奇异的旋转力道，令它尾巴的力量不由得变得混乱了。

"嗷呜！"金角巨兽仰头，发出一道惊天动地的怒吼声。

本来它以为洪和雷神的实力很弱，它只需发挥出正常力量就能轻易将他们给杀了。可是通过交手，它发现这两个看似渺小的人类，战斗力非常惊人，比它知晓的恒星级一阶武者还要强。

而且，他们的刀法和枪法技巧十分惊人。每一刀和每一枪都行云流水，根本让它无法预判。

金角巨兽出生仅仅一年，以它漫长的寿命而言，现在相当于处于人类的婴儿时期。虽然它的血统高贵，血脉传承的记忆非常庞大，可是除了本身的天赋和绝招外，其他许多知识是需要去学的，一年的时间，它哪里能够学成？

论境界，它比罗峰差了一大截。和踏入领域境界的洪、雷神相比，更是相差十万八千里。

“嗷呜！”金角巨兽陡然张开嘴巴。

“不好！”

“小心！”

洪和雷神脸色一变。

通过卫星看到这一幕的诸多强者脸色都变了，所有人都见识过金角巨兽诡异的吞噬能力。

洪和雷神按照之前的战斗计划，瞬间一起飞去。

金角巨兽俯瞰着这两个“小不点”，十分愤怒。

这两个渺小的人类简直是在找死，它本来只想吞掉一个的，既然他们聚在一起，那就两个一起吞掉吧！

“哧哧！”

无形的空间之力向周围蔓延，迅速扩散至数百米范围，完全覆盖了洪和雷神所在的区域。

“洪哥！”雷神脸色大变。

“哼！”洪冷哼一声，猛地一挥手。

顿时，洪的前方出现了大量的金属残骸，金属残骸排列得非常密集，几乎不留一点空隙。

要知道，罗峰得到的黑龙山X81型飞船的直径也才100米，飞船中的金属材料虽多，但里面的大厅、舱室、控制室等都是空的。也就是说，飞船、运输战舰之类都是空壳。

然而，金角巨兽眼前竟然出现了密密麻麻的金属残骸堆成的玩意儿。

“让你吞，让你吞！吞下几个战争基地，你就受不了了，这些可都是古文明遗迹中的飞船残骸，这可比地球上的金属强多了。这么多金属，足够制造出十艘冒险型飞船了，看你到底吞不吞得下。”洪心中暗道。

按照常理推断，这跟人吃东西一样，吃多了就撑了。

“再给你加点金属。”洪冷冷地道。

随即，他又一挥手。

“哗！”一大捆长条形的金属物出现了。

“来吧，这是我从好几个国家搜集的，一共有18枚氢弹，还有一些原子弹。”

“嗷呜！”金角巨兽停止了吞噬，发出了怒吼。

上次，它遭到一枚1.5亿吨重的氢弹攻击，威力极大，它还记得清清楚楚。现在一下子来了18枚氢弹，虽然体积都很小，但是它不敢乱吞。而且，那堆得严严实实的金属残骸极为庞大，它也不敢全部吞下。

之前它连续几次出海，每次只吞噬一些金属，而不是一次性吞噬大量金属，就是因为体内容量有限。人吃多了会撑，同样的道理，它也不敢一口吞下这么多金属，否则它的体内世界会崩溃，一旦如此，它会死的。

“嗷呜！”暴怒的金角巨兽再次发出怒吼。

它额头尖角上的金色秘纹陡然亮起，双眸一下子涌现出耀眼的金光，金光迅速沿着它的颈部、背部蹿到前蹄爪上，锋利的蹄爪直接抓了过去。

“砰！”大量的金属残骸被砸得四处乱飞。

那锋利的蹄爪直接抓向大量金属后面的洪和雷神。可是，当它的蹄爪抓散大量金属的时候，一股黑色气浪瞬间笼罩过来，速度快得惊人。

“咻！”一道轻微的声音响起。

黑色气浪擦过蹄爪，直接撞击在金角巨兽的腹部上。

那坚硬无比的腹部竟然直接被撞出了一个窟窿。

“洪哥！”一道凄厉的声音响彻天空。

而后，一道电光疾速射向窟窿。

“嗷呜！”金角巨兽发现那个黑衣男子竟然钻入自己体内，愤怒无比，一爪抓向面前被雷电环绕的白袍男子。

“哧哧！”凌厉的气流掠过白袍男子。

白袍男子上身穿着罗峰赠送的贴身护甲，才没有当场丧命。

他没有后退，冒着丧命的危险，他也得冲进去。

他很清楚，洪钻入金角巨兽的体内，施展绝招，代价是何等大。他们当初制订的计划中就有一条：杀死金角巨兽最好的办法是进入其体内。

“拼死，拼死也要杀了它！”雷神双眸通红，无比疯狂。

被雷电缠绕着的白色人影直接钻进金角巨兽腹部的窟窿中。

“嗷呜！”金角巨兽愤怒地大吼。

此刻，全世界都安静了。

罗峰盯着屏幕，屏幕上的金角巨兽愤怒不已，这一幕不断地回放、慢放。

回放中，洪的皮肤都渗出了血珠，他却宛如鬼神一般刺破金角巨兽的鳞片，钻入其体内。

雷神则拼着最后一口气，冲入了金角巨兽的体内。

第251章

陨落

练武厅中死一般寂静。

当洪和雷神都进入了金角巨兽的体内，所有人的心都提到了嗓子眼。可是，金角巨兽体内到底发生了什么，他们根本看不到。

“巴巴塔，洪和雷神能赢吗？”罗峰心中十分焦急。

“你别担心，洪和雷神是地球上的两大天才武者，而且非常聪明。为了对付金角巨兽，洪直接弄来了那么多金属残骸，为防止金角巨兽吞下所有金属残骸，他还携带了一大捆氢弹，这便让金角巨兽不敢吞噬。至此，洪就趁机为绝招做准备。

“当愤怒的金角巨兽的蹄爪抓散那些金属残骸时，洪刚好发出绝招，一环套一环，真是干得漂亮！罗峰，你放心，看洪和雷神的表现，显然是做好了充足的准备。现在他们进入了金角巨兽体内，金角巨兽根本无法用蹄爪攻击，他们的成功率提升到了五成，甚至六成。”

听到巴巴塔这番话，罗峰仍旧不放心。

“金角巨兽好歹是拥有极其厉害血统的星空巨兽，竟然给了洪和雷神机会刺破鳞片，进入它的体内，真是太轻敌了。而且，它实在是太没有战斗技巧了。”巴巴塔忍不住说道，“它几次攻击，靠的都是蛮力。”

的确，以金角巨兽的实力、天赋等，只要技巧高一点，或者聪明一点，根本不至于落到这般田地。

“它再厉害点，我们就更加没希望了。”罗峰不满地道。

“我不是这个意思，我是说，据我估计，这只金角巨兽年龄很小，大概刚踏入成长期，所以才没什么经验，攻击手段如此简单。”巴巴塔解释道。

身体素质、天赋等是生来就有的，可经验、技巧、心理素质等都是后天逐渐培养的。然而，幼小的金角巨兽就让地球快崩溃了，如果出现成熟的金角巨兽，那还得了？

海域上空。

“嗷呜——”金角巨兽发出一道道痛苦的怒吼声。

“哧哧——”一道道金光在金角巨兽的鳞片表面上闪烁，时而渗透体内，欲将体内的那两个人杀死。

显然，因为洪和雷神在金角巨兽的体内，所以金角巨兽发出的道道金光威力不太大，否则就是自残了。

“轰！”金角巨兽身体猛地一颤，它的暗金色眸子中蕴含着一丝痛楚，鲜血从它的嘴角溢出。

“嗷呜！”金角巨兽仰头发出怒吼声，它全身的鳞片竟然渗出红色血珠。

仅仅片刻，它身体的其他部位都渗出了血。

一开始它只是痛苦地嘶吼，后来嘶吼声不断变弱，最后不再发出声音。

忽然，它暗金色的眸子变得暗淡，巨大的翅膀垂落，身体也随之坠落。

C国，无论是街道旁的屏幕、居民家里的电视机，还是军队营房内的电视机，都出现了这一幕。

“金角巨兽的生命气息在变弱。”

“金角巨兽的生命气息在迅速减弱，只有之前的八成、七成、六成……”

数道激昂的声音在C国的街道上响起。

不单单是C国，其他国家的人也都很激动。

“我们赢了！”

“胜利了！”

全球各地的人都欢呼起来。

Y城极限会馆练武厅沸腾了！

所有人都激动地大喊着。

“洪和雷神成功了！金角巨兽的生命气息消失了！”罗峰看到屏幕上显示出了金角巨兽的尸身，激动万分。

这个让人类惧怕的怪物终于死了！

“洪和雷神呢？”罗峰目光灼灼地盯着屏幕。

这时，解说的声音响起。

“金角巨兽已死，但是，我们必须告诉大家一个沉痛的消息，我们现在探测不到任何生命气息，也就是说，洪和雷神这两个强者也已经牺牲了，他们是拯救了全世界的英雄。”

练武厅中的人很快安静下来。

“不一定。”罗峰的识海中响起了巴巴塔的声音，“洪和雷神不一定死了。”

“真的吗？可是，不是探测不到任何生命气息吗？”罗峰心中生出一丝激动和期待之情。

他不想洪和雷神就这么死去。

“地球上的生命测试仪是从星际舰队的遗迹中得到的，实际上这个测试仪的测试范围有限。当生命气息低于临界点，测试仪就无法探测到。而且，测试仪的质量大不如前，估计只要生命气息低于初等学徒武者的，就探测不到。”巴巴塔解释道。

“不！”一道惊恐的声音在练武厅内响起，“那，那金角巨兽停住了。”

顿时，所有人都愣住了。

罗峰连忙看去，屏幕上，原本正往下坠落的金角巨兽突然在空中停住了，悬浮在那里，而且金角巨兽居然再度有了生命气息。

“金角巨兽的生命气息竟然在变强！”解说员十分震惊。

所有人都惊呆了。

“怎么，怎么会……”罗峰惊讶地瞪大眼睛。

这金角巨兽怎么就这么难杀呢?

牺牲了这么多强者，金角巨兽竟然还没死。

金角巨兽悬浮在半空中，它的生命气息在不断变强，开始时变回到原来的一成，接着继续变强，变成两成，直至三成。而后，生命气息就没有再提升。

此时，无数人再次绝望了!

海域上空。

金角巨兽缓缓睁开眼眸，它的眼神暗淡。它从来没有面临过如此危险，这一次比上次遭受到的B6级激光炮的攻击更可怕。

“嗷呜!”一道低沉的吼声响起。

金角巨兽看向自己的腹部，只见满身鲜血的黑衣男子和白袍男子从腹部的血窟窿中滑了出来，而后直接朝下方的海洋坠落。这两个看似渺小的人类，却令它差点丧命，这次吃的大亏让它明白了一个道理：对付看似弱小者，也得拼尽全力。

金角巨兽猛地挥动蹄爪。

海面上忽然出现一个银白色的身影，而后猛地变大。

这是一个两百米高的银白色巨人，和金角巨兽的体积差不多。

金角巨兽惊讶地看着下方的银白色巨人。

银白色巨人的身体表面仿佛有银白色的液体在流动，此刻，它直接伸出巨大的手掌，挡在洪、雷神和金角巨兽之间。

金角巨兽的蹄爪击在那巨大的手掌上，竟然使得手掌凹陷了。

可是，当金角巨兽收回蹄爪，手掌又自动恢复了原状。

当这个银白色巨人阻挡金角巨兽的时候，另一个银白色巨人的双手分别抱住洪和雷神，迅速朝远处逃去。

此次一共有两名流银护卫，是先前罗峰让巴巴塔派过来的，一旦有机会，就救下洪和雷神。

“嗷呜！”金角巨兽愤怒地吼叫。

它怎么能眼睁睁地看着自己的敌人被救走?

它的双翼一震，闪电般绕过阻挡它的流银护卫，杀向另一名流银护卫。

金角巨兽的速度的确很快，它很快就追上了救下洪和雷神的流银护卫。

“呼！”被追上的流银护卫猛地膨胀开来，变得更大，一下子包裹住了金角巨兽。

而另一名流银护卫迅速捞起洪和雷神，继续逃。

好一会儿，金角巨兽才摆脱流银护卫的束缚。

金角巨兽看着下方已经变成正常人类身高的流银护卫，十分愤怒。

这古怪玩意儿的速度不如它，攻击力不如黑衣男子和白袍男子，但是，拥有极其诡异的神通——全身犹如液体，且可迅速膨胀，仿佛牛皮糖一般可以黏住人。

再强的攻击力，流银护卫都能摆脱掉。

金角巨兽心里明白，这两名流银护卫配合起来，实力很强，它不可能杀了那两个人。

处于虚弱状态的金角巨兽不甘地发出一道吼声，直接飞入海中。

明月小区极限会馆练武厅外的走廊上，罗峰看着手机，脸色煞白。

“对，是我派出去的。没用的，流银护卫只能缠住人，起保护作用，根本杀不了金角巨兽。”

罗峰结束了和贾谊的通话，心中痛苦万分。

其他人看到两名流银护卫出现，震惊之余，心中产生了一丝希望。

可是，罗峰心里很清楚，流银护卫作为宇宙中的高科技产品，只能起到保护作用。

“怎么办，怎么办，到底该怎么办?巴巴塔，你告诉我，该怎么办?”罗峰急了，眼中闪烁着晶莹的泪花。

第252章

地球第一精神念师

C国，D基地市。

“爸！”一个美丽的少妇看着屏幕上的直播，痛苦地低声呢喃。

随即，她猛地站起身来，直接冲进旁边的书房。

客厅中，同样看着直播的男人和孩子十分疑惑。

书房内，少妇迅速打开电脑，进入邮箱，点开最新的一封邮件，邮件附带着一段视频。少妇紧紧地咬着嘴唇，颤抖着手，握住鼠标轻轻地点击。

“嘀！”

视频打开了，画面中出现了一个身穿白袍的男子——雷神。

“小蕾，”雷神脸上的笑容十分温和，“我们快十六年没见了吧？”

“还记得我第一次带你去游乐场；还记得我第一次教你练武；还记得我第一次骂你，第一次打你。”雷神摇摇头，微微一笑，“我知道你恨我，但是我不后悔，因为我有我的责任和使命。我也知道你不会原谅我，当年我向你母亲保证过，会让你开开心心地活着，不让你受一点委屈。只是，我没想到我们之间会变成现在这样。

“不说了，等会儿，我就要跟你洪伯出去了。这一次，我恐怕很难活着回来。如果这次我能活着回来，我一定会好好陪着你，好好弥补那些年我们缺失的时光。”雷神摸了一下头，“小蕾，你放心，爸爸一定会杀了那只金角巨兽的。”

“我和你说过，我不会让你受苦，这是我对你妈妈的承诺，也是对你的承诺。

“永远爱你的爸爸！”

视频上，雷神微微一笑，视频结束。

“呜呜……”少妇趴在书桌上哭了起来，泪流不止。

当快要失去的时候，才知道珍惜。

“爸，爸爸，爸爸，你回来，你回来，我错了，我错了……”少妇不断哭着，哭得声嘶力竭，她的脑海中浮现出过去的一幕幕。母亲死得早，她是父亲一手带大的，虽然父亲不能常年陪在她的身边，但是非常宠爱她。

在她16岁那年，雷神因为在荒野区执行任务，错过了和她的约定。青春期叛逆的她，因为常年等不到雷神回家，以为自己被抛弃了，她的内心很受伤，直接离家出走了，还留下狠话……

此刻，她忽然惊醒，父亲爱她是爱得何等深沉。

J基地市卫城的外城墙上，贾谊正在探望伤员。

“别动，躺下好好休息。”贾谊轻声说道。

“是，首长。”一个绑着绷带的年轻士兵回道。

贾谊直起身子。

“首长。”一名警卫跑来。

“什么事？”贾谊问道。

警卫压低声音，道：“首长，刘宁牺牲了。”

刘宁是贾谊嫡传弟子中最小的一个，今年才19岁，贾谊非常喜欢这个小徒弟。战争开始后，贾谊麾下的弟子几乎全部上了战场。

“哦！”贾谊淡淡应了一声，没再说什么，脸部肌肉却不禁抽动了一下。

“小宁……”贾谊心中默默念叨。

而后，他环顾整个伤兵营，不少受伤的士兵或拿着手机，或看着照片，或看着信件。

“他们也都很年轻啊！”贾谊心中悲恸，却又无能为力。

和金角巨兽一战，洪和雷神失败了，地球上的高层们神情凝重。此外，他们从罗峰那里得知，流银护卫也不可能杀了金角巨兽，心情更加沉重。

不过，电视直播掩饰了这一点。现如今，全球直播依旧在进行，不过现在是回放之前的战斗场景，并且放出的消息是，洪和雷神只是受伤严重，并没有丧命。还有一个消息：那两个银白色巨人是地球最新研究出来的科技巨人，人类是有希望的！

这令普通民众再次充满了希望！

罗峰回到了家。

客厅中，电视机里传出了解说员的声音。

“这两个银白色巨人是各国合力研制出的科技巨人。和几千年前一样，这一场战争，人类一定会获胜！”

……

罗峰再也听不下去了，直接离开客厅，上了三楼天台。

天台上。

凉风吹来，罗峰清醒了一点。

“没用的，罗峰，放弃吧！”巴巴塔劝道，“地球已经没有希望了，其他人死就死了，你根本保护不了他们。”

“整个人类会灭亡。”罗峰恨恨地道，“我怎么能眼睁睁地看着无数鲜活的生命就这么死去？我又怎能眼睁睁地看着地球变成怪兽的乐园？一定有办法的，一定有。”

整个地球变成怪兽的地盘，光是想想都觉得是噩梦。

“灵魂是生命的根本。”忽然，罗峰眼睛一亮，“那金角巨兽的生命气息一下子变得比过去弱得多，这是不是意味着它的灵魂也比过去弱得多？巴巴塔，你告诉我。”

“呃……”巴巴塔有些迟疑。

“快说！”罗峰有些恼怒。

“没错，它的确比之前虚弱得多，可也不是你这个行星级三阶精神念师能惹的。”巴巴塔道。

“巴巴塔，你说过，它的年龄很小。行星级怪兽和恒星级怪兽都无法进行宇宙漂泊，它现在才达到恒星级一阶，说明它应该是在地球上出生的。它这么强大，如果出生得早，恐怕早就被人类发现了。如此，它应该是刚刚诞生。它还很幼小，灵魂应该比较稚嫩。

“而且，它连续遭到B6级激光炮、洪和雷神的两次重击，实力被大大削减，恐怕只有过去的一两成。如果我用陨墨星一脉秘技虚空之塔中的拼命之法去对付它，应该有胜算，毕竟秘技的威力本就很大，一旦拼命……

“如果不够的话，我再施展出六芒中的秘技，再让地球上的其他强者和我一起……”罗峰的脑海中迅速浮现出各种应对方法。

陨墨星一脉的秘技很强，而巴巴塔一直要求罗峰研究那些秘技。现如今，罗峰研究的不是深奥的秘法，即便研究透深奥的秘法，以他的境界，也无法施展，不过，他已经能够完全发挥出他的实力了。

“罗峰，你乱想什么？”巴巴塔暴怒，“我绝对不允许你这样做，我等了五万年，才等来你这个传人，我绝对不允许你去送死！”

“我不是去送死，即使洪和雷神燃烧了灵魂，不是也没死吗？”罗峰说道。

“可是他们沉睡了！”巴巴塔沉声道，“在宇宙中，即便是不朽强者，一旦灵魂遭到重创，陷入沉睡，也得百万年后才能恢复，有的甚至会永远沉睡。洪和雷神的确没死，可是灵魂都陷入了沉睡。他们的灵魂本来就不强，一两年内，如果不能醒来，就永远无法醒来了，直至在沉睡中逝去。罗峰，你不要乱来。”

“巴巴塔，你知道吗？我先是罗峰，然后才是陨墨星传人。”罗峰用意念说道。

“你执意要去送死？”巴巴塔更加生气了。

“巴巴塔，”罗峰看向四周，“你以为我想死吗？我不想死！我多么想看着我的孩子出生，多么想听孩子喊一声爸爸，我想活着，好好地活着。”

“既然如此，你……”巴巴塔不解。

“巴巴塔，现在我有两个选择：第一个选择，当缩头乌龟，眼睁睁地看着无数同胞被杀，看着无数孩童失去父母，而我带着我的亲人躲入陨墨星号。之后，我的孩子出生，过着没有阳光、没有朋友的日子，他们只能通过我的讲述知道地球上曾经有很多和他们一样的孩子，只是最后都死了。

“可是，巴巴塔，你说过，行星级武者才有能力在宇宙中流浪。达不到行星级，我的孩子和妻子必须在飞船上待数十年，待成长到行星级，才能进入宇宙中的其他星球。”

巴巴塔默认。

的确如此。宇宙并不和平，争斗存在于每一颗星球之中。一个行星级武者带一些普通人在宇宙中生活，那是非常危险的。

“我要达到恒星级，才能保障我家人的安全。而我需要几十年甚至更久才能达到恒星级，难道我的妻儿要在飞船中待几十年？”罗峰摇摇头，“脱离人类社会，在飞船中待几十年，那简直是一个噩梦，我死都不会让他们过这种日子。”

“第二个选择，我靠着六芒中的秘技让五位行星级强者献祭灵魂，结阵，燃烧灵魂，而后我施展出虚空之塔中的绝招，这两招都是陨墨星的秘技，而且都要燃烧灵魂，击杀实力只剩下一两成的金角巨兽很有希望。

“当然，一旦做出了第二个选择，会出现以下三种结果：其一，成功，我没死，无数人都有了活着的希望，这样当然最好。其二，成功，但我死了。可我的孩子可以过上美好的生活，可以上学，有玩伴，还有我爸妈和徐欣照顾，只是失去了我这个爸爸而已。他们以后会听到关于爸爸的故事，我相信，他们会为我感到骄傲的。其三，失败了，我也死了。到时，金角巨兽肯定伤得更重，人类更有击杀它的希望。

“巴巴塔，你说我该选哪条路？”

巴巴塔欲言又止。

“巴巴塔，我18岁就当了武者，从那时起，我就没畏惧过死亡。相反，我很害怕自己成为一个胆小的人，我害怕我的孩子们在飞船上度过几十年，我更加害怕洪、雷神等无数人的牺牲变得不值得。

“死没什么可怕的，人总有生老病死。我想为我的同胞，为那些还没有出生的孩子拼一把，也为我自己拼一把！

“洪和雷神毫不畏惧，和金角巨兽拼杀，他们是地球上最强的两个武者，可我是地球上最强的精神念师啊，我怎么能退缩呢？”

听到罗峰的话，巴巴塔沉默了。

巴巴塔很久没有过这种复杂的情绪了，这是它第一次打从心底钦佩罗峰。在此之前，在它看来，罗峰只是个资质一般，它无奈之下才选择的传人。

“好，我帮你。”半晌，巴巴塔沉声道。

“哈哈！好！别难过，我说了，拼一把，还是有可能活着的。”

“现在是C国时间14点12分，离洪、雷神大战金角巨兽已经过去了1个小时。”巴巴塔的声音低沉，“这一次，金角巨兽的生命气息变得极其微弱，显然受伤非常严重，绝非一两天能好。但是，你也不能大意，不要浪费时间，越早动手越好。”

决定帮罗峰后，巴巴塔就全力为罗峰出谋划策。

“先找到五位行星级强者，你施展六芒中的秘技时，使那五个强者的灵魂燃烧，完全吸收他们的力量，融入虚空之塔中，而后施展虚空之塔中的拼命之法。”

“嗯！我得选五个人，这五个人必须是行星级强者，实力越强越好。实力越强，代表生命力越强，那么，燃烧灵魂后产生的力量就越强。”

第253章

六个人

罗峰站在天台上，看向周围的摩天大厦，远处街道上有军队的运输车队来来往往。

“巴巴塔，将我的想法编辑成消息，而后群发给所有行星级强者。愿意加入此次行动，不惜牺牲自己性命的，让他们回消息给我。”罗峰的声音坚定无比。

“好！”

在巴巴塔的操作下，很快，地球上的所有行星级强者同一时间得到了此消息。

“罗峰，你说，多少行星级强者愿意牺牲？”巴巴塔忍不住问道，“他们可都是实力很强的强者，就算基地市被怪兽攻破，人类大逃亡，他们幸存的可能性也很大。”

“我不知道。”罗峰摇摇头。

六芒中的秘技是陨墨星一脉很特殊的一种秘技，其中有一门让其他人献祭，燃烧灵魂的绝招，这一绝招其实也可以操控自己的奴仆令其献祭。所谓献祭，必须是自愿的，完全没有反抗的，一旦反抗，就会失败。所以，罗峰无法强迫别人燃烧灵魂，牺牲性命。

“嘀！”罗峰的通信手表发出一道声音。

“有了。”罗峰连忙点开一看，仅仅五个字。

“妖娆愿意去。”罗峰看了之后，心中很感动。

第一个答应献祭的竟然是洪麾下的三大亲卫之一——妖娆。

“嘀！嘀！”罗峰的通信手表又发出两道声音。

“又有两个？”罗峰刚要查看是谁发来的消息，又有消息提示声接连响起。

罗峰不由得震撼了。

“真是疯狂！”巴巴塔忍不住低声说道。

3分16秒，罗峰的通信手表不断响起。

“罗峰，现在已经收到81封来信，其中62人愿意献祭，其他则是询问情况的，问你是否有把握。”巴巴塔说道。

罗峰点点头。

“罗峰，你决定吧，选哪五个人？”巴巴塔说道。

罗峰选谁，谁就是牺牲者！

“按照灵魂强弱来选，灵魂越强，帮助就越大。巴巴塔，你根据这个标准选出五人。”罗峰沉声说道。

“好！”巴巴塔很快就做出了选择，“我选出来了，这五个人分别是默汉德森、伊斯特、特里帕蒂·辛格、贾谊、索科洛夫，他们分别来自A国、E国、I国、C国、R国。不过，战神宫第五议长竟然没有回信。”

“我无法强迫别人。”罗峰默默念叨这五个人的名字，“默汉德森、伊斯特、特里帕蒂·辛格、贾谊、索科洛夫……”

默汉德森号称“冰雪大帝”，霸气十足，是A国的超级英雄。

伊斯特是地球前第一精神念师，现在被罗峰超越了。

特里帕蒂·辛格号称“I国第一强者”，人送外号“狮子王”，实力强悍。

索科洛夫来自R国，是以狠厉出名的强者。

贾谊是C国的重要人物，一直以来都为国家奉献力量，经历过大涅槃时期。

只要罗峰施展出六芒中的秘技，这五个人就得牺牲。但明知道会牺牲，他们还是立即回信了。

“通知他们五个，给他们十五分钟时间和家人告别，随后，立即以最快速度赶往海域。”罗峰沉声说道。

“好！”巴巴塔立即发出五条通知。

R国，身材魁梧，双眸隐隐泛着红光的男人挺身站立。

他就是索科洛夫，R国第一强者。

“我要前往海域去对付那头金角巨兽，此战我定会全力以赴。”索科洛夫心中暗道。

而后，索科洛夫猛地转头，大步走向不远处的一架飞碟形智能战机，而后，飞碟形战机起飞。

此时，默汉德森正与妻儿和刚刚喝完奶的小孙子告别。

特里帕蒂·辛格也告别了妻子和孩子。

伊斯特则将自己关在房间内，待了五分钟，而后就乘坐战机离开了。

贾谊只是给亲人们打了电话，就直接乘坐战机离开了。

罗峰家的客厅中。

“起来，小峰，快起来。”罗洪国和龚心兰眼中含泪，连忙去拉起跪着的罗峰。

“罗华，照顾好爸妈。”罗峰对罗华说道。

“嗯！”罗华双眼通红，连连点头。

罗峰点点头，转头看向一旁早已泪流满面的徐欣，握住她的手，轻声道：“对不起。”

“你别说对不起。”徐欣连连摇头。

“我欠你一场婚礼。”罗峰左手一挥，客厅阳台上的格网钢丝直接飞出来一根，并且在飞出来的过程中，断成两截，这两截短钢丝自动形成了两个圈。

“现在没时间去买戒指了。”罗峰拿着这两个钢丝戒指。

“我的父母做见证，徐欣，你愿意嫁给我吗？”罗峰轻声说道。

“我愿意！”徐欣点点头，眼泪却止不住。

罗峰轻轻给徐欣的无名指戴上钢丝戒指。

徐欣也为罗峰戴上钢丝戒指。

“对不起，我对不起你，也对不起还未出世的两个孩子。”罗峰看着眼前的徐欣，低头亲吻她。

徐欣也闭上眼睛。

待徐欣睁开眼睛，罗峰已经出了客厅大门。

“小峰！”

“罗峰！”

一群人跟着走到庭院中，仰头看去。

只见脚踏遁天梭的罗峰化作一道流光，消失在天际。

罗峰脚踏遁天梭，在半空中飞行。

他俯瞰下方，远处的Y城已经看不见了，正下方则是破败的城市，怪兽遍布。这是大涅槃时期之前的城市，然而现在已经是怪兽的家园了。

“我是罗峰，默汉德森、伊斯特、特里帕蒂·辛格、贾谊、索科洛夫，你们将自己现在所在的位置和战机飞行速度告诉我，我来确定聚集点。”罗峰同时给五人发去信息。

“我是默汉德森，我的战机飞行速度为3800米/秒……”

“我是贾谊……”

……

五人相继将自己所在的位置和战机飞行速度告诉了罗峰。

巴巴塔则迅速计算出了最佳的聚集点。

“罗峰，聚集点已经计算出来了，你们只需要1个小时零8分就能抵达聚集点。聚集点距离金角巨兽所在的海域仅35.1万米。”

“好！”罗峰立即将聚集点的位置告知其他五人。

C国，此时还是下午，可越靠近聚集点，天黑得越快。

当罗峰抵达聚集点的时候，一架黑色的飞碟形战机已经悬浮在高空中，而后一个头发微微卷曲的男子直接飞了出来。

“罗峰，你好。”男子伸手。

“特里帕蒂·辛格，你好。”罗峰也伸出手。

两人握手。

没多久，从A国赶来的默汉德森也到了。

第四个赶到的是贾谊。

第五个赶到的是索科洛夫，第六个赶到的是伊斯特。

“要点我已经说了，你们都明白了吧？”罗峰看向五人。

“明白。”默汉德森、伊斯特、特里帕蒂·辛格、贾谊、索科洛夫都郑重地点点头。

“好，那我们现在就出发，进入海中，去往金角巨兽所在之处。”罗峰说道。

“嗖——”六个人都化作流光，同时朝远处的海域飞去。

这一刻，全球每一个地方的电视机都在播放这一幕。

罗洪国、龚心兰、徐欣等人坐在电视机前，十分担心。

而各国的领导人都很紧张，这恐怕是人类的最后一次机会了。

“A国第一强者默汉德森、E国第一强者伊斯特、I国第一强者特里帕蒂·辛格、R国第一强者索科洛夫，还有我们C国的贾谊以及地球第一精神念师，即最年轻的绝世天才罗峰，他们要去和金角巨兽战斗了，让我们永远记住他们的名字。”

解说员的声音很低沉。

屏幕显示，六个绝世强者在空中疾速飞行，而后迅速俯冲，同时冲入茫茫大海中。

第254章

新的篇章

幽深的海底，罗峰六人迅速朝下方潜去，罗峰拥有摩云护甲，而其他五人拥有黑神套装，自然能潜入深海中。

“罗峰，那金角巨兽就在海底1200米处，我们靠得太近，会不会让它惊醒，干扰你施展秘技？”特里帕蒂·辛格问道。

其他四人都看向罗峰。这次行动以罗峰为主，毕竟他们根本不懂得施展秘技，自然要听罗峰的。

“别担心。”罗峰心念一动，旁边出现了穿着黑色作战服的流银护卫。

“天哪！”其他五人都惊讶地看着突然出现的流银护卫。

看到流银护卫的脸，他们就猜出，这不是真人，而是之前救走洪和雷神的特殊机器人。

“这是我在古文明遗迹中得到的。”

罗峰说话间，已经落在海床上，其他五人也落了下来。

“你们通知一架智能战机到这里来。”罗峰沉声道。

“为何？”其他五人微微一怔。

智能战机的确在海陆空都可行动，可为什么要进入海底呢？

“待会儿我施展秘技后，你们会死去，我会让智能战机将你们的尸身带走。至于我，会和金角巨兽一战。”罗峰淡淡地说道。

其他五人听到这话，都神色凝重。此次战斗，他们五人的作用就是“献祭”，令罗峰在短时间内变得无比强大。而罗峰是最惨的，很可能会落个死无全尸的下场。

“嗖！”高空中的智能战机迅速冲入海中，很快来到这里。

“坐下，闭上眼睛，记住，不要反抗。”罗峰沉声说道。

“明白。”

默汉德森、伊斯特、特里帕蒂·辛格、贾谊、索科洛夫五人彼此相视一眼，脸上都露出笑容，展现出震撼人心的人格魅力。

而后，他们都盘膝坐下。这五人加上罗峰，刚好契合六芒中的献祭秘法所需的六个点。

“开始吧！”罗峰闭上眼睛。

他的识海中一共有三颗微型星球，中间的微型星球是当初他达到行星级一阶时拥有的，旁边两颗微型星球分别是他达到行星级二阶、行星级三阶时产生的。旁边两颗星球绕着中间的星球旋转，犹如地球围绕太阳转。

中间的微型星球是最大的。三颗微型星球都是血红色的，而且都散发出红色雾气，红色雾气融入几乎充斥整个识海的巨大物体，也就是虚空之塔中。

这座血红色的宝塔内部空间极大，三颗微型星球就在这里面。

“嗖——”五根念力丝线从虚空之塔中飞出，离开了罗峰的身体。

奇怪的是，在外界，这五根念力丝线是完全透明的。这五根念力丝线直接进入默汉德森、伊斯特、特里帕蒂·辛格、贾谊、索科洛夫的识海中。

“轰——”五人的灵魂瞬间燃烧起来。

海底，罗峰等六人盘膝静坐。

其中五人的灵魂燃烧时，身体周围都发生了震荡，大量的精神力在罗峰精妙的操控下，开始沿着六芒阵传输，直至传输到六芒阵的中心，也就是罗峰所在的位置，而后融入罗峰识海中的虚空之塔中。

五人的生命气息不断减弱，罗峰的生命气息却不断增强。

而即将牺牲的五人，脸上都带着一抹笑容。

E国P基地市，街道旁的大屏幕上正直播那一幕。

“六个人在海底停止了移动，其中生命气息最强的是罗峰，生命气息强度排第二的是伊斯特……”解说员的声音回荡在街道上。

街道上聚集了不少人，一个个都默默地看着。

“默汉德森、伊斯特、特里帕蒂·辛格、贾谊、索科洛夫的生命气息不断减弱，罗峰的生命气息则不断变强。”

只见屏幕上出现了六道虚影，其中五道虚影渐渐变得模糊，罗峰的虚影则变得清晰。

突然，那五道虚影完全消失了，显然生命测试仪已经无法探测到他们的生命气息了。

“天哪！”

“上帝！”

街道上无数人惊呼出声。

他们知道，生命气息消失，就代表着死亡。

“默汉德森的战机已经出海，据我们所知，战机内现在有五具尸身，正是默汉德森、伊斯特、特里帕蒂·辛格、贾谊、索科洛夫这五位英雄。他们是为了守护人类而牺牲的，请永远记住他们！

“天哪！罗峰正在向金角巨兽靠近！”

解说员的语速一下子变快了。

屏幕上，代表罗峰的虚影正在迅速下潜，和另外一道无比强大的气息接近了。

“让我们祈祷！”

“希望罗峰能够获胜！”

街道上，所有人双手交叉，贴在胸前，紧张地看着屏幕。

此刻，无数人都在为罗峰祈祷，他们期盼着罗峰能够胜利归来。

罗峰正迅速深入海床下方的岩石层中。

“800米，600米，400米，300米！”巴巴塔不断告诉罗峰离金角巨兽所在位置的距离，“200米！”

罗峰猛地停下。

周围的岩石被撑开了。

“金角巨兽，去死吧！”罗峰的双眸涌现杀意。

识海中，虚空之塔内的两颗微型星球正围绕着中间的微型星球不断转动。

忽然——

“轰！轰！轰！”

三颗微型星球瞬间变成了“火球”，准确地说，是大量血红色雾气猛地从微型星球中冲出，融入了虚空之塔。原本已经吸收了五位强者的精神念力，令显得无比耀眼的虚空之塔猛地旋转起来。

虚空之塔变得模糊，塔尖出现了耀眼的光点。

“多年的苦功全没了。”巴巴塔微微摇头，“罗峰，希望你和洪、雷神一样，保住一点根基，陷入沉睡，至少不会立刻死亡。”

罗峰感觉自己不断变得虚弱。

“去吧！”

一座肉眼无法看到的虚空之塔不停地旋转着，而后宛如一个尖锥直接穿过两百米的距离，瞬间冲入金角巨兽脑袋里。

“嗷呜——”愤怒的吼声响起。

“轰隆隆！”周围的岩石层猛地炸裂开来。

罗峰一眼就看到了金角巨兽，那双暗金色眸子正恨恨地盯着他。

此时，两名流银护卫挡在罗峰前面。

“它的识海竟然不在头部。”罗峰脸色一变。

虚空之塔冲入金角巨兽的头部后，根本没发现灵魂。此时，罗峰终于明白，为什么之前轰掉它的脑袋，却没能要了它的命。金角巨兽不同于人类，也不同于其他怪兽，它的识海不在头部，也就是说，其灵魂不在头部。

随即，虚空之塔沿着颈部迅速往下，进入金角巨兽的体内。

“呼！”虚空之塔疾速飞过。

虚空之塔是由精神力组成的，金角巨兽的血肉根本无法阻挡它。

“在这里！”

金角巨兽的体内竟然有一颗散发着金光，直径约二十厘米的透明晶球。晶球上有着复杂的金色秘纹，金色秘纹散发出道道金光。

当罗峰的虚空之塔经过晶球时，明显受到了很大的阻力。

它的灵魂在里面。

“轰！”旋转的虚空之塔猛地撞击晶球。

“嗷呜——”金角巨兽在岩石层中愤怒地咆哮着。

它布满鳞片的翅膀锋利无比，犹如两把大斩刀，它的爪子更是锋利，尾巴也十分诡异。此刻，它疯狂地攻击着罗峰。

两名流银护卫拼命阻拦。

“不好，它的灵魂有很强的防御力！”罗峰脸色大变。

片刻，罗峰表情变得狰狞，一咬牙，道：“拼了！”

“轰！轰！轰！”三颗微型星球直接飞出罗峰的识海。

“轰隆隆——”罗峰的识海失去了根基，瞬间崩溃。

“不要！罗峰，不要！”罗峰手腕上的智能空间中，巴巴塔大惊失色。

洪和雷神虽然都燃烧了灵魂，但是没让灵魂离开身体。而罗峰现在是抛弃原先的肉身，将灵魂完全融入虚空之塔，完全没给自己留一点后路。这样一来，攻击力的确可以达到最强，可是，就算罗峰成功，他的肉身和识海崩溃了，他就无法回头了。

“去死吧！”罗峰无比坚定。

他的灵魂完全融入虚空之塔了，虚空之塔宛如一个尖锥，不断刺着表面布满大量金色秘纹并且散发金光的晶球。

虚空之塔内的三颗微型星球不断燃烧，不断消耗着能量，体积越来越小。

“怎么还没破开？！”罗峰无比急切。

金角巨兽痛苦地甩动脑袋，狠狠地砸着旁边的岩石，灵魂遭到了攻击，它无比痛苦。

要命的是，几个小时之前，它的灵魂已经受到过一次重创。此次罗峰对它灵魂的攻击丝毫不比上一次弱。

“破！破！破！”罗峰大喝道。

他不怕死，可是怕失败。

虚空之塔中的三颗微型星球越来越小。

“噗！噗！”其中两颗小一点的微型星球完全化为虚无，只剩下中间的那颗星球，且体积只有过去的三分之一。这颗血红色星球不断燃烧，大量精神念力进入虚空之塔。

血红色星球越来越小。

罗峰感觉到自己的意识逐渐模糊，他觉得自己……快死了。

JN基地市，Y城，街道上。

这一刻，街道上的人都紧张地盯着屏幕，其中包括魏文。

魏文无比紧张：“罗峰，罗峰，我的兄弟，你，你一定要活下来，活下来啊！”

屏幕显示着，罗峰的生命气息已经和金角巨兽的生命气息混杂在一起，显然正在战斗。

“轰！”

两股混杂的气息猛地爆发，仿佛恒星毁灭一般。

随即，两股气息迅速减弱。

“气息在迅速减弱！”这时，解说员的声音响起，“无法辨别是谁的气息，两者的气息完全混合在一起，都在减弱。”

魏文瞪大眼睛。

看着电视的徐欣、罗洪国、龚心兰、罗华等人也无比紧张。

屏幕上，两者的生命气息仍旧在不断减弱。

不一会儿，屏幕上代表两股生命气息的虚影完全消失了。

“死了？！”

“罗峰和金角巨兽都死了？”

人们都见过，金角巨兽曾经死而复生，此次看到它和罗峰的生命气息都消失了，不知道它会不会仍旧没有死，所以都紧张地关注着。

一分钟，两分钟，三分钟……

金角巨兽的生命气息没有再出现，罗峰的生命气息也没有出现。

C国时间16点10分，三名行星级强者潜入深海，发现了金角巨兽庞大的尸身，不过，他们根本无法破坏金角巨兽身上的鳞片。

消息传来，全世界的人欢呼雀跃。

“金角巨兽死了，它真的死了！”

“洪、雷神、默汉德森、伊斯特、特里帕蒂·辛格、贾谊、索科洛夫、罗峰拯救了地球上的所有人，是他们给了我们希望，他们中最大的89岁，最小的才22岁，让我们永远记住他们的名字。”

16点25分，大量怪兽聚集于那片海域，包括许多王级怪兽。这让人类不得不立即避开，根本无法进入海底。

当晚，全球各地原本疯狂攻击人类基地市的海域怪兽们都迅速撤退了。

第二天，太阳升起。

地球终于恢复了平静。

第255章

涅槃

JN基地市Y城，广场上摆满了花圈。

对人类而言，金角巨兽的出现是一场浩劫。不过，地球上超级厉害的八位强者不怕牺牲，勇于和金角巨兽战斗，才让人类渡过这一场劫难。

其中洪和雷神一直处于沉睡中，虽然还有心跳，但是脑电波完全消失了，无异于活死人，全球各个基地市的人都自发为八位英雄举行各种纪念活动，以示感激。

Y城是八位英雄之一罗峰的家乡。Y城最大的广场上，无数人在进行悼念活动。

在最后的那场战役中，罗峰是几位英雄中年纪最小的，也是最有潜力的，年仅22岁，就斩杀了金角巨兽。

如此天才，如果好好活着，日后超过洪和雷神的可能性极大。甚至很多人说罗峰击杀了金角巨兽，已经能和洪、雷神比肩了。

不过，现在说那些都没有用了，罗峰牺牲了。

一批又一批人来这里悼念。

“罗峰，”人群中，一个青年在一个少女的陪同下，看着罗峰的照片，哀痛不已，“你，你……”

“阿文，别这样。”少女柔声劝慰。

“你知道吗？他和我从小玩到大，没想到，他就这么离开了。”魏文神情凝重，眼泛泪光，“他自从进入武馆后，就一直是最优秀的，早早就成了高等学员，之后成了武者。他一步步刻苦修炼，越来越厉害。我一直都相信，他会飞得更高，没想到……”

魏文和他女友在广场上静立许久，而后随着人群离去。

明月小区，罗峰家二楼的卧室中。

冬天暖洋洋的阳光透过落地窗照进来，使得躺在床上的徐欣脸色显得更加苍白。

“小妹，”徐刚坐在床边，轻声安慰道，“你别太伤心了。罗峰的死重于泰山，值得。而且，你怀着孩子，如此伤心，对孩子不好啊！”

“哥，”徐欣轻声说道，“我知道，你出去吧。”

“保重身体，为了罗峰，也要把孩子生下来。”徐刚说完，走了出去。

从感情上讲，罗峰是守护人类的八位英雄之一，徐家的人当然希望徐欣为罗峰生下孩子。

从现实考虑，罗峰可是地球上的第一精神念师，他的遗传基因肯定很好，他的两个孩子当然得留下。

罗峰家楼下。

“医生，”龚心兰急切地问道，“徐欣现在怎么样了？”

C国医学界医术顶尖的华老先生十分敬重罗峰，此次亲自来给徐欣看病。

他沉声道：“罗夫人，病人的身体其实并没有什么问题，只是，她忧思伤神，再好的体魄也承受不住。如果她一直沉浸在哀伤中，身体状况会变差的。”

“这……”龚心兰脸色微变。

昨天看直播的时候，看到罗峰的生命气息完全消失时，徐欣直接晕了过去。

虽然罗洪国夫妇也很痛苦，但是他们不想儿媳妇和罗家的血脉出事，所以立即请了医生。如今，他们能为儿子做的就是保住这点血脉。

“华医生，无论如何，请你务必保住她和孩子。”龚心兰郑重地道。

“我懂。这可是罗峰先生的妻子和血脉，我一定会尽全力。”华老先生点点头，继续道，“我马上就为她向国家申请草木之灵和一些辅助药物。”

“草木之灵我们家有。”龚心兰连忙说道。

“那就更好了。”华老先生很意外，又道，“草木之灵和一些辅助药物只是一方面，只能帮助她调养身体，归根结底，病因还在于她的心结。如果她太过悲伤，很容易影响自己的身体，我担心她怀孕期间会出现流产的情况。”

龚心兰脸色大变。

“所以，你们务必多关心她，让她心情好一点。”华老先生叮嘱道。

“我知道。”龚心兰点点头。

徐欣默默地躺在床上，轻轻抚摩无名指上的钢丝戒指，眼角滑下两行泪，喃喃自语：“罗峰，你，你真的离开我了吗？”

罗峰和金角巨兽战斗的海域聚集了大量怪兽，单王级怪兽就超过六十只，其中还有现如今海洋中唯一的兽皇——雷龙皇。

这么多怪兽聚集在海底，就是为了得到金角巨兽的尸身。从怪兽进化的规律来看，吃掉强大怪兽的尸身，一般是会进化的。

“嗷呜——”雷龙皇恨恨地盯着眼前的两名流银护卫。

它在这里已经三天了，一直无法得逞，就是因为这两名流银护卫。

须知，流银护卫可以抵抗金角巨兽，要缠住雷龙皇简直太容易了。虽然流银护卫的攻击力不强，但是它们缠住敌人的能力很强。

两名流银护卫的后面是金角巨兽的尸体，金角巨兽已经没有丝毫生命气息。

金角巨兽体内那颗布满大量金色秘纹的晶球正散发出微弱的金光，看似和过去一样，实则却发生了一些变化。

“原来夺舍这么难。巴巴塔，这么下去，到底要多久才能完全操控金角巨兽的身体啊？”

罗峰的意识发出了疑问。

“别急啊，你现在可是得到了亿万年难遇的机遇，耐心点，慢慢来。”巴巴塔回道。

罗峰没想到自己会活下来。

三天前，他拼命攻击金角巨兽的时候，发现金角巨兽的灵魂防御力很强。就在他最后一颗微型星球燃烧起来，自己快完蛋时，星球核心处的血红色晶体终于燃烧了，顿时，一股无比强大的精神念力融入他的灵魂中。这也是全球直播时屏幕上显示罗峰的生命气息陡然变强的缘故。

罗峰很感激陨墨星主人，因为当年陨墨星主人不知道将来自己的传人实力如何，为了谨慎起见，制作了可以转化成宇宙级一阶精神念师灵魂的传承魂印。传承魂印看起来很小，只是一根晶柱而已，但那可是由陨墨星主人制作成的。

当晶柱燃烧时，那股极强的力量瞬间攻破了金角巨兽的防御，从而击倒了金角巨兽的灵魂。而罗峰的灵魂得到了补充，一下子变得无比强大。然而，罗峰的肉身和识海崩溃了，他无法回去。于是他当机立断，立即施展夺舍秘技，将金角巨兽大量的灵魂碎片直接吞噬。他吞噬灵魂碎片的速度虽然快，但是光吸收就花费了一天的时间。

而空间戒指、摩云藤是靠精神印记认主的，巴巴塔是人工智能，跟罗峰也是靠精神联系的。灵魂才是根本。宇宙中的宝物一般都是靠灵魂印记认主的，所以罗峰在夺舍时，自然而然和巴巴塔联系上了。

“罗峰，现在你占据它的识海。不过，你的灵魂跟它的身体契合度很低，必须慢慢来。

“夺舍初始阶段，连走路都走不好，这是正常的。

“来，先尝试动动眼皮，慢慢来。

“我已经隔绝了周围的信号，人类是不会发现金角巨兽的生命气息的。”

巴巴塔表面十分冷静，内心却无比激动。

天哪！夺舍星空巨兽，这简直是做梦啊！

宇宙中，星空巨兽是最厉害的，其血统无疑是最高贵的，而金角巨兽是星空巨兽中最厉害的。

“巴巴塔，我怎么才能恢复成人的模样？”罗峰问道。

“罗峰，你为何执意要人的身体？”巴巴塔没好气地道，“你有了这金角巨兽的肉身，成为界主级强者，只是时间问题而已。而且，我听说过，星空巨兽都是有传承记忆的，越高等的星空巨兽，传承记忆越高深。”

“正所谓知识就是力量！你的老师不过六千多万年寿命，积累的知识也不算多，他的秘技虽然厉害，但是在茫茫宇宙中，比你老师强的人还是有的。而星空巨兽拥有一代代血脉传承的记忆，那些记忆甚至可以追溯到宇宙初始时期。”巴巴塔越说越激动，“待你的灵魂和它的身体百分之百契合的时候，它的传承记忆就会完全融入你的灵魂中。”

成为强大的金角巨兽，纵横宇宙？

“当然，你想要恢复人身也不难，最笨的方法就是再次夺舍，而最好的方法是得到传说中的一种秘法——分神，使用这种秘法可以有大量化身，自然也有人身。不过，这分神秘法极其神秘，连你的老师也只是听说过而已。”巴巴塔缓缓说道，“别想这么多了，你还活着，这就很好了。”

“你说得对！”罗峰顿时一喜。

他至少还活着，活着就有希望，就有可能看到家人，还有那两个未出世的孩子。

罗峰更加努力地控制身体，动动眼皮，张开爪子，甩动尾巴，轻轻挥舞鳞片翅膀。

16天后——

“成功了！”

海底，体形庞大的金角巨兽正缓缓游动，暗金色眸子扫视四周，吓得兽皇和王级怪兽动都不敢动，恭恭敬敬地趴在那里。

“罗峰，恭喜恭喜！”巴巴塔十分激动。

“嗯！多谢！”刚刚罗峰的灵魂和金角巨兽的身体完全契合时，突然，一段无比庞大的记忆涌入罗峰的灵魂中。

一代代金角巨兽传承下来的记忆出现在罗峰的灵魂中，罗峰完全震惊了，甚至停止了思考。

第256章

传承记忆

幽暗的海底，无数海域怪兽朝四周分散，它们看着远处盘踞着的金角巨兽，金角巨兽那暗金色眸子缓缓闭上，仿佛睡着了。

可是，金角巨兽的气息扩散开来，给它们造成了无形的压力。

这一片海域无比宁静。

金角巨兽闭上巨大的眸子。

罗峰感觉自己完全被传承记忆淹没了。

那些无比玄妙的秘法完全适合金角巨兽修习，博大精深，许多秘法不断涌入脑海中。

罗峰隐隐感到头痛，显然传承记忆涌入的速度达到了其灵魂的承受极限。

“到底有多少传承记忆啊？”罗峰不敢相信，“这，这都持续一个多小时了。”

1个小时，2个小时，3个小时……

这些传承记忆不断涌入。各种各样的传承记忆一闪而过，而后完全融入罗峰的灵魂中，罗峰只来得及辨别出一些金角巨兽修炼的图案等，就被其他传承记忆给淹没了。

1天，2天，3天……

金角巨兽趴在海底一动不动，像沉睡了一般。

16天后——

幽深的海底，烂泥遍布的海床上，漆黑如墨的金角巨兽趴在那里，一动不动。终于，它的暗金色眸子睁开了，眸中流露出一丝杀意。

“老天！”罗峰这才感到一阵轻松。

传承记忆涌入其灵魂的这16天，灵魂的承受能力达到了极限，这般压力下，罗峰感到十分疲累。

“这，这得有多少传承记忆啊！”罗峰感慨一声。

“罗峰！”一道兴奋的声音在罗峰的识海中响起。

“巴巴塔！”罗峰唤道。

“你完全接收了金角巨兽的传承记忆，真是了不得啊！以你灵魂现在的承受能力，每一秒都能接受很多信息，这16天来，你得接收多少信息啊！”巴巴塔显得很激动，“快看看，你得到了哪些了不起的秘技？”

“我先查看一下。”罗峰也好奇得很。

虽然他现在的本体是金角巨兽，但是对于金角巨兽的能力他完全不清楚。

“巴巴塔，麻烦大了。”罗峰刚查看了一下传承记忆，就有些无奈地开口。

“怎么了？”巴巴塔连忙问道。

“这些传承记忆虽然在我的脑海中，但是我得一样一样去学，这得学到什么时候啊？”

所谓传承记忆，其实是一种传承知识的手段，知识从上一代金角巨兽传到下一代，可是要真正掌握这些知识，还得认真去学习。

“很正常！”巴巴塔缓缓说道，“传承记忆之所以庞大，主要是因为涵盖了一些秘法，一种秘法可能就有很多文字。主人的魂印秘法如果刊印成书，恐怕得用C国数千万文字记载，这都是很正常的。”

“罗峰，”巴巴塔兴奋地说道，“你现在将传承记忆整理一下，不需要查看秘法的详细内容，知道名字和大概内容就行。你可知道，在宇宙中，各族的强者都愿意花无数财富去购买秘法，你竟然嫌多，真是的！”

罗峰笑了，道：“好的！我现在就整理一下。”

金角巨兽可修炼的特殊秘法有18种，普通秘法有3199种。传承记忆中还有其他星空巨兽的介绍和人类诸多族群的介绍，比如掌控师、幻术师、驯兽师、傀儡师、猎杀者、武斗者……

此外，还有金属类族群的介绍，如机械族群等，也有岩石类族群、灵体类族群、植物类族群……

同时，还有一些数量极为罕见，却和星空巨兽一样拥有无比强大力量的奇特族群。

人类的无数族群、文化等若用C国文字记载，百亿文字都远远不够，而人类只是茫茫宇宙中一个厉害的族群而已。

又过了33天，罗峰总算对传承记忆进行了一个大概的整理。

将来如果需要用到某些知识，他可以迅速地从庞大的传承记忆中搜寻到。至于学习，这还需要很长的时间。任何一头金角巨兽恐怕都不可能将所有知识全部学习一遍。仅仅将18种特殊秘法和3199种普通秘法的内容全部看一遍，就不知道需要多少年了。

“罗峰，这传承记忆也太强大了！”巴巴塔惊呆了，“原来宇宙中竟然有这么多族群，竟然还有能够和星空巨兽媲美的罕见族群。星空巨兽传承了一代又一代的记忆，底蕴深厚，在人类族群中，恐怕只有乾巫宇宙国的知识藏库才能和星空巨兽的传承记忆相比。”

罗峰将传承记忆全部梳理一遍后，也佩服不已。

星空巨兽血统高贵，这是体现在多方面的。本身的天赋是一方面，深厚的知识底蕴是另一方面。

“巴巴塔，也就只有拥有十二血统的星空巨兽才能一代代承载这么多记忆。”罗峰解释道。

“十二血统？”巴巴塔十分惊讶。

“嗯！星空巨兽中，能够在长大后直接达到界主级的怪兽一共是12种，当初你所说的炎星巨兽也是这12种之一，这12种怪兽各有各的血统。”罗峰对传承记忆进行一番梳理后，对星空巨兽的了解加深了，“十二血统的星空巨兽的传承记忆是极其丰富的，并且每一代还可以加入自己的记忆。”

罗峰现在知道金角巨兽是怎么传承记忆了。

金角巨兽如果想要留下后代，只有一个办法，就是将自己的生命力耗光，从而凝聚出一个蛋，将那个蛋吐出后，金角巨兽会在短短几年内死去。蛋孵化后，会出现金角巨兽的幼体，而后成长为新的金角巨兽。

“罗峰，赶紧看看，你需要多久才能达到界主级。”巴巴塔连忙说道。

“我看看。”罗峰大概浏览了一下传承记忆，震惊了。

“金角巨兽的蛋孵化后，幼体不吃蛋壳，而是吃普通金属的话，需要10年才能达到恒星级一阶。不过，如果幼体吃掉蛋壳，再吃大量的普通金属，一年即可。”罗峰说道。

“一年？！被你夺舍的金角巨兽才一岁啊！”巴巴塔无语了。

罗峰也唏嘘不已。

这头搞得地球人人心惶惶的金角巨兽还只是一岁的幼儿！

“按照金角巨兽的进化速度，从恒星级一阶到宇宙级一阶，需要100年；从宇宙级一阶到域主级一阶，需要1000年；从域主级一阶到界主级一阶，需要1万年。”罗峰再次说道，“这是最慢的进化速度，如果使用一些特殊方法，可以加快进化速度。比如使用一些金属配单，有利于金角巨兽体内的世界加速成长，实力提升得更快。”

“你的老师准备充足，给你定的修炼计划全部是最好的，纵然如此你也需要十几万年，才有可能达到界主级，如果没有这些，这辈子你能达到宇宙级就不错了。可现在，即便只是普通的进化速度，1万年你就可以达到界主级。”

巴巴塔过去对金角巨兽不是特别了解，现在总算是有第一手信息了。

“其实，可能不需要那么久，那是最慢的进化速度。”罗峰笑着说道，“如果使用一些特殊方法，完全能够加速体内世界的成长，进化速度可以加快几倍，甚至更多。”

“不过，传承记忆中有18种特殊秘法和3199种普通秘法，我不知道该学哪几种。”罗峰有些烦恼，“这些秘法都是一代代金角巨兽传承下来的，唯有金角巨兽才能修习。按照传承记忆的警示，不能贪多，也就是说，我最多学2种特殊秘法，所学普通秘法不能超过6种。一旦超过，我就没有足够精力学习了，效果反而不好。”

“哦！有道理。”巴巴塔顿了顿，又道，“你先将18种特殊秘法和3199种普通秘法的作用和修炼条件告诉我，我给你筛选一下，看能不能做到最佳搭配。”

论筛选能力，罗峰当然比不上巴巴塔。

“好！”罗峰当即将特殊秘法的作用和修炼条件告诉巴巴塔。

而普通秘法太多了，罗峰只能靠意念将普通秘法的大概信息传输给巴巴塔。

8个小时后，罗峰将18种特殊秘法和3199种普通秘法的大概信息全部传输给了巴巴塔。

巴巴塔开始迅速筛选。

“罗峰，金角巨兽应该拥有天赋秘法吧，我之前看到它的速度大大加快。”巴巴塔说道，“你将其天赋秘法的相关讯息告诉我，我好做出最优的搭配。”

“天赋秘法？稍等一下。”

罗峰从传承记忆中得知，金角巨兽的天赋秘法一共有3种，至于详细的讯息，只要他的灵魂进入金角巨兽的体内世界，就自然完全明白了。

所谓天赋秘法，根本不用学习，自然而然就能施展。

第257章

地球的变化

当罗峰在海底接收并梳理庞大的传承记忆时，人类社会正迅速发生着一系列变化。

在罗峰等人和金角巨兽一役中，金角巨兽被击杀，令雷龙皇等怪兽惶恐不已，连连撤退。后来“金角巨兽”苏醒后，并没有命令它们去攻击人类，雷龙皇等怪兽当然不会主动发起攻击。

它们的智力都很高，连强大的金角巨兽都不是人类的对手，它们哪里敢去招惹人类啊！

经此一役，全球各国的损失不大，但可惜的是，几位英雄殒身了。

洪、雷神、默汉德森、伊斯特、特里帕蒂·辛格、贾谊、索科洛夫和罗峰堪称人类社会的顶尖强者。其中六人身死，洪和雷神陷入沉睡，连脑电波都没有了。极限武馆和雷电武馆的领袖位置空缺，谁不眼馋？这可是比五大强国都要强的势力。

洪和雷神实力极强，活着的时候，当然镇得住场。可现在，他们为了守护人类而受重创，极限武馆和雷电武馆失去了顶梁柱，自此，全球各大势力蠢蠢欲动。

洪宁基地市。

极限武馆总部，三位亲卫和五位巡察使齐聚一堂。

“现在虚拟空间崩溃，全球的行星级武者和战神各自抱团，没有两位馆主的号召，战神宫这个组织已经散了，接下来我们该怎么办？”白袍人焦急地道。

“所有战神都拥有意识感应器头盔。”戴着面具的妖娆急切地道，“他们的潜意识里还是愿意进入战神宫的。可是，馆主陷入昏迷，智能自动关闭了虚拟空间，所有人都无法进入战神宫，现在最重要的事情就是建立虚拟空间。”

罗峰如果死了，他的智能巴巴塔不可能为人类尽心服务。同样的道理，洪陷入沉睡，只服从洪命令的智能不会浪费能量来维持战神宫的运转。

战神宫是维系行星级武者和战神们的纽带，这条纽带断掉了，全球的形势将会变得更加混乱。

极限武馆这八人的实力很强，但是全球比他们强的还有好几个。这八人想要完全控制住极限武馆，维持极限武馆之前的声威是很难的。若这八人不团结，事情就更加麻烦了。

Y城，明月小区，罗峰家一楼的会客室内。

罗华和一个金发男子相对而坐。

“罗华先生，”金发男子感叹一声，“我和你的哥哥是好朋友，说实话，我很敬重他。此次他为了人类牺牲自己的性命，相信各个国家的人都很敬重他，也会记着他。可是，人类受到的威胁还没有彻底消除，我们不知道，海域怪兽什么时候会再度杀来。”

罗华微微点头。

“所以，资源的有效利用是很重要的。”金发男子看着罗华，“我希望……能从罗华先生这里购买一些宝贝。”

“哦？你想买什么？”罗华淡淡地道。

作为一家投资公司的老总，罗华比过去成熟多了。

“木伢晶、银白色巨人等。”金发男子郑重地道，“当然，我们HR联盟会付足够高的报酬。”

说完，金发男子从怀里取出一本书：“这本书记录了HR联盟拥有的诸多奇特物品、公司的股权、房地产等，绝对是最低价。”

“罗华先生，只要你和HR联盟达成交易，你便可以轻易地成为一个区域的经济主宰！”金发男子笑道。

罗华接过这本书，看了看。

的确，诱惑很大。

当罗峰将生死置之度外，和其他五人一起前往海域，对付金角巨兽之时，就给家人准备好了后路。而罗华现在只需拿出一点宝贝，就能轻易控制一个区域的经济命脉，HR联盟愿意将许多产业直接送给罗华。

“5天前，我们国家的领导人来到我家，提出的条件也挺优厚的。”罗华看着金发男子。

“就在你来的时候，我接到电话，是一个雇佣兵组织给我打来的。”罗华微微摇头，“维诺议员，我很遗憾地告诉你，我不卖。我除了卖一些宝贝给自己的国家外，不会卖给任何一个组织。”

金发男子脸色一变。

他可是行星级强者，此次亲自前来跟罗华相谈，够给面子了。要不是罗峰极负盛名，如果他硬来，恐怕会被全球的舆论击垮，他哪里用得着这么低声下气？

“罗华先生，你冷静点！”维诺沉声说道，“你哥哥是拯救了全人类的英雄，他的盛名犹在，的确能够保护你，可是，时间一久，你哥哥的热度终会消减。”

“谢谢你的好心。”罗华淡淡一笑，“我给你介绍一下，3号！”

一道黑色影子突然出现，吓了维诺一跳。

那是一个高大的金属机器人。

“这是我哥哥留下来，保护我们一家人的，是哥哥在12号古文明遗迹中得到的。”罗华看着维诺，淡淡地道，“我们罗家不需要所谓的舆论的庇护，我们有保护自己的能力。我知道，现如今全球不少人野心勃勃，可我们罗家没想掺和进去。”

“我哥离开前，和我说过，谁敢动我们罗家的人，就灭了他们！”罗华微微一笑。

维诺闻言，脸色微变。

“顺便说一下，这个机器人实力很强，就连我哥都不是它的对手。”罗华说道。

这是实话！

这个机器人是由乌钇金属锻造而成的，即便罗峰用赤混铜母残片都无法伤害它。

之前有一个机器人被金角巨兽拼命用金角撞击后，内部控制系统被震坏，才崩溃的。地球上，没有一个人能做到这一步。

也就是说，即便洪、罗峰、雷神三人都在，面对这种刀枪不入的机器人，也没法子。

罗华站在窗口，看着维诺离去的背影，冷冷地道：“哼！我哥走了，你们一个个都跟饿狼似的，眼馋我哥留下的宝贝。没错，我哥留下的木伢晶就足足有60颗，可是你们休想得到。现在局势混乱，如果谁敢动我们罗家的人，我绝对不会手软。”

美丽的星空，周围寂静无声。

忽然，空间仿佛水浪一般荡漾起来，同时一艘飞碟状的银灰色飞船出现在星空中，水浪一般的空间消失，飞船悬浮在星空中。

“船长，船长，我们逃出来了，逃出来了！”

“哈哈！终于逃出来了！”

飞船中的人兴奋地高喊，他们说的是宇宙中某一族群的语言。

飞船的控制室中，八名船员都激动不已。

控制台前，站着一个身穿银灰色战服，身高约1.9米，高大英俊，双眸泛着红光的中年男子，他正是这艘冒险型飞船的船长。

“没想到，这里竟然有一个虫洞。”船长的脸上露出一丝笑容，“本来飞船的B级能晶耗光后，无法在宇宙中穿行，不料竟意外闯入一片小行星地带，闯进一个自然虫洞中。飞船在这个小行星地带穿行，不知道需要多少光年，除非那群浑蛋在小行星地带中也碰巧进入这个区域，否则，他们绝对追不上我们。”

“阿图卡！”船长大声喊道。

“船长。”控制台屏幕上出现了一个小孩的头像。

“赶紧将虫洞的坐标记下，我们的星图中根本没有这个虫洞的坐标。显然，黑龙山帝国的人都不知道这个虫洞的位置。”船长兴奋地道，“而后，确认我们现在的位置，马上通知家族。”

“是！”小孩高声应道。

“哦！”随即，小孩惊呼起来，“船长，这是银河系的虚无区域。”

“什么？！”船长大惊。

“通过宇宙穿梭，怎么都无法确定坐标，也无法进入的虚无区域。”小孩道。

“哈哈！太好了！”船长激动万分，“出发！我们立即出发。”

很久以前，这一片区域是由银蓝帝国控制的。不过，后来一个不可思议的强者占领了这里，那个强者进入暗宇宙，就将这一片星域的空间坐标掩盖了。其他人根本没办法进入这片区域。

三万多年前，那个强者殒身，这片虚无区域就成了无主的区域。

可是，银蓝帝国，乃至高高在上的黑龙山帝国，都无人能够找到坐标，进入这片区域。

没想到，误打误撞之下，他竟然闯入了一个新的虫洞，从而进入了这片区域。

海底深处。

“没想到那三种天赋秘法是这样修习的。我能回去了，我能见到家人，还能看到即将出生的孩子了！”罗峰激动万分。

“嗷呜！”

金角巨兽仰头，发出一声低吼，吼声宛如冲击波扩散开去，波及周围的一些海域怪兽，不少海域怪兽当场丧命。

“罗峰，根据你的天赋秘法，我已经确定你修炼的路线了。”巴巴塔说道，“你应该修炼特殊秘法本尊天地和普通秘法绝对空间，这两种秘法配合你的天赋秘法使用，威力将非常大。”

第258章

天赋秘法

罗峰参透三种天赋秘法的修习之法，知道自己能回去后，心情好得很。

“本尊天地和绝对空间？！”

罗峰当即想起之前看到的这两种秘法的作用和修炼条件。

绝对空间是一种非常诡异的秘法，在宇宙中，能使人为之疯狂。只是，此秘技唯有金角巨兽能够学习。

这种秘技共分为三层：第一层，名为弧光；第二层，名为千变万化；第三层，名为瞬移。

学习这种秘技，最关键的就是疯狂地练习。

练习次数多了，才能逐渐体会其中的奥秘，从而熟练。积累得多了，才有可能悟透。

这种秘技主要的优势是瞬间提升速度。

举个例子，踏入宇宙级一阶的强者，假设飞行速度最快能达到50万米/秒，但这个最快速度是需要在足够长的飞行距离中不断加速才能实现的。而若是瞬间提升速度，其飞行速度远远小于50万米/秒。

战斗时，更重要的是瞬间提升速度。

这个道理罗峰自然也懂。

“罗峰，选瞬移啊！”巴巴塔很兴奋，“你的老师身为不朽强者，都无法做到瞬移。”

“所以，我应该选择绝对空间这种秘法。”罗峰无奈地道，“可是，绝对空间很难练。”

连陨墨星主人那样的不朽强者都做不到瞬移，可想而知，其难度有多大。

修习此种秘法前，能得到两个提示：

第一个提示，下足够的苦功，还是有希望练成的。

第二个提示，一代代金角巨兽传承此秘法，然而，就算金角巨兽的寿命是界主级强者的十倍，大多数修炼绝对空间的金角巨兽都停留在第二层的某一个境界，能达到第二层千变万化之境的，少之又少。想要修炼成第三层瞬移神通，苦功、悟性、机遇等都必不可少。

“罗峰，你真是个榆木脑袋！”巴巴塔急切地道，“你以为这只是一种秘法，内容就是讲提升速度的吗？不是！这是由浅至深，让你去领悟并体会宇宙空间规则的秘技。你的老师没有此秘法，只能埋头苦修，如果有此秘法，他恐怕早就拥有瞬移这个不可思议的神通了。一旦拥有瞬移的神通，别人想杀你都很难。你的老师若是会这一招，就不会死了。”

罗峰微微一笑，道：“巴巴塔，你急什么，我只是说它很难练，又没说不练。”

“哈哈！你这小子……”巴巴塔开怀大笑，“罗峰，只要你学会这种秘法，不仅仅身法能变得很强，而且飞行速度能大大加快。一旦结合本尊天地这种秘法，更是无敌，本尊天地可比绝对空间更厉害！”

罗峰点点头。

本尊天地是传承记忆中的18种特殊秘法之一，比绝对空间要珍贵得多，用途也更广。不过，这并不代表所有的特殊秘法都一定比普通秘法强。

从某种程度上来说，这只能说明18种特殊秘法的修炼方法很苛刻，苛刻之处有三：其一，需要复杂的修炼条件，如果修炼条件没达到，就算下再多苦功，也不可能练成；其二，有捷径，不过，找到捷径难如登天；其三，唯有金角巨兽能够修炼。

据说3199种普通秘法或是历代金角巨兽通过感悟创造出来的，或是借鉴人类、机械族等无数族群的秘法创造出来的，这些秘法只有金角巨兽能修炼。不过，这些秘法大多数都是借鉴别的族群的。其他族群也有类似的秘法，虽然其中有些区别，但是区别不会太大。

而18种特殊秘法唯有金角巨兽能修炼，就算传播出去，其他族群也没办法将其改造，从而进行修炼。

本尊天地秘法同样分为三层：第一层，算是小成；第二层，算是大成；第三层，算是究极。

总的来说，本尊天地是一种能让金角巨兽变大或者缩小的特殊秘法。缩小和变大是很可怕的能力。比如金角巨兽体长180米，身体缩小的同时，全身的重量不会发生变化，这就会令骨骼密度和肌肉密度大大增加，爪子、尖角等变得更加锋利、坚硬。

那变大会有什么变化呢？变大后，战斗力不会增加，但是，一个巨人随意跨出一步，拥有同等力量的普通人根本比不过。

变大的优势就是——飞得更快！

180米长的金角巨兽变大后，体长可达1800米，宛若一座岛屿，翅膀比之前大十倍，扇动的幅度要大得多。

若是练成第一层，身长能有原本的3倍，实力达到之前的3倍；若是练成第二层，身长能达到原本的9倍，实力能跃升到原本的9倍；若是练成第三层，便达到了身长随心而变的地步，实力最多跃升到原本的36倍，这是此秘法的极限。

当然，所谓身长随心而变，并不是无限变大或者变小的，身体的极限长度是原本的1万倍。

本尊天地第三层比绝对空间第三层要难得多。按照传承记忆的记载，只有创造这种秘法的金角巨兽修炼到了第三层，无数年来，没有其他金角巨兽能够修炼到第三层。

自此秘法诞生以来，大多数金角巨兽都只达到第一层，连达到第二层的都很少，因为这种秘法很难修炼。

“罗峰，你拥有三大天赋秘法，一为修炼秘法吞噬，二为战斗秘法强化，三为保命秘法分身。”巴巴塔说道。

当初金角巨兽遭到B6级激光炮攻击，身受重伤，就施展了天赋秘法强化，速度顿时暴增，金角的攻击力也大大增强。

“天赋秘法强化加上本尊天地秘法的缩小技能，可以令你的战斗力增强两次，而天赋秘法强化加上本尊天地秘法的变大技能，可以令你的飞行速度有两次提升的机会。”巴巴塔感慨一声，又道，“绝对空间是你用来闪躲和逃命的秘法。只要你的领悟加深，飞行速度还会不断提升，金角的威力也会飙升。所以天赋秘法强化和这两大秘法可以互补，从而达到最好的效果。”

罗峰笑了。的确很厉害，但这两种秘法很难练。绝对空间秘法还算好，虽然难练，但是历代金角巨兽大多都都能修炼到第二层。可是，很多金角巨兽修习本尊天地时，只能达到第一层。宇宙中，金角巨兽这一等级的怪兽只有12种。而在无数族群中，还有一些奇特的生命，也有着一些奇特秘法，不比金角巨兽的差。

就拿陨墨星主人来说，魂印秘法也很厉害，能控制强者当自己的奴仆，所以罗峰心里很清楚，不能小瞧任何强者。

不过，金角巨兽拥有三种天赋，第一种是修炼天赋吞噬，令其能吞噬大量金属，强化体内世界，也有一定的群攻效果，可以直接吞噬比自己弱的生命。不过，若是对手具有一定的威胁，金角巨兽会自动停止吞噬。第二种是战斗天赋强化，可以令其速度和战斗力瞬间飙升，当然代价也不小。第三种是保命天赋分身。行星级金角巨兽可拥有一个分身，宇宙级金角巨兽可以拥有两个分身，界主级金角巨兽可以拥有三个分身。也就是说，金角巨兽一辈子只能拥有三个分身，而且每个分身都是单独存在，独自修炼的。

当然，对于这种无比珍贵、近乎灭绝的族群，宇宙也很公平，会赋予它们保命的天赋，如十二血统星空巨兽中的冰山巨兽，其保命天赋是变化术，可以变化成任何模样。

第259章

孕育分身

保命天赋分身堪称第二肉身，而非简单的傀儡。分身需要经过体内世界孕育，逐渐成为胚胎，一步步成长，直至完全长大。

分身能逐步修炼，毫无疑问，第一个分身最重要，所以选取的血统当然也很重要。

金角巨兽的第一个分身一般都会选择有非常好的血统的生物，而孕育胚胎所需要的条件很低，一根头发或者一滴血都可以，只要是蕴含遗传基因的物质即可。

“罗峰，你确定第一个分身就孕育地球人？”巴巴塔忍不住问道，“只要一根头发就能孕育出来，将来你完全可以找到具有极其厉害血统的人，比如蛮卡星人。夺舍很难，可是找到其一根头发很容易，到时再易容成你原本的样子，很简单。”

“我确定第一个分身为地球人。”罗峰斩钉截铁地说道，“而且要用我本身的遗传物质来孕育。”

相比于孕育胚胎，孕育分身的条件是很苛刻的。孕育出来的分身如果以金角巨兽的面貌出现，那另外一个身体就需要进入金角巨兽的体内世界，而若是非体内世界孕育出来的身体一旦进入就会被杀。除非本体达到界主级别，体内世界完全如同外界，那样才能让活人进入体内世界。

当初，金角巨兽很可能是认定地球上的人类或者怪兽不配它消耗三个分身，所以一直没有孕育分身。

此刻，罗峰开始孕育分身。

金角巨兽的体内，那布满无数金色秘纹的透明晶球发出道道金光，这颗透明晶球名为原核，又称星空原核、世界原核、灵魂原核。这原核是金角巨兽的本源所在。

即便金角巨兽的头被毁掉，身体爆裂，只要原核和灵魂好好的，那就死不了。

原核内部浩瀚如星空，中间有一颗散发着光芒，宛如恒星的耀眼球体，正缓缓转动着。这正是罗峰的精神念力在吸收陨墨星主人的传承魂印，吞噬金角巨兽的灵魂之后形成的。

这个球体正是灵魂的核心，代表着罗峰的精神念力达到了恒星级一阶。

至于金角巨兽的基因原能，则集中在其额头的金角上。金角是金角巨兽最坚硬的部位，也是储存原力的地方，所以金角巨兽施展天赋秘法时，它的金角最先亮起。

当罗峰的灵魂和金角巨兽的身体百分之百契合的时候，他感应到了金角巨兽原核内的空间仿佛与另一个世界有一种无形的联系。

金角巨兽的体内世界有一片独立的大陆，陆地的长宽大概有1万米，而大陆高空弥漫着金色雾气，大陆的周围也弥漫着无穷无尽的金色雾气。大陆本身也是金色的，陆地上有丘陵、山地，都是金属构成的。

这是一个金属的世界，是罗峰能够操控的世界。

“巴巴塔，释放出我的身体。”罗峰以一丝精神念力和外界的巴巴塔联系，而后靠天赋秘法吞噬，直接将自己的身体给吞进来。

“呼！”金属大陆的一座丘陵上出现了一具身体，正是罗峰的身体。

作为行星级三阶武者，在一两个月的时间里，身体只是变得僵硬。至于身体上的诸多物品，早早就被取下了，摩云藤因为无法进入储物空间，所以一直在外界守护着。

“天赋秘法分身！”罗峰意念一动。

“轰隆隆——”整个金属大陆震颤起来。

罗峰的身体宛如被一股无形的力量托着，悬浮在金属大陆高空中。

金角巨兽一生仅拥有三次孕育分身的机会，只有实力达到宇宙级，才能第二次施展天赋秘法分身，现在罗峰已经施展了一次，开始孕育分身。

“哧——”高空中悬浮着的罗峰的身体瞬间气化。

“呼呼——”

金属大陆的高空和周围的金色雾气疯狂地朝中央涌来，将罗峰身体气化后留下的一点物质迅速凝聚，仅仅片刻，那点物质就变成了一个椭圆形的金蛋。

“开始了！”

罗峰参悟天赋秘法分身后，自然知道了一些讯息，孕育分身耗费多长时间，与实力和所孕育分身的基因都有关系。体内世界越强，孕育速度越快。而基因遗传物质越少，越容易孕育。现在罗峰的本体，也就是金角巨兽，体内世界只达到恒星级一阶，故而孕育速度并不快。

孕育血统高贵、实力强大的族群的分身，可能要几百年乃至上千年。为什么这么久？因为孕育分身并非是生一个婴儿那么简单。比如界主级金角巨兽取了一根界主级强者的头发，孕育出来的分身就是界主级强者的身体。基因和身体可以完全被复制，但要修炼到界主级则要数万年乃至更久。孕育出的分身的实力没有本体强，最多和本体的实力相当。

一天后——

“看进度，估计一两年就能成功孕育出分身。”罗峰笑道。

到时候，他就拥有和之前一样实力的身体了。因为这身体是从金角巨兽体内世界孕育出来的，所以基因遗传物质会有非常细微的变化，可就算是DNA检测，恐怕也无法发现这细微的区别。

宇宙星空中，一颗巨大的恒星不断散发着光热，一艘银灰色的宇宙飞船迅速从一颗直径约5000米的陨石旁飞过。

宇宙飞船中的一间休息室内，一个俊美的中年男子坐在椅子上，闭着眼睛，手腕上辅助光脑的一个指示灯隐隐有着光亮，显然，他的意识已经进入虚拟宇宙网络。

宇宙浩瀚，然而通过虚拟宇宙网络，就算远隔千万光年，也能在虚拟宇宙中见面，进行交流。

“叮！”辅助光脑的指示灯变暗了。

中年男子睁开眼睛。

“虽然花了一些钱，但是总算买到百万年前银河系这片虚无区域的星图了。”中年男子无比兴奋，“近千光年范围只是银蓝帝国疆域的数百万分之一，幸好，当初这片区域内有两颗有生命的星球。这次可真是赚大了。”

“不过，最近的一颗星球离这里很近，以飞船如今的速度，只需要32个月就能抵达。第二颗生命星球离得很远，需要136年。”中年男子有些不满。

虽然他的寿命长达上万年，但是要耗费百余年的时间，也够久了。

可是，能得到两颗有生命的星球上的宝物，真是赚大发了！

“32个月，就能去最近的那颗生命星球，希望有一些好货物，到时可以卖给商人，大赚一笔。没好货的话，到时候干脆将整颗星球卖掉。”中年男子想着，眼睛一亮。

有生命的星球可是很昂贵的。

冒险型飞船在宇宙中飞行，不断朝地球所在的星域前行。

时间渐渐流逝。

金角巨兽的体内世界仍在孕育分身，罗峰则在研究绝对空间和本尊天地这两种秘法，并且用蹄爪吞噬大量金属，将其吸收。其实吞噬秘法是靠原核发动的，所以不管是蹄爪、嘴巴还是尾巴，都是能施展吞噬天赋秘法的。

只是，金角巨兽喜欢用嘴巴，而罗峰觉得用蹄爪就行了。

地球上。

2260年9月12日，上午7点。

“各位观众，我身后的JN第一医院就是八大英雄之一罗峰的妻子徐欣待产的医院，据说徐欣住在第一医院最豪华的特护病房，单单预约费用就要200万元。

“每月住院费更是高达1200万元，如果加上医疗费用和安胎费用等，估计每月的费用将达到数千万元。JN第一医院院长说过，徐欣这次在第一医院的消费将给予三折优惠。

“电视机前的朋友们，我们的记者已经抵达JN第一医院，据传徐欣很可能在近几天生子。而且，据我们得到的内部消息，徐欣怀的是双胞胎，之前所谓的三胞胎是谣传。”

……

2260年9月15日上午8点15分。

徐欣被推进了产房。

JN第一医院外面的记者多得吓人，就连驻外记者也赶到了这里。徐欣可是八大英雄之一罗峰的爱妻，罗峰为了守护全人类“牺牲”了，现在他的孩子要出生了，自然受到全球的关注。

无数网民和武者都很关注此事。

罗峰是天才人物，那么他的孩子以后会怎么样呢？虽然孩子还未出生，但是已经成了焦点人物。

……

金角巨兽化作一道金色的残影，在海中不时地闪过，显然正在苦练绝对空间秘法。

“罗峰，罗峰。”巴巴塔急切地喊道。

“什么事？”罗峰当即控制金角巨兽停下。

金角巨兽巨大的暗金色眸子中有着一丝疑惑。

“喜事，大喜事。徐欣刚刚生下了两个孩子，孩子们和母亲都平安。你的大儿子重七斤六两，你的二儿子重六斤一两。”巴巴塔激动地说道。

第260章

平安符

罗峰对金角巨兽夺舍后，实力提升得的确很快。可是，他的灵魂和金角巨兽的身体百分之百契合后，其灵魂也受到了金角巨兽血脉中蕴含的暴虐因子的影响。

大半年来，为了抵挡金角巨兽血脉中暴虐因子的侵入，罗峰付出了不少努力，性子变得沉稳了许多。

此刻，听到这个消息，罗峰高兴得像个孩子。

“我有孩子了，我有孩子了！快了，还有八个月，我的分身就能孕育成功，到时候，我就能回去看他们了。”

此时，地球上各国媒体都在报道罗峰那两个刚刚出生的孩子的新闻。一来，罗家有罗峰留下的巨额遗产，富可敌国；二来，两个孩子的基因绝对很好，前途无量；三来，罗峰牺牲了，两个孩子诞生了，从某种程度上来说，这也算是一种延续，意义很特殊。

2260年11月22日，早晨。

“平平、小海，你们要乖哦！”身穿白色毛衣的徐欣宠溺地亲了一下怀里的两个宝宝。

两个宝宝乌溜溜的大眼睛看着妈妈，呵呵笑着，小手乱挥着。

罗洪国夫妇两人笑了，而后分别接过宝宝。

“徐欣，我们带平平和小海去小区散步了。”龚心兰笑道。

“好的，妈。”徐欣微微点头。

目送公公婆婆带着两个宝宝离去，徐欣轻轻关上房门，走到卧室的阳台上。

阳台边摆着一张书桌，书桌上放着一台笔记本电脑。徐欣坐在电脑前面，暖洋洋的阳光照在身上，很舒服。

徐欣面带笑容，从书桌的抽屉中拿出纸笔。

“从小到大，在族中长辈的教育下，我一直是以最高标准来要求自己的。终于，我有了自己喜欢的事业，带着一批职员，为事业拼搏，这种感觉真的很棒。不过，为事业打拼是很累的，幸好我有罗峰。

“在罗峰身边，我没有任何压力。他为我遮风挡雨，让我可以尽心地开创事业。我很享受这样的生活，我想和他这样一直到老。没想到……

“我不怨任何人。可是，在这个世界上，我已经找不到活下去的意义。罗峰不在了，爱情已经离我远去，事业可以给我慰藉，可是拼事业的辛酸再也无人可说，事业成功了，也没有人可以和我分享。

“每当午夜梦回，我都泪流不止。终于，我做出了决定。现在我觉得很轻松，心情前所未有地平静。你们不要伤心，因为我现在真的很开心。”

写完信后，放下笔，徐欣透过窗户看到，罗洪国夫妇抱着两个宝宝在小区中散步，宝宝们笑得很开心。

“小海，平平。”徐欣轻声呢喃，“你们才两个月，还不知道什么，我相信，你们长大了，对现在的事也不会有什么记忆。”

徐欣打开笔记本电脑，放了一首歌，这是大涅槃时期流行的甜蜜情歌。

音乐声回荡，徐欣从旁边的衣柜中取出一件婚纱，穿上婚纱，笑得很甜蜜。

她是在徐家那种大家族的竞争环境下长大的，直至遇到罗峰，她才没有任何压力，过得无忧无虑。她不喜欢徐家，那里充满了世俗的权力、金钱的斗争，亲情极其匮乏。

她喜欢和罗峰在一起，她可以做自己喜欢的事，可以和爱的人分享喜怒哀乐。罗峰离去后，她觉得自己的世界变成了黑白色，再也没有色彩。

徐欣静静地躺在了床上。

音乐声婉转动听，抚慰人的心灵。徐欣伸手从旁边拿来一个小瓷瓶，从瓷瓶中倒出两颗药丸，而后喝了一口水，将药丸咽下。

她闭上眼睛，手指下意识地抚摩着无名指上的钢丝戒指。她脖子上还戴着罗峰送的平安符吊坠，那银色小牌子表层的秘纹隐隐闪着流光，流光渐渐亮起，银色小牌子缓缓悬浮起来，同时蒙蒙的光芒洒下，笼罩住徐欣的身体。

穿着白色婚纱的徐欣被笼罩在光芒中，宛如天使。

忽然，银色平安符龟裂开来，光芒更加闪亮，下一瞬，银色平安符化为虚无，光芒则融入徐欣的体内。只见徐欣的皮肤变得晶莹剔透，比过去更加有光泽，有一种惊心动魄的美感。

光芒完全被徐欣的身体吸收了，徐欣身体表面隐隐有一层流光。

这一情形持续了26分钟。

而后，一切恢复正常。

徐欣依旧躺在床上，仿佛什么都没发生过。

忽然，她的睫毛动了动，睁开了眼睛。

海底。

一堆金属残骸散乱着，旁边盘踞着身长达280米的金角巨兽，其暗金色眸子猛然睁开，蹄爪伸出，一道无形的空间波纹笼罩了周围的区域，顿时那堆金属残骸消失不见了。

“罗峰！罗峰！”巴巴塔急切的声音响起。

“什么事？”罗峰问道。

“徐欣，徐欣自杀了！”巴巴塔大喊起来。

“什么！”罗峰的脑子一片空白。

海底金角巨兽的暗金色眸子瞬间变得暗淡。

“巴巴塔，这玩笑可不能乱开！”

“我没开玩笑，是真的。”巴巴塔连忙说道。

“你这个浑蛋！你不是说徐欣绝对不会有事吗？当初我让你模拟我的声音，

通过网络和徐欣通话，让她安心。你是怎么说的？你说徐欣不会相信的，只会认为那是我死前留下的智能做的，不见到我本人，她不会信的。之后你跟我保证，徐欣绝对不会有事，可现在……”

“罗峰，你别急。”巴巴塔见罗峰十分愤怒，知道自己玩笑开过头了，连忙说道，“我还没说完呢，徐欣没死。”

罗峰一下子愣住了。

“到底怎么回事？”

“是这样的，徐欣的确是自杀了，她的身体机能完全被破坏了，灵魂即将溃散。可是，当初我给你的情侣平安符救了她。我也不知道，她这样是倒霉还是走大运。情侣平安符真正的名字是‘永恒之恋’。”巴巴塔说道。

“永恒之恋？”

罗峰虽然得到了金角巨兽的传承记忆，但是并不知道“永恒之恋”是什么。

“永恒之恋你不知道，永恒之体你总该知道吧！”巴巴塔道。

“知道。”罗峰点点头。

行星级强者的寿命为1000多年，恒星级强者的寿命为1纪元，宇宙级强者的寿命为10纪元，域主级强者的寿命为100纪元，界主级强者的寿命为1000纪元。只有成为不朽级强者，才能不死。

从学徒九阶跃升到行星级，是生命层次的跃升。

从行星级九阶跃升到恒星级，也是生命层次的跃升。

每个关卡都是生命层次的跃升。

同级别内，比如行星级，行星级一阶强者和行星级九阶强者的实力相差数百倍，可是生命层次是一样的，寿命也一样。

生命层次跃升时，全身基因会发生翻天覆地的变化，也就是身体的跃升。

人的灵魂可以存在很久，一般可以存在1000纪元。然而，身体是受限制的，就算医疗水平再好，到了一定程度，身体也会衰老，直至死亡。

第261章

半年后

行星级强者能活1000多年，恒星级强者能活1纪元……

界主级强者拥有体内世界，体内世界能够吸收外界的能量，能量源源不绝地供应身体，身体不会衰老。这时候，寿命的长短就取决于灵魂的保持时间了。灵魂的极限是1000纪元，所以界主级强者的寿命是1000纪元。只有超脱界主级，完成灵魂层次的跃升，才能永恒。

行星级、恒星级、宇宙级、域主级、界主级，身体层次跃升是主要的。

界主级到不朽级，却是灵魂的跃升。

茫茫宇宙中有一些奇异的族群，天生具有永恒之体，它们的身体永远不会衰老，只有灵魂完全衰老乃至死亡，才会死。

“宇宙是公平的。赐予它们永恒之体，也令它们永远无法修炼。想要修炼，只有抛弃原先的身体，进行夺舍。”巴巴塔缓缓地说道，“虽然无法修炼，但是永恒之体的诱惑力极大。罗峰，你想想就能明白了。比如有些不朽级强者的孩子只达到了宇宙级，寿命可能只有10纪元，他们当然愿意让自己的孩子获得永恒之体。”

罗峰点点头。

实力虽然无法提升，但是有可能活1000纪元，这是非常具有诱惑力的。

“宇宙中，不朽级强者以及一些强大国度通过各种方法研究那些族群的永恒之体，最后，从永恒之体中提取出了一种奇异的基因，而后将其封存在冷银中，就成了那块银色小牌子，也就是宇宙中极为昂贵的永恒之恋，毕竟一具永恒之体只能提取一份基因。”巴巴塔说道。

罗峰彻底明白了。

“宇宙中，有权有势的人很多，很多人都追求很长的寿命。想要很长的寿命，施展夺舍秘法是一种办法，可是夺舍秘法一来很珍贵，二来很难修炼。罗峰，你是靠你老师的传承魂印改造了灵魂，且有你老师的传承，才能施展夺舍秘法。要得到夺舍秘法且学会，丝毫不比购买永恒之恋容易。

“而且，夺舍得到的肉身一般都比自己原先的肉身要弱。最重要的是，夺舍有风险，说不定最后会完蛋，哪有永恒之恋好？一份永恒之恋可以直接将原先的身体改造成永恒之体。当然，身体成了永恒之体后，再也无法修炼。想修炼的话，只有抛弃永恒之体，进入其他的身体。那种奇异的基因只能从天生的永恒之体中提取。像徐欣这种改造而来的永恒之体，是无法提取那种基因的。”

罗峰微微点头。

也对，若是一个拥有改造的永恒之体的人活了1000纪年，快死了，结果被人再提取基因一次，岂不是乱套了？

“你是说，徐欣的寿命达到了1000纪元？”罗峰忍不住问道。

“对，而且，她是不死之身，要杀她，只有毁掉她的灵魂。”巴巴塔说道，“永恒之恋虽然珍贵，但是以你老师的身份，储存几份永恒之恋都不难。让你戴着永恒之恋，其实是你老师死前安排好的。即便肉身被粉碎，经过永恒之恋的改造，破碎的肉身也依旧会凝聚在一起，这是保命的绝招。”

“不过，我担心你倚仗永恒之恋，没有危机感，起不到磨炼的作用，所以一直没告诉你永恒之恋的效果。”巴巴塔长叹一口气，“没想到，和金角巨兽一战，最后你竟然舍弃肉身，施展灵魂攻击，连永恒之恋都救不了你。”

罗峰却松了一口气。

他心里很清楚，徐欣没能成为武者，就算仗着草木之灵、木伢晶等宝物，最多也只能达到行星级。

虽然徐欣无法修炼，但是拥有了永恒之体，这也算是因祸得福了。

Y城，明月小区，罗峰家。

徐欣坐在书桌前，脑袋发蒙。

“怎么回事？”徐欣脑子里一片空白。

忽然，笔记本电脑响起了收到新邮件的提示音。诡异的是，邮件自动打开了。

“徐欣，我是罗峰。”

看到最上面一行字，徐欣不由得一怔，随即微微皱眉。

她很清楚，地球上不少顶尖人物都拥有智能，罗峰也有。通过智能，能收到一些信件、电话、视频之类的，但她很难相信，因为她的哥哥徐刚之前为了让她走出伤痛，就做过类似的事。

“我知道你怀疑这封邮件的真实性。不过，我真的是罗峰。我还知道，刚刚你自杀了，而我送给你的平安符起了作用，所以，你又活过来了，现在那平安符应该消失了。”

徐欣一怔，立即一摸胸口。

果然平安符已经没了，只剩下项链了。

徐欣既震惊又惊喜。

难道真的是罗峰？罗峰没有死？

“我知道你还心存怀疑。六个月后，最迟七个月，我就会回家。记住，别做傻事了。”

看完邮件，徐欣原本黑白的世界，一下子变得丰富多彩，对未来也充满了希望。

“应该是真的，应该是真的。”

平安符是罗峰送给她的，她随身携带着，此事只有罗峰知道。

“六个月，最迟七个月，罗峰就会回来了。我要把这个好消息告诉公公、婆婆，还有罗华。”徐欣激动万分。

当天，罗峰的家人看到这封邮件后，先是被徐欣自杀的事情吓了一跳，都很担心徐欣。

又在邮件中看到有关罗峰的内容后，全家人再次充满希望。

虽然这封邮件有可能是别人操控智能系统伪造的，但是他们依旧期待六个月后罗峰的归来。

2261年3月9日，晚上。

夜幕降临，罗华等人正在吃晚饭，一片欢声笑语。

“爸、妈，你们就别催了，今天我难得回家吃顿饭。好了，我如实告诉你们，今年暑假我和甄楠就去领证。”罗华笑嘻嘻地道。

罗华在明月小区买了一套房子，毕竟徐欣住在这里，他再住在这里也不方便。

而且，以他如今的身份，在明月小区买一套房子很容易，更何况，他也是武者，有在明月小区居住的资格。

“这才对嘛。”罗洪国、龚心兰都笑了。

旁边婴儿车内的两个宝宝手舞足蹈，傻笑着。

“徐欣怎么还没回来？”龚心兰不由得朝窗外张望。

“小欣这孩子一心扑在工作上，也是好事。”罗洪国笑道。

龚心兰一听，点点头。

能分散点注意力也好，免得徐欣成天思念罗峰，茶饭不思。

忽然，罗洪国、龚心兰的眼神变得暗淡。

外面庭院内的一队保镖全部瘫倒在地，厨房里的两个保姆也瞬间倒地。

罗洪国和龚心兰则扑在桌子上，一动不动了。

周围寂静无声。

整栋别墅中只剩下两个宝宝牙牙学语的声音。

“谁？”罗华看向外面，冷冷地道。

“罗先生，你好。”两个穿着黑色西服的男子笑着走了进来。

其中一个笑道：“放心，他们只是被我催眠了，我并没有杀他们。”

“两位议员驾临寒舍，有什么事吗？”罗华沉声道。

“没什么事，只是来拿走一些属于行星级武者，凡人没资格使用的东西。放心，我不会杀任何人。不过，我希望你冷静点，不要有小动作。一旦你操控那些机器人，我能瞬间令这些人……”另一人冷冷一笑。

“萨戈·尼赫鲁，你现在是地球上唯一的行星级精神念师，有必要亲自来做这种事吗？”罗华沉声道。

罗华心里很清楚，机器人的速度再快，也没有精神念师的一个念头快。

萨戈·尼赫鲁是I国的精神念师，自从罗峰、伊斯特殒身后，修为取得突破的萨戈·尼赫鲁就成了唯一的行星级精神念师。

“有必要，当然有必要。”萨戈·尼赫鲁笑道，“罗先生，现在全球的局势紧张，想必你也是清楚的。你以为罗家拥有罗峰遗留的宝物，还能安稳度日？更何况，这些宝物留在你们罗家，也是糟蹋了。”

“木伢晶？！”萨戈·尼赫鲁露出一丝笑容，“木伢晶竟然就藏在地下室！”

“不愧是罗峰，竟然有18颗木伢晶，还有不少草木之灵，好大的手笔！”萨戈·尼赫鲁惊叹道。

罗华脸色铁青。

他知道，萨戈·尼赫鲁是靠精神念力探察到的。

“你是如何操控这机器人的？”萨戈·尼赫鲁看向罗华。

“没有人可以操控这机器人。”罗华摇摇头，“连我都不行。我哥给它的命令是保护罗家，它将永远听从我哥的命令。”

“哦！”萨戈·尼赫鲁点点头。

忽然——

地下室的门自动打开了，一个密码箱飘了出来。

萨戈·尼赫鲁伸手接住。

“谢了。”萨戈·尼赫鲁微微一笑，“罗先生，我奉劝你一句，有多强的实力，才能拥有多贵重的宝物，否则……至于机器人，的确很厉害，可毕竟只是机器人。即便相隔几百米，我也能瞬间毁掉你家人的灵魂，所以你可别做傻事。”

“维诺，我们走。”萨戈·尼赫鲁说完，转头就走。

维诺跟在他的身后。

罗华看到维诺和萨戈·尼赫鲁离去，不敢有任何动作。

空中的那架飞碟形战机距离他家仅仅300米，就算萨戈·尼赫鲁在战机上，只靠精神念力也能瞬间杀了罗家所有人。

“浑蛋！”罗华站在窗前，看着空中的飞碟形战机离去，脸色难看。

幸好他将60颗木伢晶分成几份，分别藏在不同地方。发现18颗木伢晶，那些议员已经很震惊了，毕竟当初洪、雷神等人得到的木伢晶也就十多颗而已。

“怎么了，刚才怎么了？”

罗洪国夫妇和保镖、保姆都醒来了。

罗华安慰了一下他们，并没有完全说出实情。

没办法，罗华不想让他们受到惊吓。对他而言，此事都很难承受了。

若对方只是武者，罗华大可操控机器人快速拦截，可对方是可以发出灵魂攻击的精神念师，机器人根本来不及拦截。

罗华和两位议员的对话，机器人监听到了且自动传输给了巴巴塔，罗峰自然也知道了。

“维诺！萨戈·尼赫鲁！”

汹涌的海水中，金角巨兽的暗金色眸子中燃烧着怒火。

“巴巴塔，你之前说，他们现在是跟着第五议长阿特金吧！阿特金那个缩头乌龟狡猾得很，当初我们和金角巨兽大战，他根本没有出现。金角巨兽被灭了，他倒是冒出来了，现在野心竟然这么大，想要霸占我们罗家的宝物！”罗峰非常恼怒。

现在他还无法回去见家人，对家人愧疚得很。没想到，阿特金等人狼子野心，竟然以他家人的性命要挟罗华。他恨不得要了阿特金等人的命，可是，如今他只得忍，虽然强忍怒火的日子很难熬。

终于，第一分身孕育成功了。

2261年6月2日，是罗峰重生的日子。

第262章

罗峰归来

金色雾气弥漫，一颗椭圆形的蛋悬浮在金属铸就的大陆上空。

“咔！咔！”蛋壳上面渐渐出现裂痕。

随后，一只手臂从蛋壳中伸出，蛋壳终于碎裂开来，一个赤裸着上半身，身体精壮的黑色短发男子悬浮在空中，他的双眸幽深似海，被他盯着，莫名有一种恐惧感。

此男子身高1米78，略瘦，却总给人无穷的力量感。

男子环顾金色大陆。

“这就是我的体内世界？！”男子的眼眸中掠过一丝惊讶。

而后，他消失了。

同一时刻——

“轰隆！”全身布满黑色鳞片的金角巨兽出现在金属大陆上。

海底深处，暗流汹涌。

金角巨兽瞬间消失，同一时刻，黑色短发男子出现了。

“终于，终于变回来了。”罗峰眼中有着难掩的兴奋，“原核！”

罗峰心念一动。

他的意念进入体内，清楚地看到自己膻中穴上出现了一颗布满奇异金色秘纹，散发着淡淡金光，正在缓缓旋转的原核，原核很小。

当初金角巨兽的身长180米，这原核的直径也不过二十几厘米。当罗峰孕育出分身，重新拥有身体时，金角巨兽原核的直径仅仅几毫米。

“基因原力！精神念力！”罗峰心念一动。

“呼——”

大量金色雾气从金角巨兽的体内世界进入罗峰体内，而后迅速聚集到罗峰腹部的丹田位置，疾速旋转。

有了金角巨兽体内世界的大量金属性宇宙能供应，罗峰的丹田中迅速形成了一颗微型星球，而后是两颗、三颗。

行星级三阶！

现如今，罗峰的身体只能承受这么多，若是想多承受一些微型星球，必须逐渐强化身体，提高丹田的承载力。

原核中，已经达到恒星级三阶的罗峰的灵魂不断吸收着外界的宇宙能量。

宇宙能量刚刚被吸入原核，就被淬炼，不过只是简单的淬炼。宇宙能量达到行星级五阶乃至六阶的层次，就迅速离开原核，涌入罗峰头部的识海。

汹涌的精神念力不断聚集，很快发生了质变，形成了灵魂星球。

大概半个小时，终于停止了。

罗峰的识海中，一颗血红色微型星球居于正中间，五颗微型星球围绕着它不断旋转。

行星级六阶！

“罗峰，你的肉身只达到行星级三阶，不过，你之前的特殊能力是金刚，所以，你的身体强度堪比行星级四阶武者的肉身，承载行星级六阶武者的微型星球，已经算是极限了。”巴巴塔说道。

“明白。”罗峰睁开眼睛。

这时，飞来一名流银护卫。

罗峰从流银护卫手里接过空间戒指，精神念力撑开海水形成护罩，从中取出一套衣服穿好。

“摩云。”罗峰看向远处。

海底，覆盖周围数千米范围的藤蔓急剧缩小，直接飞向罗峰。摩云藤认主后，一辈子只有一个主人，一旦罗峰魂飞魄散，摩云藤也会死。

“唰！”摩云藤变小，而后融入罗峰的皮肤。

“看起来，我跟过去一样。”罗峰感叹一声。

罗峰的这个身体是从金角巨兽的体内世界中孕育出来的，那么这具肉身和金角巨兽的肉身一样，要害都是灵魂原核和体内世界。

也就是说，罗峰和金角巨兽一样，即便头颅被毁掉，也不会死，只要有体内世界的能量供应，头照样能够再度长出。

“罗峰，我让你选择孕育其他族群的分身，你非要选地球人。

“金角巨兽肉身的进化速度将会远远超过你这地球人身体的进化速度！

“虽然体内世界有金属性宇宙能供应，但是你的身体基因太差，即使能量再多，也吸收不了，效果还是不好。”

巴巴塔依旧有些不满。

罗峰淡淡一笑。

他当然懂这个道理。金角巨兽提高实力靠的是体内世界，体内世界成长到一个层次，金角巨兽会立即吸收大量能量，跟着提升一个层次。这样一来，金角巨兽和其体内世界可以保持相同的提升速度。

可是，罗峰的身体基因比金角巨兽的基因差太多，进化速度根本跟不上。

“还行，不能贪心。”罗峰笑道，“至少现在我是行星级六阶的精神念师了！”

罗峰使用地球人的分身，是行星级六阶精神念师。一旦使用金角巨兽的身体，那实力可是达到了恒星级三阶。

一年多的时间，他的修为从恒星级一阶跨入三阶，已经算挺快了。越往后，提升速度越慢，特别是突破到宇宙级，耗费的时间更多。

罗峰脚踏遁天梭，迅速破开海水，冲出海面。

高空中。

罗峰脚踏遁天梭，朝E国的方向飞去。

“罗峰，自从金角巨兽一役后，全球顶尖的强者殒身，战神宫关闭，群龙无首，也没有像洪、雷神和你这样镇得住场面的强者出现。一时间，全球局势混乱。

“而当年的第五议长阿特金成了现如今最强的人。阿特金、颜海本来就是HR联盟的议员，自从E国最强者，也就是HR联盟最强者伊斯特殒身后，阿特金就成了老大，他和颜海联手，带领一批议员，或是威胁，或是使用强硬手段，迅速控制了HR联盟。

“此外，阿特金和颜海还结交了萨戈·尼赫鲁。萨戈·尼赫鲁是I国的天才，被雷电武馆招揽，现在是雷电武馆的巡察使。

“据我得到的情报，阿特金原先是第五议长，颜海当初竞选议长失败了，其实力和贾谊相当。也就是说，这两人都很强。萨戈·尼赫鲁是现如今地球上唯一一位行星级精神念师，也是我当初说的那个天赋仅仅在你之下的高手。”

听了巴巴塔的话，罗峰依旧面无表情。

“此股势力以阿特金、颜海、萨戈·尼赫鲁三人为首，这三人麾下有一些行星级一阶乃至行星级二阶的武者，这是现如今地球上最强的一股势力。

“其次，就是极限武馆。虽然极限武馆馆主洪陷入了沉睡，但是还有实力极强，也最忠诚的三大亲卫，势力还是很强。然后是五大强国，最后才是雷电武馆。自从雷神陷入沉睡，虽然萨戈·尼赫鲁尼加入了雷电武馆，但是并没有多大用处，反而使得雷电武馆内部明争暗斗更严重。”

罗峰心中暗惊。

如此说来，阿特金掌控了整个HR联盟，而且又有盟友潜伏于雷电武馆，这股势力的确可怕!

“阿特金三人凭借各种手段，或是杀人，或是夺宝，以他们为首的这股势力已经奠定了坚实的基础，各国都不敢轻易得罪他们。”巴巴塔说道。

阿特金是最强武者，萨戈·尼赫鲁是最强的精神念师，还有实力接近阿特金的颜海。

“默汉德森、伊斯特、特里帕蒂·辛格、贾谊、索科洛夫的亲人有没有遭难?”罗峰问道。

他当然不会忘记那五位与自己一起和金角巨兽拼死一战的英雄。

“谁也不敢明着欺负他们的家属，不过，家属们都过得没有过去好，默汉德森的亲人有点惨，有一人丧命，对外说是出了车祸。”巴巴塔回道。

罗峰脸色铁青。

权势争斗是非常残酷的，表面上看起来很平静，暗地里却风起云涌。

“消灭了金角巨兽，解除了威胁，日子好过一点了，一些人渣就冒出来了！”罗峰眼中涌现出杀意。

“当初我们和金角巨兽拼命的时候，根本看不到他们的身影，现在他们却比任何人都活跃。就连牺牲的英雄的亲人都敢威胁，还夺走英雄们的遗物。该死！”罗峰目光冷厉，“山中无老虎，猴子称大王。阿特金、颜海、萨戈·尼赫鲁，我不会放过你们的！”

罗峰的修为达到行星级三阶时，便击杀了金角巨兽，和洪、雷神并肩了。现在，他的修为达到了行星级六阶，又怎会畏惧阿特金等人？

E国，P基地市，天蒙蒙亮。

穿着西服，花白头发被修剪得很整齐的颜海端着酒杯，坐在自家别墅三楼的平台上，心情格外好。

“啧啧！”颜海闻了闻酒，享受地闭上眼睛，而后仰头喝下。

“痛快！”颜海赞叹一声。

他非常喜欢现在的日子。大涅槃时期，他一直期待末世到来，他认为自己这般的强者只有在末世才能有所发挥。他的身旁聚集着一群如李耀一样实力强大且有手段的强者。然而，贾谊的正义感太强了。贾谊不遗余力地击杀怪兽，阻碍末世到来。

自此两人死磕上了。他们是C国的两大强者，实力相当。最终，他被贾谊逼得离开C国，躲到了E国，数十年来，根本不敢踏入C国半步。而现在，他想去C国就去C国，想干什么就干什么。

贾谊死了，四位议长殒身了，就连罗峰那个实力无比强悍的家伙也死了。如今，能和他抗衡的只剩下第五议长阿特金，阿特金是他的好友，自然跟他一伙。

“好酒，好酒啊！”颜海笑容满面，自斟自饮。

过去的日子过得很压抑，现在却痛快得很！

“嗯？”颜海的身体微微一颤，缓缓转身，朝后方看去。

“怎么可能，怎么可能呢？靠着木伢晶，现如今我已经达到行星级三阶。虽然阿特金的实力比我强，但也不可能悄无声息地出现在我的身后，让我丝毫没有感觉。地球上不可能有这样的高手，不可能！”

颜海睁大眼睛，死死地盯着那个背对自己的人，他要知道那人到底是谁。

下一瞬，那人转过身来。

那人穿着军裤，上身是简单的背心，黑色短发，整个人显得极为精神，目光冷厉。

“你，你……”颜海的眼睛瞪得滚圆。

“不，不……”颜海的脸色变得苍白，“不可能！你怎么会……”

“别摆出一副见了鬼的模样，不做亏心事，不怕鬼敲门。我是罗峰，来这里找你算账的！”一道冷冷的声音响起。

“轰！”颜海感到灵魂一阵轰鸣，而后整个人轰然倒地。

“哼！”罗峰扫视一眼，冷冷地道，“你是第一个。”

转瞬，人已经到了天际。

第263章

他已经到了

“主人，到时间了，该出发了。”三楼平台的楼梯口传来一道恭敬的声音。

“主人？主人？”管家连唤几声，都没有得到回应。

他很疑惑，当即跑上平台，一下子就看到躺在地上一动不动的颜海。

管家脸色大变：“主人，你怎么了？你怎么了？”

他蹲下身子，探了探颜海的鼻息，又检查颜海的脉搏。

“死了？！”管家瞪大眼睛，惊恐万分，“主人怎么会死呢？不久前医生还给主人检查过身体，说主人非常健康，怎么会……”

其实，行星级武者的寿命是超过千年的，地球上一些探测过古文明遗迹的高层知道此事，这个管家却并不知道。

仅仅片刻，颜海的几名心腹和家庭医生就来到了平台。

“身体完好，没有任何损伤。”医生通过仪器检查了一遍，连连摇头，“不应该啊，颜议员的身体很健康，怎么会丧命呢？”

从医学角度考虑，如果生理上没有任何问题，应该不会死。毕竟他们没有方法检查颜海的灵魂。

A国，华府基地市。

一辆黑色豪华轿车缓缓行驶在街道上，轿车内坐着当今地球上的第一高手——阿特金。凭借极大的优势，他硬是逼得整个HR联盟议会重新选举，从而代替伊萨多娜，成为新一任议长，拥有HR联盟的最大权势。九大核心家族根本没有人敢反对。

而在罗峰等人大战金角巨兽之前，他还只是战神宫的第五议长。

阿特金精瘦，下巴上蓄着一小撮胡子，眼睛看似无神，却不时迸发出光芒。罗峰等人大战金角巨兽之前，他很低调，连洪、雷神等人都没有察觉出他的野心。可是，当几大强者一一殒身，阿特金的野心彻底暴露了。

“喂！”阿特金取出手机。

“议长，15分钟前，颜海先生死于他家的三楼平台上。至于准确的死亡时间，无法确定。”一道略显紧张的声音传来。

“什么？！”阿特金脸色大变，一下子心都乱了。

颜海怎么会死？地球上有谁能这么轻易杀了颜海？

“怎么死的？”阿特金问道。

“不知道，颜海先生家的所有人都没听到动静，根本没人知道颜海先生是怎么死的，又是什么时候死的。”

阿特金皱眉，沉声说道：“颜海的死因无法确定？”

“是的，颜海先生身上没有任何伤，身体很健康，按理不应该会丧命。”

那边刚说完，阿特金脸色顿时大变。

挂掉电话，阿特金心中一紧：“对方肯定是用精神念力攻击了颜海的灵魂，颜海只有魂飞魄散，才会死掉。这世界上只有一个行星级精神念师，那就是萨戈·尼赫鲁，可萨戈·尼赫鲁仅达到行星级一阶，没能力杀颜海。”

“到底是谁？”

阿特金的脑海中迅速掠过两个人影，一个是常年压他一头的伊斯特，还有一个是比伊斯特更加强大的天才武者罗峰。

“不对！他们都死了，我亲眼看到了伊斯特的尸身，而罗峰的生命气息衰弱，之后消失了，这是在全球直播中看到的。不对，罗峰……”

他想起了陷入沉睡的洪和雷神。当初洪和雷神的生命气息消失，说是没有脑电波，成了活死人，可是，毕竟没死。更何况，那金角巨兽也死而复生了。

“从头到尾，都没有看到罗峰的尸身，难道他还活着？”阿特金很担心。

当初罗峰轻轻松松就击杀了八爪兽皇，实力极强，能和洪、雷神比肩，根本不是他阿特金能招惹的。

如果罗峰真的回来了，还知道他派萨戈·尼赫鲁和维诺去他家抢走木伢晶等宝物，那后果……

“不！不！”阿特金摇摇头，十分着急。

如果杀了颜海的人真的是罗峰，他就彻底完蛋了。就算不是罗峰，能不声不响杀了颜海的人，恐怕也能杀了他。

“喂，”阿特金想到这儿，连忙拨出一个电话，“萨戈·尼赫鲁，是我。我怀疑罗峰没有死，而且他刚刚杀了颜海，你要万分小心，最好马上离开住所。”

I国，N基地市。

由于时差，E国那边天蒙蒙亮时，N基地市正是大白天，炽热的阳光照耀着大地。

N基地市主市区东部有一座占地面积较大的城堡，那里居住着在I国拥有极大权势的尼赫鲁家族。

尼赫鲁家族本来最强的势力是在政界，自从家族中的子弟萨戈·尼赫鲁迅速崛起，又成为地球上唯一的行星级精神念师之后，权势大增。

“自从萨戈·尼赫鲁先生同意招收精神念师当弟子，每天来拜访的人越来越多了。”

“不过，精神念师的修为可不是那么容易提升的。萨戈·尼赫鲁先生可是整个地球上最厉害的精神念师，而且，他还那么年轻，和C国的天才罗峰年纪相当。萨戈·尼赫鲁先生是我们I国的骄傲，相信他的实力一定会超过罗峰。”

“嗯！外界的人都说萨戈·尼赫鲁先生的实力仅次于罗峰呢。”

城堡上，两名守卫看到下方一辆豪车停在外面的停车场上，不由得低声议论起来。

此时，城堡内的会客厅里已经聚集了两拨客人。

“请稍等，萨戈·尼赫鲁先生正在静修，待静修结束，他会一起接待你们的。”一个男子微笑道。

“好的，不急。”

一共八位客人，其中两个是年轻的精神念师，显然都是觉醒没多久的。

城堡上空出现了一道人影，诡异的是，没有任何人看到这道人影。

“巴巴塔，你的隐身系统果然很强！”罗峰夸赞道。

“这算什么！”一道得意扬扬的声音响起，“不就是控制光线，使之发生扭曲，从而使得下方的人看到的光线没有发生任何变化吗？这实在是太简单了。宇宙中科技含量较高的飞船、星际战舰停在地球上空，如果不想让你们看到，你们都看不到。”

罗峰丝毫不怀疑巴巴塔的话。

他以金角巨兽的形态在海底修炼时，就是靠巴巴塔屏蔽信号，从而令地球上的生命测试仪探测不到金角巨兽的生命气息。

“这些都是小儿科。对于武者而言，若是有人靠近他，就算不用眼睛看，他也是能察觉到的。”巴巴塔说道。

罗峰俯瞰下方，精神念力扫过下方的城堡。没有一个人发现罗峰的精神念力，包括那位新晋的行星级精神念师萨戈·尼赫鲁。

“他只是行星级一阶精神念师，我是行星级六阶精神念师，单单修为境界就比他高得多。此外，我修炼了《掌控篇》和《幻术篇》上的绝招，操控能力、操控武器的精细程度更是强了不知道多少。”

当即，罗峰俯冲下去。

城堡中。

穿着华丽黑色长袍的青年躺在沙发上，腿搁在前面的玻璃茶几上，手上端着一杯红酒。

萨戈·尼赫鲁喝了一口，冷冷地道：“那个老不死的，岁数都这么大了，竟然还和我争。我年轻有为，前途一片光明，他怎么跟我比？我一说要收弟子，不少有权有势的家族就争着要将孩子送来给我当弟子，我可是地球上唯一的行星级精神念师。”

“而且，还有阿特金大哥他们帮忙，再加上我尼赫鲁家族在I国的权势，雷电武馆馆主的位置一定是我的。”萨戈·尼赫鲁微微仰头，露出一丝不屑的笑容，“哼！又有人说我是罗峰第二了，这种话我听得太多了。”

自从修为突破，进入行星级，别人夸赞他会成为像罗峰那样的英雄，一开始他还觉得很骄傲，可这样的话听多了，他就很生气。

“我和罗峰年龄相当，我以后也会一飞冲天，变得越来越强，成为像洪那样的绝世强者。到时候，人们会说罗峰是萨戈·尼赫鲁第二了，哈哈！”萨戈·尼赫鲁无比得意，不由得笑了起来。

忽然，他的手机响了。

“喂。”萨戈·尼赫鲁接通电话。

“萨戈·尼赫鲁，是我。我怀疑罗峰没有死，而且他刚刚杀了颜海，你要万分小心，最好马上离开住所。”阿特金的声音从电话那头传来。

萨戈·尼赫鲁吓得猛地站起来。

这时，他发现门口站着一个人，那人穿着军裤和简单的背心，是一个年轻男子，目光冷厉，让他心悸！

萨戈·尼赫鲁眼睛瞪得滚圆！这张脸，全球大多数人都认识。

“你，你……”萨戈·尼赫鲁脸色发白。

曾经他以为自己很强，可是这人站在他面前，仅仅一个眼神，就令他感到恐惧。

“萨戈·尼赫鲁，你说话啊，你怎么不说话？”阿特金焦急的声音传来。

“他，他已经来了！”

第264章

轰动

看到罗峰的眼神，萨戈·尼赫鲁的额头不禁渗出了冷汗。

萨戈·尼赫鲁挤出一丝笑容，道：“罗，罗峰先生，你竟然还活着，这简直……”

“这个世界上的人渣不少，可是渣到你这个程度的实属罕见。”罗峰脸色一沉，冷冷地道。

顿时，一道肉眼无法发现的精神念力直接刺入萨戈·尼赫鲁的识海中。

萨戈·尼赫鲁识海中的微型星球直接被刺破了。

萨戈·尼赫鲁脸上露出惊恐之色，而后直接瘫倒在地。

罗峰瞥了一眼萨戈·尼赫鲁，一闪身就消失了。

高空中。

罗峰脚踏遁天梭，化为一道流光，朝A国所在的方向飞去。

罗峰无法去惩罚每个坏人，可是，阿特金、萨戈·尼赫鲁、颜海这三个人作恶多端，他们竟然威胁那几位英雄的亲人，还强抢英雄们留下的东西。

“默汉德森、伊斯特、特里帕蒂·辛格、贾谊、索科洛夫，你们死得很光荣。这三个浑蛋让你们死后都不得安宁，我绝不会放过他们！”

罗峰看向A国的方向，据巴巴塔通过全球网络监控系统收集到的情报，阿特金现在就在A国的华府基地市。

华府基地市正值深夜。

一辆豪华轿车停在街道旁。

“他已经到了！”听到电话那头的声音，轿车内的阿特金眼睛瞪得滚圆。

“不好，罗峰真的没死，他真的回来了！”阿特金的额头不由得渗出冷汗，同时脑海中迅速闪过一个个念头。罗峰先找了颜海，现在去找萨戈·尼赫鲁了，那么罗峰下一个要找的恐怕就是自己了。

“怎么办？罗峰心狠手辣，实力又那么强，我不是他的对手！”阿特金越想越急。

“现在就赶到罗峰家，拿他的家人当人质？不行，他家有机器人守护，可以阻拦住我。而且，从A国到C国，距离太远，我的速度又没有罗峰那么快，中途肯定会被截住。”阿特金思考着，迅速否决一个个办法。

“上天无路，入地无门。地球就这么大，以罗峰的超强实力，我根本无处可逃啊！”阿特金一咬牙，“看来，只能这么办了。”

随即，阿特金拿起手机，迅速拨通电话：“以最快速度召集整个华府基地市的主要媒体，并且通过HR联盟通知各个基地市的媒体……”

这一夜注定不平静。

HR联盟的议长阿特金正竭力想办法保命。

华府基地市最大的广场广场上，一辆辆新闻媒体的专用车辆停在那里，那极大的广播声把许多A国民众从睡梦中吵醒了。

广场上的大屏幕亮起，大量车辆聚集于此，顿时吸引了不少民众来凑热闹。

“HR联盟的议长即将宣布一个震惊全球的消息。”

“下一刻，相信全球的人都会受到震动。”

“是的，不要怀疑，HR联盟的议长，也就是现如今全球第一强者即将公布一个大消息。”

各大媒体立即进行了报道。

此时，屏幕上出现了当初洪、雷神和金角巨兽大战的画面，之后出现了六位英雄入海和金角巨兽厮杀的场景。

“屏幕上怎么在重播八位英雄英勇大战金角巨兽的事迹，难道HR联盟的议长宣布的事情和八位英雄有关？”

“难道洪和雷神苏醒了？”

民众们议论纷纷。

HR联盟在任何一个地方都有一定的影响力，甚至可以直接操控部分媒体。此次阿特金更是不顾一切砸钱给媒体，令全球各国的许多媒体同一时刻进行转播。

各个门户网站都出现了弹窗。

A国，此刻是深夜。

可是，E国正值上午，C国、I国是中午时分。

“怎么回事，到底有什么大消息？”

“HR联盟议会议长竟然亲自宣布！”

全球各地的网民以及看电视的人都第一时间收到了消息，就连一些忙着工作或者已经睡觉的人也被朋友们通知了。

很显然，有大事要发生了！

华府基地市，广场上。

“让我们欢迎HR联盟的议长阿特金先生！”

聚光灯下，阿特金穿着白衬衫和黑西服，平静地走了上去。

下方的人顿时安静下来。

“各位，今天我首先给大家介绍一个人。”阿特金的脸上难掩激动之色。

“他才华横溢，是最年轻的超越战神级武者的精神念师！

“他曾经独自一人击杀数十头王级怪兽和一头兽皇。

“他和金角巨兽进行最终决战，击杀了金角巨兽，让人类免于灾难！

“他到底是谁呢？”

与此同时，后面的大屏幕上出现了罗峰的相关信息。罗峰各个时期的光辉事迹以及大量照片、文字、视频接连出现在大屏幕上。

“是的，他就是罗峰！我们地球上最厉害的天才。”阿特金很激动。

顿时，很多人似乎回到了一年多前。在他们心里，为了守护人类而勇敢走上战场的八位英雄堪称救世主。其中最年轻且最后发出致命一击的武者罗峰，更是被无数人崇拜、敬仰。

“我佩服他，敬仰他。我为他的逝去而伤心、遗憾，我们失去了一个风华绝代的天才！”阿特金顿了顿，又道，“不过，大家有没有注意到，从头到尾都没有人发现罗峰的尸身？当初进入海底的强者只看到金角巨兽的尸身，并没看到罗峰的尸身。”

广场一片寂静，紧接着响起了议论声。

“是的！你们没有猜错！”阿特金朗声说道，“我今天要宣布的消息就是——罗峰还活着。”

全球各国的民众顿时都欢呼起来。

C国，罗峰家一楼的客厅。

一旁摆着婴儿床，罗洪国、龚心兰和保姆紧紧地盯着电视屏幕。

“我今天要宣布的消息就是——罗峰还活着。”电视中传出了一道慷慨激昂的声音。

罗洪国和龚心兰听了，激动得大喊起来。

“快，让小欣回来。”

“通知小华。”

罗洪国、龚心兰连忙拨打电话。

旁边婴儿床内的两个孩子扒着床栏杆，瞪大乌溜溜的眼睛，看着电视。

“爸爸，爸爸……”其中一个指着屏幕上出现的罗峰的照片，发出了声音。

此时，罗华、徐欣通过网络直播得知了这个好消息。

……

天气热，正在睡午觉的魏文被女友吵醒，被拉到了电脑前。

“什么！”魏文激动得张大了嘴巴。

……

极限武馆的精英训练营。

罗峰的老师江芳坐在电视机前。

曾经追求过罗峰的珍妮特和一个男青年在步行街停下，仰头看着大屏幕。

……

全球无数人都密切关注着这一幕。

“我知道这个消息后，激动得难以入眠，所以忍不住要将这个天大的好消息告诉每一个人。罗峰是我无比尊敬的英雄！”阿特金仍旧激动地讲着话。

电视机前、电脑前、街头屏幕前，无数人激动万分，他们丝毫没有怀疑阿特金的激动是装出来的。在他们看来，阿特金是在真心实意表达对罗峰的敬意。

忽然广场上方有一道流光迅速坠下，而后缓缓降落。

所有人都呆呆地看着。

那道流光落下后，变成了一个男子。

他穿着军裤和简单的背心，一头黑色短发，眼神幽深如海。他从半空中缓缓降落，很多人隔着屏幕都感觉到了那霸道的气势。

第265章

亚光速

“是罗峰！”一道惊呼声响起。

“罗峰还活着！”

“真的是罗峰！”

整个广场顿时沸腾了！

这一刻，全球各个国家的高层都很震惊，而一些野心家心乱了。

罗峰没有死，他们的灾难来临了。罗峰此等强者，根本不需要军队，单单一人就可以对付他们。

几位英雄殒身后，五大强国的地位提高不少。虽然阿特金的权势极大，但是并不像洪、雷神那般无可撼动。

“哥！”罗华激动万分。

“小峰，小峰……”罗洪国、龚心兰看着电视屏幕上出现的人影，喜极而泣。

办公桌前，徐欣看着电脑屏幕上出现了让她魂牵梦萦的人，潸然泪下。

A国，华府基地市，广场上。

“罗峰先生，当得知你没有死时，我很兴奋，忍不住要让全世界知道这个好消息。现在亲眼看到罗峰先生出现，我很激动。一直以来，我很恨自己没能追随罗峰先生和金角巨兽大战。金角巨兽已被消灭，可是海域怪兽的威胁还没有消除。洪和雷神都陷入了沉睡，没有他们带领，全球高手如一盘散沙。现在罗峰先生归来，简直太好了，我希望罗峰先生能够带领我们继续抵抗海域怪兽。”阿特金诚恳地道。

罗峰看着阿特金，冷笑一声。

阿特金真是狡诈！

以巴巴塔连接的卫星的监测能力，加上罗峰极快的速度，绝对能让阿特金无处可逃。可现在，阿特金不仅没逃，竟然弄这么一出，是要在全球数十亿人面前做戏，让他们知道他是何等尊敬、崇拜罗峰，想要追随罗峰为守护人类而奋斗。这样一来，罗峰就不好对付他了。

“罗峰先生。”阿特金操控宇宙能量，设下一道屏障，使自己和罗峰的对话不被任何人听到。

“我承认，我走错了路。不过，请罗峰先生给我一次机会，萨戈·尼赫鲁从罗峰先生家带走的木伢晶、草木之灵，我都会归还的。罗峰先生归来，就算给我天大的胆子，我也不敢乱来。”阿特金的姿态放得很低。

他心中却暗道：“面对罗峰，唯一的办法就是置之死地而后生。在全球数十亿人的关注之下，我公开表示一直很敬佩罗峰，愿意追随罗峰，罗峰怎么能对我下手呢？他若是对我下手，那就是破坏自己的形象，将遭到无数民众的质疑。”

“阿特金。”罗峰开口了。

“罗峰先生。”阿特金躬身，显得十分恭敬。

近距离下，一把飞刀疾速飞出，瞬间划过阿特金的额头，甚至直接划破其头上浮现出的黑色皮膜——黑神套装。

阿特金识海中的灵魂顿时崩溃。

飞刀飞回罗峰的手里，速度极快，在场甚至没人看清发生了什么。

阿特金瞪大眼睛，不敢相信罗峰会在这种场合杀他。

而后，他轰然跌倒在地，额头渗出了血。

“杀人啦！”

“死人了！”

广场一下子变得混乱起来。

观看直播的民众震惊不已。

“罗峰先生，你，你为什么杀阿特金议长？”

记者们当即看了回放，慢镜头中他们看到一道刀光从罗峰手里飞出，袭向阿特金的头部，而后又迅速飞回罗峰的手里。

“罗峰先生？！怎么可能呢？”

“凶手真的是罗峰先生吗？”

“如果不是罗峰先生，又是谁能轻易杀了阿特金议长呢？”

广场上一片混乱。

“罗峰先生，你能解释一下为什么杀阿特金议长吗？”一个金发女记者怒道。

罗峰环顾四周，其霸道的气势，令所有人安静下来。

罗峰瞥了阿特金的尸身一眼，冷冷地道：“人渣，该死！”

随即，他冲天而起，消失了。

记者们傻眼了。

半晌，他们才反应过来。

“观众朋友们，罗峰先生突然出手杀了HR联盟的议长阿特金，事后，他只留下‘人渣，该死’这一句话，没有详细解释，就消失了。关于此事的详细情况，本台会继续追踪报道！”金发女记者对着摄像机说道。

“观众朋友们，你们没看错，罗峰先生的确杀了阿特金议长，而且只说了‘人渣，该死’这句话。虽然罗峰先生此举很冷酷，但是我一直都很崇拜罗峰先生，我相信罗峰先生不会无缘无故对阿特金议长下手。阿特金议长很可能做了可恶的事情，才招来杀身之祸。至于此案详细的情况，暂时不明，我一定会带大家找出真相的。”

……

各个电视台和网络平台都表示会对此事进行详细的追踪报道。

高空，罗峰脚踏遁天梭，快速飞行。

他俯瞰下方的无尽海域，难得露出了笑容。

“罗峰，你竟然还有心情笑！你刚才杀了阿特金，破坏了自己在大众心中的形象。你可知道，那些民众都把你当成超级英雄，这下好了，你的完美英雄形象没了。”巴巴塔说道。

“完美？我可不完美。”罗峰淡淡一笑，“我也没想过要当完美的人，阿特金竟敢威胁英雄们的家人，该杀！”

“也是！要怪就怪他贪婪且冷血！”巴巴塔听了，点点头。

6月，炽热的阳光根本无法阻挡热情的人们。

Y城，明月小区外的街道上聚集了不少民众，他们都在等罗峰回来。

国外，对于罗峰杀了阿特金之事，不少人表示谴责。可是，C国人都将罗峰当成骄傲，几乎所有人都表示相信罗峰，愿意站在罗峰这边。

“罗峰！”一个拿着望远镜的少年高声喊道。

顿时，街道上的民众都欢呼起来。

只见一道人影从天际迅速降落，落在明月小区内的草坪上。

罗峰朝小区外街道上的人看去，微微一笑，随即直接朝家的方向走去。

家门口。

罗洪国、龚心兰、徐欣、罗华都在，还有他的两个儿子。

罗峰缓缓地走过去。

罗洪国等人的眼眶都湿润了。

“叫爸爸，叫爸爸。”徐欣对两个孩子说道。

长得几乎一模一样的两个孩子看着罗峰，张开嘴巴：“爸，爸爸，爸爸……”

罗峰听了，喜极而泣。

自从罗峰归来后，全球原先暗流汹涌的局势一下子变了，野心家们再也不敢有丝毫动作。雷电武馆和极限武馆恢复了正常运作。

罗峰归来后，先去祭拜了当初与自己一同大战金角巨兽的五位好友——默汉德森、伊斯特、特里帕蒂·辛格、贾谊、索科洛夫，而后又去了一趟极限武馆总部，洪和雷神依旧处于沉睡中。

之后，罗峰跟徐欣补办了婚礼。

2261年，冬天。

“平平乖，来，再吃一口。嗯，真乖！”罗峰端着碗，又去喂另一个儿子，“小海，来，乖，对，再吃一口。别淘气，哥哥吃了三口，你才吃一口。快来！”

罗峰宠溺地看着两个儿子，嘴角微微勾起。

旁边的沙发上，徐欣正在织毛衣，不时看向罗峰。

“罗峰，罗峰。”巴巴塔的声音忽然响起。

罗峰端着碗的手略微一顿，道：“怎么了？”

“黑龙山帝国的那艘飞船还差一个辅助动力系统，其他全部搞定了。虽然飞船还无法进行宇宙穿梭，但是其速度达到了亚光速。”巴巴塔得意扬扬地说道，“我现在在储物空间内，正在维修飞船的辅助动力系统。”

“你不是说地球上能搜集到的金属太少，没办法让金角巨兽进行修炼吗？特别是无法修炼本尊天地这门秘法。”

“你如果拥有达到亚光速的飞船，1个小时内，就能抵达火星。你完全可以吃过早饭后去火星修炼，晚上再从火星回来吃晚饭。”巴巴塔说道。

第266章

抵达火星

当天晚上，罗峰就跟家人说了此事。

2261年12月3日，早晨。

一家人吃过早饭，徐欣开车去公司。

罗峰招呼一声：“爸，妈，我中午就不回来了，晚上回来吃饭。平平、小海，要乖乖听爷爷奶奶的话哦！”

而后，他宠溺地亲了两个儿子一下，走出家门，瞬间消失了。

高空中。

罗峰迅速穿过云层，不断往高处飞去，云层之上的阳光更加刺眼。

他一口气就飞到了海拔约8000米的高空，悬浮在高空中。

“巴巴塔，将飞船弄出来。对了，先启动隐身装置，别被卫星发现了。”罗峰用意念说道。

“放心吧，这可是来自黑龙山帝国一等一的飞船，如果被你们地球的卫星发现了，那可真是天大的笑话！”巴巴塔说道。

与此同时，罗峰身旁出现了一艘巨大的黑色飞碟形飞船，船身上印着一条长着翅膀的巨龙。

罗峰深吸一口气。

飞船的外舱门自动打开，他当即飞入其中的激光通道，内闸门升起。

飞船的控制室中。

“罗峰，恶魔巴巴塔为你服务！”一道得意的声音回荡在控制室内，前面控制台的屏幕上出现了巴巴塔的头像。

罗峰咧嘴一笑，道：“出发！”

“好的。”巴巴塔嘿嘿一笑。

“嗡！”一道轻微的声音响起。

在飞船内，即便是罗峰此等强者，也只能勉强感觉到微弱的震动。

“需要打开外景模拟吗？”巴巴塔问道，“外景模拟程度为10%到100%。”

“外景模拟？”罗峰一怔。

“嗯！飞船船身金属厚实，飞船内的人无法直接看到外面，所以必须通过外景模拟来看外面，这玩意儿类似于地球人的三维投影，不过，效果比三维投影好得多。”巴巴塔解释道。

“打开，100%。”罗峰直接说道。

控制室中的控制台、座椅、地面全部消失了，周围都是大气层。

“飞船正在大气层中飞行，很快就要脱离地球了。”巴巴塔的声音回荡着。

罗峰一眼就看到了远处浩瀚无垠的太空。

片刻，他转头朝身后看去。

一颗巨大的蔚蓝色星球出现在他的视线中。

“那是地球？！”罗峰很惊讶。

地球实在是太美了！

虽然他以前常常通过网络或者电视看到这个画面，但是此刻自己身处太空，遥望地球，实在很震撼。

飞船和地球距离越来越远，地球不断变小。

“太阳？！”

罗峰看向地球后方，远处，有一颗宛如燃烧着火的星球——太阳。

“飞船已经开启最快速度，现在将以恒定速度前往火星。”巴巴塔的声音再次响起。

罗峰转过头来，看向另外一边。

“这场景好梦幻啊！”罗峰忍不住感慨道，“巴巴塔，快看那边。”

罗峰指着左边，远处，巨大的冰块在环绕着气体飞行，而飞船轻易地超过了它们。

“那是你们地球人所谓的彗星。”巴巴塔说道。

罗峰看着四周。无边无际的神秘星空中，远处，不时出现一颗星球，还有一些小行星、星空尘埃等。

“太美了！”罗峰不由得赞叹道。

“的确很美！不过，看多了，你就会厌烦的。”巴巴塔笑道。

“你将外景模拟的程度改成10%吧！”罗峰说道。

星空瞬间变得模糊，不过依旧能看到地球、太阳，只是变得很虚幻。

而控制室内的地面、椅子、控制台重新出现了。

“100%模拟外景的话，整个人好像身处星空中，如果不用精神念力探察，不用手去触摸，不坐在椅子上，而是悬浮着，根本感觉不到控制室。”罗峰感叹道。

“效果当然好，100%模拟可是高于B级的飞船才有的功能。”巴巴塔得意地说道，“如果是初等的A级飞船，模拟效果能达到50%就算不错了。除非自己加装优秀的外景模拟系统，那可是很昂贵的。”

罗峰问道：“飞船的级别是怎么划分的？”

虽然他拥有传承记忆，但是那只是金角巨兽的传承记忆，哪里会有关于飞船分级的信息？

“A级可对应行星级，B级可对应恒星级，C级对应宇宙级，D级对应域主级，E级对应界主级，F级对应不朽级。在宇宙中，很多东西都是分级别的。比如之前那架激光炮，属于B6级；我们在12号古文明遗迹中发现的母舰属于B级；这艘X81型飞船则属于C5级，正因为是C5级母舰，十分厉害，所以宇宙级强者都要耗费很大力气才能破坏它。还有，能晶也一样分级别，分成A级、B级、C级，级别越高的能晶越稀少。”

罗峰点点头。

这是一种简易的划分，却让人一下子就清楚激光炮、能晶、飞船属于哪个层次。

“巴巴塔，我之前给了你一份我需要的金属的清单，那些金属是不是也分等级？”罗峰问道。

“没错！你给了我一份金角巨兽需要的金属的清单，那些金属可以分为五个级别。A级金属，适合行星级的金角巨兽；B级金属，适合恒星级的金角巨兽；C级金属，适合宇宙级的金角巨兽；D级金属，适合域主级的金角巨兽；E级金属，适合界主级的金角巨兽。”巴巴塔回道。

罗峰微微点头。

金角巨兽的成长，主要是体内世界的成长，而想要让体内世界成长，就要吞噬金属。

吞噬金属主要分为三种：第一种，吞噬一些合金、飞船残骸，或者低层次的纯金属，效率最低。这也是金角巨兽进化最慢的一种方法，从恒星级一阶到宇宙级一阶，需要100年；

第二种，吞噬与自身相同级别的纯金属。比如，罗峰操控的是恒星级三阶金角巨兽，就可以吞噬B级金属。如果罗峰操控的金角巨兽达到宇宙级，就需要吞噬C级纯金属。使用这种方法，罗峰操控的金角巨兽的进化速度可以提高整整一倍。从恒星级一阶到宇宙级一阶，50年即可，但代价是要耗费大量与自身相同等级的纯金属。

第三种，吞噬组合金属。这和人吃不同的食物，补充各种营养才健康是一个道理。金角巨兽如果同时吞噬几种金属，很可能有奇效，进化速度提高一两倍乃至数十倍都有可能。比如恒星级的金角巨兽吞噬的最佳金属组合是325种纯度近100%的B级纯金属，而且这325种纯金属有精确的比例。如果一次性吞噬，金角巨兽的进化效率能提高到之前的89倍。

“现在地球上几乎都是普通金属，只有黄金是A3级金属，地球人在月球上发现的蓝金金属属于A6级金属。”巴巴塔说道，“可惜的是，一种B级金属都没有。”

罗峰点点头。

这也是金角巨兽不断吞噬战争基地的缘故。当初，达到恒星级一阶的金角巨兽在地球上找不到B级金属，所以只能随便吞噬一些金属。

吞噬飞船的合金残骸效率最低，和吞噬普通金属没有区别，只是体积小一点。

“金角巨兽吞噬组合金属，进化速度最快。即便吞噬的只是普通金属，好歹也能修炼。可是，不能修炼本尊天地……”

罗峰无奈得很，他操控的金角巨兽修习本尊天地和绝对空间，其中绝对空间的修炼是需要大量练习的。而修炼本尊天地的要求非常苛刻，本尊天地能够让金角巨兽的身体变大或者缩小，所以必须直接吞噬一些组合金属，身体吸收配比复杂的金属，从而改变一些基因，令身体能够缩小或变大。

可以这么说，修炼本尊天地秘法，修炼是次要的，主要是吞噬组合金属。而且，修炼本尊天地所要吞噬的金属配方十分复杂。

“罗峰，火星要到了，飞船开始减速。”巴巴塔的声音响起。

罗峰当即看去。

外景模拟程度为10%，他能看到前方的那颗红色星球，看起来，没有地球好看。

飞船很快穿入火星大气层，火星大气层显然比地球的大气层稀薄得多。

“巴巴塔，准备打开舱门。”

罗峰直接朝飞船的中层舱门跑去，奔跑的同时，其体表的摩云战甲迅速蔓延，很快就将整个人完全覆盖住了。

他的头上戴着战盔，只露出一双眼睛。

黑色的飞碟形飞船缓缓降落，降落的过程中，舱门直接打开了。

罗峰直接飞出，他的身上穿着血红色战甲，俯瞰下方。

“嗯？火星的引力好小。”罗峰明显感觉到火星和地球的引力差别很大，立即调整体内的微型星球产生的引力磁场，从而适应火星的引力。

“这是……”

罗峰俯瞰下方，一眼就看到苍茫的大地上耸立着一座建筑——金字塔。

第267章

矿藏

罗峰震惊地看着一座座金字塔，虽然表层破败，但是整体依旧完好。

这里一共有九座金字塔，看起来在排列上没什么规律，却又仿佛是一体的。

“金字塔下面是……”罗峰大吃一惊，“城，城市？”

耸立的九座金字塔下方是一座衰败的城市，依稀能够看到城市的一些道路和建筑物。显然，这里已经荒凉很多年了。

“嗖！”罗峰直接飞过去，而后迅速降落，落在满是沙砾的地上。

“很久没有人来过了。”罗峰看着眼前的残垣断壁，十分震惊，“巴巴塔，这是怎么回事？”

“你怎么这么惊讶？”巴巴塔淡淡地说道，“这是很正常的事情。”

“正常？”

“当然。这一片星域在被主人统治之前，是属于银蓝帝国的。”巴巴塔缓缓地说道，“而地球就是周围近千光年范围内两颗生命星球中的一颗。”

“还有另一颗生命星球？”罗峰很是好奇。

“另外一颗生命星球距离你们将近一百光年。即便你的飞船达到亚光速，都得耗费几百年才能飞到那里。”巴巴塔说道，“除非达到光速，直接进行宇宙穿梭，才能迅速抵达。”

罗峰微微点头。

“地球作为生命星球，且是银蓝帝国初等文明星球，当然有不少人居住。”

巴巴塔说道，“原先地球是牧业星球，主要是畜养一些厉害的怪兽，然后将这些怪兽驯服，拿去卖钱。地球上居住的人口估计有数百万吧，是为牧业服务的。”

罗峰也知道这一点。

生命星球主要分为人口密度高的居住星球、旅游观光星球、牧业星球、林业星球、农业星球、工业星球等。

“地球上畜养着不少珍贵怪兽，这是银蓝帝国比较重要的财产，所以银蓝帝国专门派一支星际舰队驻扎在这里。”巴巴塔说道，“当然，也会靠星际运输舰运送大量挖矿器械、矿工去生命星球周围的一些矿物星球采矿。”

巴巴塔顿了顿，继续说道：“当年，就有很多挖矿工人在火星上挖矿，并且在这里建造了一个矿藏基地。后来，星际舰队被主人一招灭了。没有了星际运输舰，那些矿工在火星上失去了补给，就算自行制作生命餐，也支撑不了多久，所以，最后都完蛋了。”巴巴塔说道。

罗峰闻言一怔。

原来是这样，这是矿藏基地！

“这些金字塔是能源塔。”巴巴塔说道，“这种能源塔是采用机械族制造能源的初等办法而建的，性价比非常高。在对金字塔的利用上，人类族群是赶不上机械族的。”

“机械族在科技方面很强。”巴巴塔忍不住说道，“人类族群无法和他们相比，比如人类只能靠进化，才能达到不朽级，可机械族属于智能生命，虽然没有灵魂，但是照样能够拥有不俗的战斗力。”

罗峰听了，心中暗惊。

智能生命虽然有人类的部分感情，可本质依旧是智能系统，而非灵魂。巴巴塔就是这样的。

没有灵魂的机械族却能诞生不朽强者，科技方面的确很强。

狂风呼啸而过，卷起大量沙砾。

罗峰定定地站着。

“巴巴塔，探测矿藏。”罗峰说道。

"启动矿藏探测。"巴巴塔当即下令。

悬浮在高空中的飞船立即开启矿藏探测功能。

仅仅片刻——

"罗峰，火星上有极为丰富的玄铁矿藏。"巴巴塔说道。

"玄铁？"罗峰很惊讶。

"没错！"巴巴塔缓缓地道，"玄铁是A8级金属，坚硬度非常好，在宇宙中很畅销。"

"没有B级金属吗？"罗峰眉头皱起。

他操控的是恒星级金角巨兽，只有吞噬B级纯金属，修炼的效率才会高。

"没有！"巴巴塔摇摇头，又道，"不过，玄铁矿的量非常大，里面一定有不少玄铁精。"

罗峰心念一动。

玄铁是A8级，那么玄铁精就是B8级，而稀少的玄铁母就是C8级。比如陨墨星号飞船，船身几乎都是由赤混铜母构成的。赤混铜是D9级金属，而赤混铜精是E9级，赤混铜母则是F9级。

在一个大型的玄铁矿中，玄铁精能有万分之一就很不错了，而玄铁母能有玄铁精的万分之一就更不错了。

赤混铜本身就很珍贵，通体由赤混铜母构成的陨墨星号飞船的价值可想而知。一块赤混铜母残片都能令域主眼馋。可惜陨墨星号飞船需要维修，在疆域广阔的黑龙山帝国都找不到合适的地方。

"罗峰，这九个能源塔有隔绝信号的功能，其周围其他人无法探测。不过，能源塔的下方有一座钢铁城市。我勉强探测到了钢铁城市的一部分。"巴巴塔说道。

"钢铁城市？！"罗峰吓了一跳。

"不过，我探测到的数百米范围内没有任何生命。走！沿着左边走，从1.2万米外的洞穴进入，就能找到地底的钢铁城市。"

火星地表的某一处仿佛形成了一个自然塌陷的洞穴，直径达数百米。

"嗖！"罗峰直接俯冲进入洞穴中，不断深入地下。

同时，他释放出精神念力。作为行星级六阶精神念师，精神念力可以覆盖方圆6000多米。

“嗯？”罗峰落在地面上。

只见尘土飞扬，巨大洞穴之下，隐隐能够看到黑色金属。靠着精神念力的探察，罗峰早就发现后面是一扇巨大的城门。

“1号，推开。”罗峰心念一动，自己则立即远远避开。

一个黑色金属机器人出现了。

论力量，罗峰远不及这个机器人。

“轰隆隆——”机器人强有力的手掌猛地拍击在巨大的铁门上，随着机器人渐渐发力，铁门被缓缓打开。

顿时，大量的泥土落下，灰尘弥漫。

一道道耀眼的白光猛地射出，几乎笼罩住了整扇铁门。七八道耀眼的激光射在机器人的身上，将机器人轰得撞击在洞穴的墙壁上，尘土飞扬。

而罗峰早就闪身到远处了。

“天哪！这钢铁城市竟然还在运转！”罗峰大吃一惊，“我的精神念力探测到这里面根本没人，早就布满灰尘了。”

“九座能源塔正常运转，令钢铁城市一直处于运转中。人死了，钢铁城市的功能却还没有消失。”巴巴塔说道，“罗峰，进去吧。这是紧急情况下建立的钢铁城市，防御力强不到哪儿去。而且，你现在拥有摩云藤，又达到了行星级六阶，快跨入恒星级了，应该不会有什么危险。”

罗峰当年和金角巨兽一战时，摩云藤就达到了行星级七阶。一年多来，摩云藤也潜藏在海底，巴巴塔经常给摩云藤喂木伢晶，很快，摩云藤就成长到了行星级九阶，只是还没跨入恒星级。其实，这成长速度对摩云藤而言，并不算快。

罗峰和机器人一前一后飞进地底的钢铁城市中，硬扛了一次激光的攻击，冲了进去。

黑漆漆的城市。

罗峰散开精神念力，发现整个城市的建筑密集度非常高。

“罗峰，整个城市几乎是由玄铁建造而成的。”巴巴塔缓缓地说道，“快，按照我说的，先去斩断能源供应，防止钢铁城市一些重要的地方发出攻击。”

“嗯！”罗峰点点头。

“左边。”巴巴塔指示道。

“转弯，右边。”

在巴巴塔的指引下，罗峰很快就到了金属管道密集的地方。

“用赤混铜母残片将这些管道全部切断。”巴巴塔说道。

身穿血红色摩云战甲的罗峰看着前方百米处的一根根管道，心念一动。

一抹红色身影直接掠过远处的一根根管道。

罗峰是行星级六阶精神念师，意识强度相当于恒星级三阶精神念师。

32道精神念力附加在赤混铜母残片上。

一道道刺耳的声音接连响起。

大量电光不断冒出。

“还有八个能源塔。”巴巴塔说道。

“巴巴塔，你指路。”罗峰疾速飞行。

这只是矿藏基地，而且是当初星际舰队被灭之后，失去了供给，受到环境影响，被迫迁入地底的矿工们，用大量器械紧急建造的一座钢铁城市，数量最多的金属是玄铁。这么多年来，在能源塔的支持下，钢铁城市才保存完好。

仅仅几分钟，钢铁城市的能源供应的管道全部被罗峰斩断了。

“全部搞定！罗峰，如果我猜得没错，那些矿工后来挖掘出了玄铁精，而且小心储藏起来了，我们开始搜索吧，看到什么好东西，全部带走。”巴巴塔道。

罗峰当即在这座钢铁城市中开始了搜索。

第268章

搜刮

火星，地底钢铁城市。

“这钢铁城市真大。”罗峰以精神念力在这座古老的钢铁城市中进行搜索。

“罗峰，去仓库！”巴巴塔大声说道，“当年，矿工们挖掘出的大量玄铁应该就存放在重要仓库中。”

“嗯！”

罗峰的精神念力覆盖方圆6000米范围，发现一些街道、建筑的上面都有一些文字，那些文字是宇宙通用语。

读了那些文字，仅仅片刻，罗峰就找到了钢铁城市的重地——堆放玄铁原材料的仓库。

罗峰降落在巨大的仓库前，当即愣住了。

这下麻烦大了！

仓库外堆满了玄铁，就连外面的院落都堆满了。

“当初那些矿工被困火星，就算找到了玄铁，也无法将其运走。对他们来说，玄铁反而是最不值钱的，整个钢铁城市都是由玄铁建造的，这仓库外面堆满了玄铁也就不足为奇了。”巴巴塔顿了顿，继续说道，“罗峰，你仔细找找，看能不能找到玄铁精。”

罗峰看着眼前堆成小山一般的玄铁，无奈得很。

他要怎么过去呢？硬闯？显然行不通。玄铁是A8级的，硬度大，就连行星级八阶武者都很难将其破坏。即使他用遁天梭，估计也很难将其刺穿。

钻地的话，倒是轻而易举，可是，钻破小山一般的玄铁，谈何容易？

“收！”罗峰心念一动。

一大堆玄铁消失了。

之后，他再次心念一动，又一大堆玄铁消失了……

原来罗峰将大量玄铁收在了空间戒指之中。

“巴巴塔，我的空间戒指不够大，你帮忙收一下。”罗峰连忙说道。

罗峰空间戒指内的空间，长600多米，宽500多米，高100多米。空间倒是很宽敞，如果硬要收了仓库中的所有玄铁，也能放得下，只是会显得比较拥挤。

而巴巴塔的储物空间更大，不用白不用。

“罗峰，你这小子！行，我来搞定。”巴巴塔爽快地道。

眼前的一堆堆玄铁迅速消失，仅仅片刻，仓库外的玄铁全部被巴巴塔收入了储物空间中。

“嗯！你我一共收了1亿多吨玄铁，太少了，勉强能建造一艘小点的星际战舰。”巴巴塔说道。

罗峰笑了，大步朝前方的仓库走去。

外面阻挡视线的玄铁全部消失了，仓库出现在眼前，那是一座占地面积极大的长方形建筑，大门紧闭。

罗峰看着那扇厚实的玄铁门，赤混铜母残片化作一道流光，狠狠击在玄铁门上。

“这门真够结实。”罗峰感觉到自己消耗了大量精神念力。

赤混铜母残片切割玄铁不难，可是，玄铁门那么厚，消耗的精神念力不少。

用了近半分钟，才切割出一个足以让一人通过的洞。

仓库内。

罗峰又发现了许多玄铁。

老办法，他让巴巴塔将玄铁全部收入了储物空间中。

“嗯？”罗峰一眼看到远处一堆深红色的金属。

他从传承记忆中迅速找到有关玄铁的资料，判定眼前的金属是玄铁精。

“总算找到了！”罗峰有些兴奋。

金角巨兽的体内世界要大大提升，正需要吞噬B级纯金属。

“巴巴塔，查看一下，这堆玄铁精具体有多少。”

一名流银护卫出现，紧紧地盯着玄铁精，眸子中隐隐发光，显然是在搜集这堆玄铁精的资料。

“这堆玄铁精一共1200吨。”巴巴塔回道。

“哦！”罗峰点点头，旋即苦恼起来，“1200吨？！现在金角巨兽一天就可以吞噬近100吨的B8级金属，也就是说，这些也就够金角巨兽十几天的‘饭量’。”

“太少了。”罗峰摇摇头。

巴巴塔将整个仓库的玄铁精全部收了，之后并没找到其他玄铁精。

“巴巴塔，这里的玄铁精这么少吗？”罗峰问道。

“不是这里的玄铁精少，而是你操控的金角巨兽太能吞噬金属了。”巴巴塔没好气地说道，“具有高等血统的星空巨兽都变态得很。炎星巨兽可以吞噬恒星，你操控的金角巨兽虽然不能吞噬恒星，但是它对吞噬的金属要求高得很。待你成为界主级强者，它吞噬的就必须是E级金属了，每天要吞噬那么多，谁养得起啊？”

罗峰苦笑一声。

的确，金角巨兽长得越大，其吞噬的金属等级就越高，除非罗峰甘愿以最慢的速度成长，那样倒是可以省钱。否则，单单购买金角巨兽需要吞噬的纯金属，就要花很大一笔钱。

“继续找，看看这钢铁城市内还有没有玄铁精。”

整个城市是由玄铁建造而成的，不过，一些房屋的材料不是玄铁。时间久了，大多都破败了。

大范围搜索之下，罗峰在一些破败的房屋内发现了一些小块的玄铁精，显然这是被矿工珍藏起来的。虽然每次收获都比较少，可是架不住次数多，全部加起来竟然也有上千吨了。

半个小时后——

罗峰一脚踢在一栋豪宅的地下室门上，门上的灰尘落下，露出了门原本的深红色。

“玄铁精建造的大门？！连门都是用玄铁精做的，这地下室内会有什么宝贝呢？”罗峰的脸上露出喜色。

“收！”他直接将这扇数吨重的玄铁精大门收入空间戒指中，而后步入地下室。

地下室很大。

“老天！”罗峰瞪大了眼睛。

地下室中整齐地摆放着大量已经腐坏的武器。占空间最大的就是一大堆深红色金属，远远超过罗峰在仓库里收集的。并且，深红色金属中间还有一块血红色金属。

“这么多玄铁精？！中间的那个莫非是玄铁母？”罗峰傻眼了。

“巴巴塔，赶紧算算，这里有多少。”罗峰连忙说道。

因为受金字塔的影响，巴巴塔只能放出流银护卫，通过流银护卫搜集资料，从而进行判断。

“玄铁精有1.23万吨左右，C8级的玄铁母有360千克左右。”巴巴塔回道。

“这可比仓库中的多得多。”罗峰惊诧得很。

仓库中的玄铁精仅仅2000多吨，连1克玄铁母都没有。

“罗峰，我建议现在去钢铁城市的总监控处，连接智能监控系统，查询钢铁城市的资料。”巴巴塔郑重地说道，“据我猜测，矿工们长期被困在这里，内部制度发生了变化，收藏玄铁精的地方也变了。”

“好！”罗峰接受巴巴塔的建议。

五分钟后。

机器人直接连接了钢铁城市的智能监控系统，因为有能源塔的支持，所以智能监控系统在罗峰劈断能源供应管道之前都在运行着。

很快，巴巴塔就成功侵入了钢铁城市的智能监控系统。

“资料找到了。当年，主人一招就毁了星际舰队。320万名矿工无法离开火星，他们通过虚拟宇宙网络请求救援，甚至发出了悬赏请求救援。在退入地底的钢铁城市后，因为长时间得不到救援，矿工内部发生了冲突，一些珍贵的玄铁精和玄铁母被各大势力藏在自己的老巢。不过，火星上的资源本就有限，搜集资源制造食物越来越难。这个钢铁城市没有建造宇宙飞船的资料，矿工们想办法研究制造飞船，经过数千年的时间，才制造出三艘超小型的飞船。矿工们决定用飞船将一些精英送出火星，以争取一线生机。当时，剩余的数千名矿工则进行了睡眠死亡，钢铁城市维持了3000多年，便灭亡了。”巴巴塔说道。

罗峰听后，唏嘘不已。

320万名万矿工不断挣扎，以争取一丝生机。然而火星资源匮乏，没有补给，根本看不到希望。

“罗峰，走，我这里有记载了各大势力老巢的地图，我们去那些老巢搜一搜。”巴巴塔说道。

“好！”罗峰眼睛一亮。

罗峰和巴巴塔搜寻了12处，其中有8处老巢空荡荡的，什么都没有，显然是被攻克的某势力的老巢。其他4处的收获都比仓库大得多。

至此，罗峰将钢铁城市中的玄铁精和玄铁母几乎搜刮干净了。其中，玄铁精有3万吨左右，玄铁母则有2吨左右。

“3万多吨的玄铁精，差不多是金角巨兽近一年的‘口粮’。”罗峰心中暗道。

站在钢铁城市的城门处，看着黑漆漆的城市，罗峰有些烦恼，想让金角巨兽快速成长，代价可真大。

“待金角巨兽达到宇宙级，吞噬力就更夸张了，到时候这些玄铁母估计都不够其一天的‘口粮’。”

第269章

罗峰的资产

罗峰朝城门外飞去。

“罗峰，等一下。”巴巴塔喊道。

“巴巴塔，怎么了？”罗峰有些疑惑，“难道这钢铁城市中还有宝物？”

“笨！这座钢铁城市是最值钱的，它的材料不是玄铁母，也不是玄铁精，而是玄铁。”巴巴塔道。

罗峰一怔。

他还是没听懂，玄铁不是最不值钱的吗？

“罗峰，难道你不知道自己现在很穷吗？”巴巴塔笑了起来。

“我很穷？”罗峰一头雾水。

“嗯！你有钱吗？我说的是宇宙中的通用货币，而不是地球上的货币。”巴巴塔追问。

罗峰眉头微皱。

的确，在茫茫宇宙中，自己还真是穷得很，身上没有现金，宇宙银行账户金额为零。

“你的老师是给你准备了三个银行账户，可是，你得达到恒星级、宇宙级、域主级时，才能使用那三个银行账户。”巴巴塔缓缓地说道，“你的老师殒身之前，通过虚拟宇宙网络给你开设了三个账户，并且要求你本人的实力达到特定的级别，才能亲自去领。”

“你操控的金角巨兽倒是达到了恒星级，可是，难不成你要化作金角巨兽的样子去银行？”巴巴塔问道。

达到恒星级，才能取出第一个银行账户中的钱。

可是，罗峰不敢以金角巨兽这个分身现身，而人类的分身修为又不够。

“罗峰，你是有不少宝物，陨墨星号飞船是无价之宝，X81型飞船也很昂贵。可是，你若是敢拿出陨墨星号飞船，肯定会引得界主级强者和不朽级强者前来争夺，无异于找死；至于X81型飞船，你自己需要使用；摩云藤已经认你为主，不会再听从别人的话；遁天梭和弧刀盘是你自己要用的。现在真正能卖钱的也就剩流银护卫，还有我手里的木伢晶、能晶。可是，木伢晶不能卖，摩云藤成长还需要木伢晶；X81型飞船则需要能晶，以后你会长期使用X81型飞船，我这能晶储备都不一定够，以后还可能需要购买能晶呢！”

罗峰愣住了。

经巴巴塔这么一说，他发现自己确实是个穷光蛋。

“罗峰，在你的人类分身达到恒星级之前，你可是很穷的。”巴巴塔笑道。

“不是有飞船残骸吗？”罗峰道。

“那是残骸，属于垃圾，回炉重造都嫌麻烦。”巴巴塔不屑地说道，“那能卖几个钱啊？一颗木伢晶就能换无数飞船残骸。”

罗峰皱眉。

将来自己要进入宇宙之中，而自己操控的金角巨兽修炼本尊天地秘法，需要的组合金属只能去购买，如果自己在茫茫宇宙中搜寻，那得搜到什么时候？

茫茫宇宙中，连不朽级强者都是很重视货币的。

当然，这得是宇宙通用货币，而非地球那种星球单独发行的货币。

他没有宇宙通用货币怎么行呢？没有宇宙通用货币，连在虚拟宇宙网络中开户都不行。

“罗峰，我给你交个底。”巴巴塔说道，“我的储物空间中的能晶不算少，但是，如果你经常使用X81型飞船，大概几十年就会用光能晶。”

“此外，我这里的木伢晶足够让你达到恒星级一阶，同时让摩云藤成长到恒星级五阶乃至六阶。”巴巴塔说道，“能晶和木伢晶怎么处理，由你决定。”

罗峰当即思忖起来。

自己拥有的财富分为三个层次。

第一层次：陨墨星号飞船、不朽强者的尸身等都是惊天财富，可惜，在茫茫宇宙中，自己一旦拿出如此重宝，无异于找死。

第二层次：老师给自己开的三个银行账户，但是需要实力足够，才能取出钱。

第三层次：X81型飞船、遁天梭、弧刀盘、流银护卫，以及放在巴巴塔储物戒指中的木伢晶、能晶。

“舍不得，舍不得。”罗峰摇摇头。

“所以，你要把这座钢铁城市收入囊中。”巴巴塔激动地道，“这钢铁城市的原材料可都是玄铁，而不是飞船残骸。飞船残骸是最没有利用价值的，而玄铁可以拿来制造工具、武器等，还是挺值钱的。”

罗峰微微点头。

这和地球上的铁矿石等原材料拥有一定的价值是一个道理。

“虽然玄铁是A8级金属，很廉价，但是量多的话，还是很值钱的。”巴巴塔说道，“当初可是专门用星际运输舰，运送数百万矿工来挖掘这些玄铁的。”

“看来，这是我的第一笔收获。”罗峰目光灼灼地看着钢铁城市。

“你负责拆卸钢铁城市，我负责将玄铁收入储物空间。”巴巴塔道。

“行！”

在巴巴塔的配合下，罗峰的效率变得非常高。

很快，巨大的钢铁城市就被拆卸了，大块大块的玄铁全部被巴巴塔收入储物空间中，就连有些被浇灌成柱子的玄铁也被收起。

8个多小时后，钢铁城市只剩下一些残骸。

“罗峰，此次我们搜集到的玄铁一共92.8亿吨。”巴巴塔兴奋地道，“哈哈！有了这些玄铁，你也算有了一大笔资金了。”

罗峰笑了。

而后，他飞了出去，在高空中俯瞰火星表面。

“地底的玄铁矿脉还有很多，可惜开采难度很大。”巴巴塔道，“虽然你的实力很强，但是你一个人是不可能开采完整座矿脉的，除非是那种纯金属矿脉。”

“别太贪心了。”罗峰很清楚他不可能完成这件事。

这可是320万名矿工配合器械的劳动成果。

地球，C国，JN基地市，Y城。

傍晚时分，太阳悬挂在西方。

一艘巨型黑色飞碟形飞船出现在高空中，然而没有任何人发现这艘飞船。

飞船的外舱门打开，穿着休闲衫的罗峰飞了出来。

而后，飞船突然消失了。

罗峰俯冲而下。

“回来了！好神奇，早晨去了火星，傍晚就回到地球了。而且还有不少收获！”

“爸，爸爸！”

庭院中，正在玩耍的两个孩子看到了罗峰，其中一个兴奋地大喊，另一个则呵呵笑着。

“平平、小海，来，给爸爸亲一下。”罗峰蹲下身子，抱住两个儿子，笑眯眯地道。

“嘀——”轿车的喇叭声响起。

罗峰转头看去，只见徐欣开车驶向车库，还故意按了喇叭。

两个孩子当即大声喊道：“妈妈，妈妈。”

“晚饭快好了，小峰，你和小欣洗洗手，准备吃饭吧。”龚心兰走出来，笑道。

近来，罗峰的日子过得很舒坦。

金角巨兽沉浸在绝对空间秘法的修炼中，其体内世界每天吸收近百吨玄铁精。

对于罗峰而言，一心二用很简单。就拿不朽级强者来说，其灵魂的运算速度丝毫不比智能生命慢，每秒钟运算的次数达到万亿次。而罗峰的灵魂已经达到恒星级三阶，即便同时控制数百个乃至上千个物体按不同的轨迹运行，都是轻而易举的。即便每一个物体都需要他全力控制，也不算什么。他的灵魂意识堪比恒星级三阶强者，能同时控制32道精神念力。

除了修炼，罗峰还经常离开地球，乘坐飞船去太阳系的其他星球。

没人察觉他离开地球，毕竟他很快就回来了。就算是去太阳系中离地球最远的行星，乘坐X81型飞船，来回也只需两天时间。

洪宁基地市。

2262年春，极限武馆总部一个宽敞的房间中摆着两张床，床边有着大量的仪器设备，这一切都是为了维持两个强者的生命。

左边床上躺着一身白袍的雷神，右边床上躺着一身黑衣的洪。

“馆主。”两人站在房门外，透过玻璃窗看着里面，脸上露出忧伤的神色。

“冰山，馆主什么时候能醒？”妖娆低声问道。

“不知道。不过我会一直等下去的。”冰山淡淡地说道。

妖娆重重地点点头。

“嘀——嘀——”一道道刺耳的声音忽然响起。

一群医生冲了进去。

妖娆和冰山瞪大眼睛看着。

下一刻，房门又打开了，两名医生进去了。

“脑电波！出现脑电波了！”一名医生激动地喊道。

“两位馆主都有脑电波了，而且，脑电波在渐渐变强。”另一名医生也激动地说道。

仪器显示两位馆主的脑电波越来越强。

忽然，洪的眼皮微微一颤，而后，他缓缓睁开了眼睛。

第270章

地球三大强者

夜晚。

罗峰和徐欣正一人抱着一个孩子在一起看电视。

“嗯？”罗峰拿起手机，看到手机屏幕上显示的电话号码，大吃一惊。

“怎么了？”徐欣问道。

“是馆主洪打来的电话。”罗峰很惊讶。

自从大战金角巨兽后，洪和雷神就一直处于沉睡中。

徐欣听了，也很吃惊：“谁敢擅自动用洪的电话？”

“喂。”罗峰接通电话。

“罗峰！”一道铿锵有力的声音响起。

“馆主？！”罗峰大吃一惊。

旁边的徐欣瞪大了眼睛。

洪沉睡了两年，终于醒了，这绝对是震惊全球的消息。

“我刚刚醒来，雷神也醒了。我们得知沉睡之后发生的事情，谢谢你救了我们的性命，也谢谢你救了全人类。”洪的声音中满含感激，“如果没事的话，来洪宁基地市一趟吧。”

“行，我现在就过去。”罗峰道。

“好，我跟雷神在这里等你。”洪笑道。

挂了电话，旁边的徐欣忍不住问道：“洪真的醒过来了？”

"嗯！雷神也醒过来了。"罗峰笑道，"我现在过去一趟，估计到深夜才能回来。"

"嗯。"徐欣点点头。

罗峰脚踏遁天梭，迅速飞离JN基地市，以最快的速度赶往极限武馆总部。

极限武馆总部外面停满了战机，非常热闹。

"罗巡察使。"总部的守卫恭敬地行礼。

罗峰快速进入总部，在内部人员的引领下，直接来到了一间会客室中。

会客室内仅仅洪和雷神两人。

"罗峰。"

一看到罗峰，洪和雷神都迎上前来。

"哈哈！罗峰，你这小子出了大风头啊！"雷神捶了罗峰胸口一下，"看在你救了我的分上，这事情就算了。"

"二弟的脸皮就是厚，别跟他一般见识。"洪和罗峰说道。

雷神不由得瞪大了眼睛，道："你……"

"嗯，宰相肚里能撑船，我不跟他一般见识。"罗峰一本正经地道。

"哼！你们两个竟然联合起来气我！"雷神没好气地道。

洪和罗峰见状，不由得哈哈大笑。

"坐吧！"

在洪的招呼下，三人都坐了下来。

如今，三人称得上是能纵横地球的强者了。

"罗峰，"雷神不再嬉笑，郑重地道，"我跟大哥知道了我们沉睡后发生的事情，有些后怕，还好有你，不然人类恐怕就灭亡了。谢了。"

"嗯，感激之情不多说，尽在酒中。"洪亲自倒了三杯酒，"来！干杯！"

三人都端起酒杯。

"干！"三人都一口饮尽。

"罗峰，"洪微微一笑，又道，"你之前将阿特金那群浑蛋给解决了，我们也很感激，若任由那群浑蛋闹腾，还不知道局面要混乱成什么样呢。”

“没错！哼！萨戈·尼赫鲁竟然想取代我坐上雷电武馆馆主的位置，甚至为此不惜对英雄的家属动手，这种人真该死！”雷神忍不住咒骂道。

醒来后，知道了那些事情，雷神可是气得不轻。

罗峰淡淡一笑，道：“这些都是小事，将那三个害群之马解决了，全球的各大势力就安分多了。”

“杀鸡儆猴。”洪微微点头，“我和雷神醒来后，我们商量了一下，做了一个决定。”

“决定？”罗峰疑惑地看着洪和雷神。

“罗峰，”雷神郑重地道，“我和洪都得到过古文明遗迹中的一些知识传承，甚至能制作翻译软件。你应该能够看出，我们对宇宙了解较深。茫茫宇宙中，强大的国度太多了，我们银河系就是银蓝帝国的一部分。”

“而且，像我们这种无主的星球，一旦被发现，那将是噩梦。”雷神的表情十分严肃。

洪点点头，道：“没错，的确是噩梦。运气好的话，我们的地球会成为强者的领地，然而，还有一种更大的可能，那就是所有地球人被当成奴隶贩卖，而后，整个地球被卖给一些强者。”

罗峰点点头。

地球中的强者或许还可以拥有很高的地位，得到极好的待遇，而弱者的下场估计会很悲惨。

“金角巨兽的确很厉害，可是，目前毕竟只有一头金角巨兽，我们尚且能够反抗。”洪神情凝重，“一旦，宇宙中的强大势力随便派出一支星际舰队，我们恐怕连一丝反抗的能力都没有。”

雷神点点头，道：“大哥说得对！我们能做的就是让自己变得更强，才能保住我们的家园。”

罗峰的心情很沉重。

他比洪和雷神知道得更多，宇宙中，一些土著星球上的人，其命运往往很悲惨，他对于这些事情已经是司空见惯了。那些土著星球上偶尔会出现一些强者，为守护自己所在的星球而奋斗。

“罗峰，你应该也不想看到地球遭遇灭亡的悲惨命运吧！”洪定定地看着罗峰。

“当然！”罗峰点点头。

“罗峰，以后跟着我们一起修炼吧！论武者的天赋，不是自吹，真的也就我和洪哥最强。至于精神念师的天赋，自然你是最高的。”雷神看着罗峰，笑道，“我们三个是地球上的超级强者，当然要更加团结。”

洪也看着罗峰。

罗峰笑了，而后点点头。

洪和雷神也笑了。

正所谓，英雄惺惺相惜。高手无敌，如果没有能与之媲美的人，强者自然会感到寂寞。之前洪和雷神陷入沉睡，罗峰堪称地球上无敌的强者，他心里常常涌现出一种孤寂感。

如今洪和雷神苏醒，罗峰打心底感到很开心。

他们终于可以并肩作战了！

“罗峰，从今天起，你就是我们的三弟！”洪笑道。

“小三子，小三子。”雷神打趣道，“朕乏了，摆驾回宫。”

“小二，还不倒酒，爷给你赏钱。”罗峰调侃道。

洪见这两人开彼此的玩笑，不由得笑了。

片刻后——

“修炼之路很艰辛，我们应该彼此帮助，经常切磋，进步才能更大。”洪郑重地说道。

雷神点点头。

“他们两人的悟性很高，可是，地球人的基因实在一般。”罗峰手腕上智能空间中的巴巴塔道，“而且，他们又没有师承，修炼纯粹是盲人摸象。依我看，十年乃至二十年后，他们或许能达到行星级九阶，可是，想要突破至恒星级一阶，难啊，最起码要耗费五六十年的时间。”

"罗峰，你体内的世界已经达到了恒星级三阶，所以，你的人身可以不断进化，虽然你也是地球人，资质较差，修炼速度慢了一些，可是也比他们要快很多。"巴巴塔再次说道。

罗峰闻言，心念一动："巴巴塔，我们陨墨星一脉不是收集了不少武者修炼秘籍吗？传给洪和雷神吧！"

"这怎么行？这可是我陨墨星一脉的秘传！"巴巴塔摇摇头，"私自外传秘籍，可是死罪。"

"我陨墨星一脉主要都是精神念师。老师也是精神念师，老师创出的秘技，如魂印、六芒、虚空之塔等都是供精神念师修炼的。那些武者秘传估计是老师从外面搜集来的，不算是陨墨星一脉的专属秘法吧。"罗峰笑道。

"呃……话是这么说，可那些好歹也是你的老师辛辛苦苦搜集的。"巴巴塔说道，"不能外传。不是我陨墨星的弟子，绝不能修炼这些秘法。"

罗峰用意念和巴巴塔不断交流，想要说服巴巴塔。

可是，巴巴塔就是不肯松口。

"这样啊，那就让洪和雷神成为陨墨星的弟子，怎么样？"罗峰问道。

巴巴塔想了想，点点头，道："这个可行。"

罗峰愕然，道："你未免答应得也太干脆了！"

"罗峰，你赶紧代你的老师收他们为弟子，这绝对算得上是极优秀的弟子啊！达到行星级，就拥有了自己的领域。当初我都为他们陷入沉睡而神伤啊，幸好现在醒过来了。天赋如此之高的两大天才，在宇宙中，绝对也是香饽饽。"巴巴塔连声说道。

虽然陨墨星一脉的主人是精神念师，但是这方势力不可能都是精神念师，陨墨星主人麾下有不少仆从，很多是不朽级武者。

……

会客厅中。

"罗峰，发生了什么事情，你为何这么严肃？"雷神看着罗峰。

洪也很不解。

“是这样的，我曾经得到一脉秘传，其中有精神念师的修炼秘法，也有武者的修炼秘法。”罗峰郑重地道。

旁边的洪和雷神听了，顿时大喜。

罗峰继续说道：“不过，我们这一脉是禁止外传秘法的，我也无法违抗我老师的命令，所以我想问问你们，愿不愿意加入我所在的门派？”

“什么势力？”洪当即问道，“有什么条件？”

“什么门派？”雷神也立即问道，“有什么门规？”

“现在这个门派只剩下我一个人了。”罗峰说道。

“罗峰，你怎么不早说啊？那门派就剩下你一个人，我们当然要加入啊！我本以为加入的是人才云集的门派，还要当手下呢！那门派就只有你一人，我们也算平起平坐嘛！”雷神笑道。

洪也笑了，道：“罗峰，到底是什么门派？”

“我这一脉名唤陨墨星。”罗峰说完，叮嘱道，“对了，你们千万别对外说陨墨星一脉的事情，毕竟整个陨墨星都被敌人给毁灭了。报出陨墨星的名号，无异于找死。”

雷神和洪相视一眼。

门派的根据地都被毁灭了？

“好事！”雷神讪讪一笑，打圆场道，“这样一来，咱们就没有任何束缚了。”

洪也笑了。

“这两个浑蛋，不尊师门，该打该罚！”罗峰手腕上智能空间中的巴巴塔没好气地道。

第271章

填鸭式提升

深夜，会客厅中。

洪和雷神仿佛入魔一般，盯着各自手腕上的通信手表的屏幕，仔细地阅读罗峰刚刚发送的陨墨星一脉的武者修炼秘法的秘籍。

“天哪！这秘法竟然是这样发力的。”雷神喃喃道，“我的雷刀九重跟它一比，差太多了。”

“原来可以这样！”洪则在认真阅读秘籍，十分痴迷。

一旁的罗峰说道：“修炼基础最重要，如果刚开始就想以最快的速度提升，将会导致基础不扎实，将来想要有所突破，是非常难的，所以，基础必须牢固。大哥、二哥，你们有没有在听啊？”

这话是巴巴塔让罗峰对他们说的。

“好啦，好啦，老三，大涅槃时期前，我们就开始修炼了，当然知道基础很重要。”雷神摆摆手，“这秘籍上的秘法实在是太玄妙了，别打扰我看秘籍。”

“你们……”罗峰哭笑不得。

“真是了不起！”洪抬头看向罗峰，脸上有着激动的神色，“罗峰，这绝对是我见过的最玄妙的秘籍，就连一些必须领悟却无法传授的意境都解释得清清楚楚，太了不得了。”

罗峰淡淡一笑。

这可是陨墨星一脉的秘法！陨墨星主人的麾下有九大不朽级奴仆，单单那九大不朽级强者贡献出的秘籍就了不得了，更别说陨墨星主人那么多年亲自收集的秘籍了。在宇宙中，那都是一等一的。

对于洪和雷神而言，他们自创的秘法自然和陨墨星一脉的秘法没法比。比如发力，雷刀九重的发力方式最多能将力量提升7倍，且身体防御力无法做到同步提升。然而，肉身理论最多能将力量提升100倍，这时候，才能完全爆发出身体的潜力。也就是说，地球上普通武者的蛮力实际上只有肉身潜力的1%而已，就算达到雷刀九重的最高境界，也只是发挥出7%的潜力。想要发挥出100%的潜力，也就是达到理论上的力量最高值，这是非常难的，界主级强者都很难做到。

又比如脑域阔度（大脑开发程度）。罗峰之前的脑域阔度为22，意味着大脑开发程度是22%，而一般的地球人大脑开发程度达到1%就算不错了，想要让脑域阔度达到60乃至70，难如登天。

“哈哈！你们继续看吧！记住，千万不能外传。”罗峰叮嘱道。

“刚才拜入陨墨星一脉的时候，我们不是发过誓吗？放心吧。”雷神嘿嘿一笑道。

洪则点点头。

罗峰的私人虚拟空间血色城堡的修炼室中。

穿着黑袍的巴巴塔一屁股坐在书桌上，右手抓着苹果，瞥了罗峰一眼，道：“罗峰，洪和雷神的悟性可是很高的，没有秘籍时，都能拥有自己的领域，还能发出六七倍的力量，现在有了秘籍，近期实力肯定会大大提升。”

“我知道。”罗峰正专注地看《魂印》秘籍，头都不抬。

“你就没有一点压力吗？”巴巴塔没好气地道。

罗峰合上秘籍，转头看向巴巴塔：“你到底想说什么，直接说吧！”

巴巴塔撇撇嘴，道：“你还记得，你第一次来这里，我跟你说过的话吗？提示你一下，是关于基础方面的。”

“当然记得，你当初说，我要耗费50年的时间，才能修炼到恒星级一阶。”

罗峰笑道，“因为要打基础，如果填鸭式地提升，三年就能让我达到恒星级一阶，可代价是永远达不到宇宙级。”

“没错。”巴巴塔微微昂头，“不过，此一时彼一时啊！”

“嗯？”罗峰眉毛一挑。

“行星级九阶到恒星级一阶，恒星级九阶到宇宙级一阶，宇宙级九阶到域主级一阶，以及突破至界主级，每一个关卡都是生命层次的跃升，是非常难的。”巴巴塔笑眯眯地看着罗峰，“所以，基础必须扎实，不过，现在情况变了。”

“情况变了？”罗峰不解。

“现在你的根本是体内世界！”巴巴塔解释道，“只要体内世界成长了，肉身的成长就没有所谓的瓶颈了。”

“我知道。”罗峰点点头，“可是，我的体内世界要成长，必须得金角巨兽吞噬大量金属才行。”

罗峰的体内世界达到恒星级三阶，那么罗峰的本体（金角巨兽身体）、分身（人类身体）和灵魂最多达到恒星级三阶。

相反，如果罗峰的体内世界成长到宇宙级一阶，那么其灵魂和两具身体都不会遇到瓶颈，从而可以不断提升，这个时候就要看他的资质了。拿金角巨兽来说，其体内世界一旦提升，肉身就会跟着提升。可罗峰的分身是地球人，虽然没有瓶颈，但是只能缓慢提升。

即便一路坦途，由于地球人的身体进化速度很慢，实力提升也不会快。

“因为你的根本是体内世界，只要体内世界成长，肉身和灵魂就不存在瓶颈，所以你现在完全可以用填鸭式提升法，以最快速度提升你的体内世界。”

罗峰眼睛一亮。

“从今天起，你别用体内世界的金属性宇宙能来促进进化了。”巴巴塔说道，“那宇宙能虽然不错，但是根本比不上木伢晶。木伢晶具有强大的生命能量，在促进生命进化方面，效率是非常高的。”

罗峰点点头。

他可是亲眼见过一头领主级怪兽吃了木伢晶，直接进化成了王级怪兽。

“对了，《杂篇》《掌控篇》《幻术篇》上的秘法还是不能放弃，要坚持修炼。”巴巴塔叮嘱道，“这关系到你的战斗能力和操控能力。”

“明白。”罗峰点点头。

实力再强，也要能发挥出来才行。

“从今天起，战斗秘法的修炼、操控能力的修炼占六成时间，体内世界的修炼占四成时间，这样才能勉强保证你的战斗技巧配得上你突飞猛进的实力。”巴巴塔道。

“嗯！”罗峰心中很是期待。

自此，他每天潜心修炼陨墨星秘技，锻炼操控能力，当然还进行填鸭式的修炼，令身体不断进化，其余时间偶尔和洪、雷神切磋，令自己的战斗经验不断变得丰富。

2262年，炎夏。

浩瀚海域，海浪在阳光的照射下泛着彩光。

“轰！轰！轰！”

三人破海而出，冲天而起。

“罗峰，你这次可是抢了我的风头。本来我准备一刀杀了雷龙皇的，我还没飞过去，你离得老远就控制遁天梭将雷龙皇给杀了。杀八爪兽皇和雷龙皇的机会都让你一个人抢去了。”雷神没好气地道。

“谁让你跑得慢。”罗峰打趣道。

“哼！你这家伙得了便宜还卖乖，来，接我一刀。”雷神大吼一声。

“轰隆隆——”天地间隐隐满是流窜的电蛇。

处于领域之中的雷神，手持一把紫黑色战刀，紫黑色战刀上电蛇缠绕，仿佛神灵的兵器。

雷神陡然身体一动，手中的紫黑色战刀直接劈出一道雷电。

“我岂会怕你？”罗峰朗声大笑。

32把飞刀直接飞出，飞行轨迹毫无规律，朝雷神飞射过去。

“锵！锵！锵！”一把把飞刀接连袭击紫黑色战刀，令紫黑色战刀的气势迅速削弱。

罗峰一招手，32把飞刀绕着罗峰转了一圈，而后再度加速，向雷神缠绕过来。

“不好！”

雷神感觉仿佛面对32个高手的攻击，且这32个高手的配合非常完美。

“雷动！”雷神怒吼一声，面目狰狞。

“轰！”紫黑色战刀猛地化作瀑布一般的雷电，瞬间将32把飞刀给搅乱了。

32把飞刀被撞击得四处乱飞。

“玩真的？！”罗峰瞪大了眼睛。

他身体一闪，化作幻影，同时低喝一声。

“遁天梭之剑鱼阵！”

其中2把飞刀飞回到罗峰脚下的遁天梭中，剩下的30把飞刀彼此隔着一点距离，而后变成了剑鱼的形状，非常诡异。

30把飞刀上同时闪现出金色丝线。

金色丝线彼此连接，宛如一条金色的剑鱼微微摆尾，诡异窜动。

“停！”雷神大喊一声。

“怎么不打了？”罗峰悬浮在半空中，那条“金色剑鱼”在其身旁浮沉。

“上次败在你手上，难道还要被你羞辱一次？”雷神没好气地道，“我都达到行星级九阶了，而且拥有领域，竟然打不过你。大哥比我强就算了，现在连你都比我强，真是气死我了。”

罗峰笑了。

雷神和洪有了秘籍后，实力都提升了不少。

雷神如今是行星级九阶武者，拥有一重领域。

洪则是行星级八阶武者，拥有二重领域。

大半年的时间，罗峰不断修炼，身体从行星级三阶提升到了行星级五阶，精神念力也提高了两个境界。

罗峰是行星级八阶精神念师，意识强度却是32，而且已经能使用绝招——遁天梭之剑鱼阵。正是靠着遁天梭之剑鱼阵，他才能力压雷神一头，实力和洪相差无几。

遁天梭一共分为三大形态：第一形态，振幅达到12即可修炼；第二形态，振幅达到30即可修炼；第三形态，乃终极形态，达到宇宙级，拥有自己的领域，振幅达到48，方可修炼。

罗峰的意识强度为32，不断修炼后，终于将遁天梭第二形态中的攻击形态剑鱼阵练成了。

论灵活性、威力、机动性等，第二形态的剑鱼阵比第一形态的钻山锥要强多了，威力极大。当然，修炼难度也大得多。

修炼第一形态时，只要上手就能成功。修炼第二形态则没那么容易，罗峰早早就达到了修炼条件，前几天才练成。

“二弟，你现在知道自己和罗峰的实力差距了？”洪打趣道，“那就赶紧努力修炼。或者把自己的领域提高一重，或者突破行星级九阶进入恒星级一阶，随便哪一个，只要做到，你的实力就能超越我和罗峰了。”

按照大的层次划分，境界分成四大层次：基础、意境、领域、世界，之上就是不朽级强者了。

其中每一个层次都分得很细，领域共分为九重，许多宇宙级、域主级强者都停留在第九重领域，境界提升一重都非常难。

第272章

虬龙星

“从行星级九阶跨入恒星级，难度不亚于从行星级一阶升到九阶，更别说难度更大的领域了。”雷神摸摸下巴，无奈地道，“大哥，你一直压我一头，老三更厉害，年纪轻轻就后来居上，我这老脸都快丢光了。”

罗峰和洪都笑了。

“嗯？”洪手腕上的通信手表振动起来，他看了一下，“极限武馆有事，我们今天就散了吧！”

“嗯！罗峰把雷龙皇杀了，这里也没啥事了，回家吧！”

雷神一摆手，直接离开了。

罗峰和洪道别，各回各家。

C国上空。

罗峰俯瞰下方，一眼便看到那些破败的城市和在其中觅食的怪兽，还有一些在破败城市中磨炼自己的武者。看到那些武者，罗峰仿佛看到当年的自己。

“罗峰！罗峰！”巴巴塔兴奋地喊道。

“什么事，你怎么这么高兴？”罗峰用意念问道。

“辅助动力系统已经搞定，至此，X81型飞船一切完好。只要再过一天，待我将辅助动力系统安装完毕，你就可以乘坐这艘飞船进行宇宙穿梭，遨游浩瀚的宇宙，见识宇宙中的无数族群了。”巴巴塔很激动。

它被困在地底太久，早就想去宇宙中闯荡一番了。

“真的可以去遨游宇宙了？！”罗峰大吃一惊，当即停止飞行，悬浮在半空中。

“是的！”巴巴塔极其兴奋。

罗峰热血沸腾。

身为地球人，如果能够去月球，都会激动得睡不着觉，更别说现在有希望进行宇宙穿梭，遨游宇宙，见识宇宙中的无数族群了。

这种激动的心情简直无法用言语形容。

对于自己的家园地球，罗峰当然有着很深的感情，可是偶尔去宇宙中的其他星球看看，也是非常不错的。

“罗峰，一旦地球被宇宙中的其他冒险者或者一些国家发现，那可就惨了，所以，你必须尽早融入宇宙中，这样才有利于将来地球生存下去。”巴巴塔不断劝说罗峰去宇宙中闯荡。

“融入宇宙，最重要的一点是在虚拟宇宙网络中开户，这样一来，你进入虚拟宇宙之中，就可以和无数族群交流了。”巴巴塔道。

对于巴巴塔这种智能生命而言，进入虚拟宇宙的诱惑力绝对不比在真正的宇宙中闯荡的诱惑力小。

“只是去外星球开个户，到时候再回地球。”巴巴塔再次劝说道。

“去！”罗峰咧嘴一笑，“当然要去，我恨不得现在就去。不过，我刚才想了想，还有一个月的时间，我的体内世界就会发生变化了，到时候金角巨兽的实力会变得更强，还是等体内世界蜕变之后，再去宇宙中闯荡吧！”

“一个月，好吧。”巴巴塔有些失落，不过还是同意了。

罗峰在荒野区高空凌空站立，遥看万里江山，心早已经飘到那神秘浩瀚的宇宙中了。

宇宙，银河系名气颇大的虚无区域之中。

一艘速度惊人的银色飞碟形飞船正不断朝地球靠近。

飞船内，穿着银灰色战服的俊美中年男子站在控制台前，他的身侧还有一个体型魁梧，脸上有着黑毛，身高2米的大汉。

船员有些担心，道：“船长，现在您家族的舰队已经出现在虚无区域中，到时候，家族中的人会不会抢了您的利益，只分很少一部分给您？”

中年男子冷哼一声，道：“虽然我跟祖父的关系不好，但是祖父不是那种人。”

“可这次毕竟是一颗生命星球。”大汉郑重地说道，“没看到生命星球，自然无法估算其具体的价值。可是，这毕竟是一颗无敌强者曾经霸占的生命星球，其价值肯定比普通的生命星球要高。面对巨大的利益，亲兄弟还自相残杀呢，船长，您可得小心。”

中年男子看了大汉一眼，又环顾周围的其他船员，露出一丝笑容：“各位，无论如何，我们冒险者小队的利益不会少，毕竟各位才是和我同生共死的伙伴。”

船员们都露出了满意的笑容。

“一旦抵达生命星球，立即进行采样，搜集数据，单单采样和搜集数据就需要几天时间。”中年男子说道，“到时候，我可以立即进入虚拟宇宙网络，找寻买家，家族不可能比我们快。”

“一切掌握在我们的手中。”中年男子得意地笑了笑，又道，“家族那边给我的好处越多，我分给他们的才会越多。诸位兄弟的，也绝对不会少！”

顿时，一片掌声响起。

“阿图卡，距离到达第一颗生命星球还要多久？”中年男子问道。

控制台的屏幕上浮现出小孩子的头像，而后小孩子清脆的声音响起。

“船长，91天后，我们就能抵达第一颗生命星球。”

“很好！”中年男子点点头。

银灰色的冒险宇宙飞船疾速朝地球的方向前行。

9月下旬，C国JN基地市上空8000米处，一艘巨大的黑色飞船悬浮着。

飞船中宽敞的静室内。

罗峰挺身站立，一挥手，出现了一小堆深红色金属，正是92吨重的玄铁精。

“金角巨兽每天吞噬92吨玄铁精，去年寒冬得到的玄铁精现在所剩无几了。”罗峰感觉压力很大。

金角巨兽的体内世界好似一个无底洞，虽然每天吞噬的玄铁精不算很多，但是架不住它每天都要吞噬玄铁精，一年不到，罗峰得到的玄铁精就快要消耗殆尽了。

“今天是金角巨兽蜕变之日。”

罗峰伸出右手，周围的空间好似发生了扭曲，笼罩住这92吨玄铁精。

“唰！”玄铁精消失不见了。

金属大陆之中，金色雾气弥漫。

一道身影猛地从半空中降落，正是一头体形庞大，全身布满黑色鳞片的金角巨兽。

金角巨兽看着突然出现在金属大陆上的玄铁精，暗金色眸子中闪过一丝喜悦。

玄铁精化为金色雾气，体积缓缓变小，周围的金色雾气越来越浓，五分钟后，92吨玄铁精便消失不见了。

“轰隆隆——”金属大陆震颤起来。

金色雾气笼罩了整个金属大陆。大量金色雾气迅速固化，变成了金属大陆的一部分，令整个金属大陆越来越大。

不知过了多久。

包裹住金属大陆的金色雾气弥散开来，到达大陆之外的区域和金属大陆的上空，只剩下一团金色雾气融入金角巨兽的体内，金角巨兽的身体不断变大，直至完全停止生长。

此刻它的体长已经达到420米。

整个金属大陆长宽40公里，高40公里。

X81型飞船的静室内。

“金角巨兽已经达到了恒星级四阶。”罗峰睁开眼睛，脸上浮现出一抹喜色，“吞噬玄铁精的话，虽然极其费钱，但是金角巨兽的进化速度的确很快。”

金角巨兽的体内世界成长了，前三阶进化的速度极快，中间三阶的突破难度大一点，后面三阶的突破难度超大。最后突破九阶从而进入新的级别，耗费的时间是前面所有级别突破耗费时间的总和。

从恒星级一阶到恒星级三阶，属于普通进化，只需一年半就能搞定。

从恒星级三阶到恒星级六阶，同样属于普通进化，却需要6年时间。

从恒星级六阶到恒星级九阶，需要36年时间。

而从恒星级九阶到宇宙级一阶，需要50多年时间。

可想而知，最后一步突破的难度有多大。这还是金角巨兽的进化速度，如果是其他族群，突破的难度会更大。

晚上，罗峰坐在客厅中，陪着妻儿看电视。

“罗峰，今天怎么没去修炼，在这里陪我们看起电视了？”徐欣一边逗着坐在自己腿上的小儿子，一边笑着问道。

“我想多陪陪你们，明天我要出去办事，这一次估计要较长一段时间才能回来。”罗峰说道。

“你要出去办事？多久回来？”徐欣问道。

“大概一个月。”罗峰回道。

“这么久？！”徐欣大吃一惊。

现如今，地球上还有什么事能让罗峰耗费这么长的时间？

罗峰想起了之前巴巴塔跟自己说的话。

他们此次的目的地是距离地球32万光年的一颗繁华的星球——虬龙星。那可是比银蓝帝国所在的星球还要繁华数倍的超级星球，那里强者云集，有身份的人都喜欢去那里。

第273章

抵达虬龙星

那种地方反而比较安全，血腥的事情少很多。当然，前提是有钱有身份，否则连进入的资格都没有。

“虬龙星！”罗峰在心中念叨。

“罗峰，你要出去一个月，到底是去哪儿啊？”徐欣追问道。

罗峰突然说要离开家一个月，的确引起了妻子和父母的怀疑，罗峰不想让家人担心，只能撒谎说要去隐秘之地闭关。

第二天清晨。

罗峰和家人一起吃早饭，吃完这顿早饭，自己就要离开地球，离开银河系，前往距离银河系很远的一颗星球——虬龙星。

“哥，”罗华走了进来，“听说你要出去一个月？你竟然都不跟我说，如果不是爸妈告诉我，我还不知道呢。”

“我准备临走时再告诉你。”罗峰说道。

罗峰也很无奈啊！

无论是弟弟罗华，还是洪和雷神那两位兄长，罗峰其实都没打算告诉他们自己要离开的事情，毕竟要跟他们解释清楚还挺麻烦的，他们可没自己的妻子和父母好忽悠。

以现如今罗峰的速度，就算绕地球一圈也要不了一天时间。罗峰突然说要出去一个月，到底是干什么呢？罗峰找的借口是闭关修炼，骗骗妻子和父母还行，想要骗罗华、洪、雷神却难得很。

“小海，平平。”罗峰抱起两个孩子。

“爸爸，亲亲。”

大儿子罗平把小脸凑过来，亲了罗峰一下。旁边的罗海也凑过小脸，却噘着嘴，没有亲，显然不想罗峰离开。

徐欣等人都很担心。

“你们放心吧，现在地球上没有什么人能威胁到我。只是，这次闭关很重要，不能被任何人打扰，而且对环境要求很苛刻，所以我必须去一个僻静的地方。”罗峰连忙安慰家人，“小欣，我不在家，还麻烦你照顾好爸妈。假如洪和雷神来电话，就说我去闭关了，不能被打扰。”

“嗯！”徐欣点点头。

“那我走了啊。”罗峰将两个孩子放在地上，粲然一笑，朝外面走去。

一家人当即都走到庭院中。

“爸爸再见。”两个孩子大声喊道。

“再见！”罗峰笑着挥挥手，缓缓升空。

高空中。

一艘巨大的黑色飞碟形飞船出现，外舱门打开。

罗峰迅速飞入其中，舱门关闭。

而后，飞船迅速朝外太空飞去。

X81型飞船的控制室内。

一身血红色作战服的罗峰站在控制台前，控制台的屏幕上出现了巴巴塔的小脸。

巴巴塔咧嘴笑道：“罗峰，飞船已经离开了地球。”

“嗯！外景模拟100%。”罗峰道。

控制室的一切突然消失了。

罗峰只能感觉自己确确实实站在控制室中，环顾四周，是浩瀚无垠的星空，转身看向后方，是巨大的蓝色星球——地球。

“巴巴塔，这是我第一次离开地球，去其他有生命的星球，我总感觉心定不下来。”罗峰忍不住道。

屏幕上，巴巴塔抓着苹果啃了两口，嘿嘿笑道：“你第一次从地球去虬龙星这样繁华的星球，当然紧张了。”

罗峰点点头。

照巴巴塔所说，虬龙星比银蓝帝国最繁华的帝都星球还要繁华数倍，罗峰可是连银蓝帝国都没去过，这次直接去虬龙星，怎么能不紧张？

幸好，身为精神念师，意识强大，他很快就调整好了自己的情绪。

“巴巴塔，飞船还没达到光速吗？”罗峰忍不住问道。

“如果是陨墨星号，当然很快就能达到光速，不过，这毕竟只是C5级飞船。”屏幕上的巴巴塔摇摇头，随即嘿嘿一笑，“当然啦，C5级飞船在黑龙山帝国还算是比较高档的飞船了，有的宇宙级强者也驾驶这样的飞船。”

“X81型飞船的加速能力算不错了，如果是星际舰队那些普通货，加速简直慢极了。而且，一些低档的飞船加速的时候，产生的加速度太大，还要乘客进入安全舱，否则乘客可能会丧命。这就是高档飞船的好处，这飞船内有引力自动调节系统，它能够自动调节引力，使得飞船内部引力维持在一个固定值上。现在飞船内的引力是地球引力的一倍。”巴巴塔说道。

“没错！”罗峰回过神来。

听巴巴塔这么一说，罗峰才发现，在茫茫宇宙中，飞船维持引力不变本就是一件值得注意的事。

“哈哈！我在地球上待得太久了，习惯地球的引力了，都没发现不对劲。”罗峰笑了。

“还有12秒，飞船将达到光速！”巴巴塔大声喊道。

“10！”

“9！”

屏幕上，巴巴塔脸上的表情很严肃，正在倒计时。

“8！”

"7！"

……

罗峰看着外界，此时已经无法看清星球了，只能看到周围的星空渐渐模糊，直至变得黑暗。

"好奇怪。"罗峰喃喃自语。

"3——2——1！"巴巴塔继续数道。

浩瀚星空中，一艘已经变得模糊的黑色飞船继续飞行。

忽然——

空间微微荡漾。

飞船消失了！

此次并非是因为达到了光速，肉眼无法看到，而是飞船真的消失了。

"轰！"

罗峰感觉到飞船微微震动，大概10秒钟后才平稳下来。

"成功了，我们已经进入暗宇宙。"屏幕上的巴巴塔兴奋地道，"关闭外景模拟。"

"暗宇宙？"罗峰好奇得很，"巴巴塔，暗宇宙是什么样子的？"

"现在飞船以光速飞行，无法捕捉外景。"巴巴塔遗憾地说道，"要等到飞船减速，才能捕捉外景，不过，加速又减速，能量消耗很大。这样吧，我将暗宇宙的一些景色直接模拟出来给你看吧。"

罗峰看见屏幕上出现了一些绚丽的景色，这是一个浩瀚的空间，空间中只有如同萤火虫一般发着光的一个个光点。

"暗宇宙和我们生活的原宇宙坐标对应。不过，在暗宇宙中，我们飞行一段距离，比如30光秒，再穿梭回到原宇宙，你会发现，你前行的距离是30光秒的1008.1万倍。"巴巴塔缓缓地说道，"暗宇宙和原宇宙的比例是1：10081000。"

罗峰暗暗吃惊。

在原宇宙中，以光速飞行一年，也才一光年而已。可是，在暗宇宙中穿梭，再回到原宇宙，距离就是1008.1万光年了。

“在原宇宙中，物质无法突破光速，一旦达到光速，就会直接进行宇宙穿梭，抵达暗宇宙。在暗宇宙中，倒是可以突破光速。”巴巴塔说道，“现在飞船正在缓缓加速，这艘X81型飞船的最快速度为1.5倍光速。不过，从节省能量的角度考虑，1.2倍光速刚刚好。”巴巴塔说道。

“预计抵达虬龙星需要近10天的时间。罗峰，这段时间，你可以好好休息或者修炼。”

在暗宇宙中飞行的日子是很枯燥的。

9天后。

“罗峰，还有20分钟即将抵达虬龙星。”巴巴塔说道。

“对了，巴巴塔，从原宇宙来到暗宇宙，需要飞船达到光速。那回去怎么办呢？从暗宇宙回到原宇宙，怎么穿梭？”罗峰有些好奇。

这浩瀚的宇宙太玄妙了，地球人怎么能想到飞船达到光速会发生什么事情呢？

至于所谓的达到光速，就能时光倒流的说法，罗峰一直不赞同。

一颗遥远的星球距离地球100万光年，那么地球人看到的，可能是100万年前的景象了。按有些人的推论，超越光速，朝这颗星球飞去，仿佛时光倒流一般，能看到这颗星球从前的景象。

可在罗峰看来，这纯属无稽之谈。

所谓时光倒退，只是肉眼看到的画面，实际上，那颗星球是不断老去的。

“很简单，减速到静止，就会自动穿梭到原宇宙。”巴巴塔说道，“这暗宇宙是不存在静止的物质的。”

“哦？”罗峰惊讶得很。

飞船逐渐减速，从1.2倍光速一直减速，直到静止。

罗峰只感觉飞船微微震动，震动持续了大概10秒钟，方才平静下来。

“宇宙穿梭成功，回到原宇宙了。”巴巴塔说道。

“外景虚拟100%。”罗峰连忙说道。

罗峰顿时看到周围的浩瀚星空，最特别的是远处有一颗仿佛闪着彩光的星球，这颗星球周围隐约有两颗卫星。

“那颗星球就是虬龙星。”巴巴塔说道，“罗峰，进入虬龙星，按照我们的计划去做。”

“巴巴塔，之前你说进入星球也是要钱的，可是我没有宇宙货币啊！”罗峰道。

即使他在地球上再有钱，可是现在在虬龙星，人家怎么可能承认地球货币？

“我有。”巴巴塔笑着说道，“主人的银行卡给你也没用，那是跟精神印记绑定的，不过，主人当时还遗留了一点硬币，那是主人随身带着的，有时候，硬币也是有用处的。”

“硬币？！”罗峰闻言一怔。

“是的，我把整个储物空间仔细搜寻了一遍，找到了932个乾巫币。”巴巴塔说道。

“这么少？”罗峰显然有些失望。

“这是乾巫币，不是黑龙币，更不是廉价的银蓝币。”巴巴塔没好气地道，“看来让你在虬龙星待一段时间，还是有必要的。”

第274章

高升·威帝

“在指定的货币兑换的机构，乾巫币能兑换成黑龙币，黑龙币能兑涣成银蓝币。”巴巴塔说道，“不过，银蓝币通过此机构无法兑换成黑龙币，黑龙币也无法兑换成乾巫币。”

罗峰微微点头。

这个道理他明白。

如果地球进入宇宙人类大家庭，将宇宙中的货币拿到地球上来兑换，地球上的一些高层当然乐意。可是，若是拿地球上的货币去兑换宇宙货币，宇宙中其他国家会肯吗？

“当然，黑市中可以逆向兑换货币。”巴巴塔说道。

谈话间，X81型飞船已经加速，朝远处的虬龙星飞去。

罗峰站在飞船的控制室内，眼前是虚拟的外景。他清楚地看到飞船正在朝虬龙星靠近，已经快进入大气层了。虬龙星的大气层非常奇特，肉眼都能清楚地看到各种色彩的气团缓缓飘移，令整颗星球显得无比绚丽。

“嘀！”一道提示声响起。

“接收到牵引信号。”巴巴塔道，“罗峰，飞船将会跟随牵引信号抵达星球停泊港。”

罗峰点点头。

他听巴巴塔说过，抵达其他星球的时候，飞船是不能胡乱停的，必须进入停泊港。当然，如果你强大得如同陨墨星的主人，可以硬来。像虬龙星这样的高等星球，唯有域主级强者才能不在乎牵引信号，直接飞入星球。

当然，域主级强者一般都会给虬龙星主人面子，不会做出这么无礼的举动，毕竟虬龙星的主人也是一位域主级强者。

X81型飞船穿透大气层，通过外景模拟，罗峰一眼看到下方有一个巨大的银色城市。这是一个极为浩瀚的停泊港，停泊港内停着大量的飞船。飞船或大或小，小的长度只有数十米，甚至十米，大的一般有上万米，多为一些大型的运输舰。

“收到信号，我们去C级区！”巴巴塔说道。

“A级区停的都是普通飞船、战舰等，B级区停的是B级飞船、战舰，C级区停的是C级飞船、战舰，上面还有D级区。”巴巴塔介绍道。

巨大的停泊港分成四大区域，C级区停的飞船和战舰都是无比昂贵的。

“呼！”X81型飞船缓缓下降，终于落地。

舱门自动打开了。

“这星球的引力大约是地球的三倍。”罗峰飞出舱门，瞬间感觉到了引力的变化。

“嗯？”

罗峰转头看去，一个穿着灰色制服，身高约两米八，头顶长着两根弯角，绿皮肤的壮汉飞了过来，落在了罗峰面前。

他面带笑容，谦逊有礼，用宇宙通用语说道：“尊敬的先生，欢迎你来到虬龙星，你的X81型飞船停泊价为每年600黑龙币。不足一年时，也要支付600黑龙币，这是你的停泊卡。”

说完，他拿出一张银色的卡，递到罗峰面前，卡上有着C的标志。

“罗峰，还记得我之前怎么说的吧！”

巴巴塔之前可是详细地告诉过罗峰，在虬龙星遇到各种各样的事情应该怎么做。

“明白。”

罗峰微笑着，一翻手，手中出现了一枚硬币，随手扔了过去。

“乾巫币。”绿皮肤男子眼睛一亮。

黑龙山帝国官方汇兑规则：1乾巫币可以兑换1000黑龙币，不过，黑龙币是无法兑换乾巫币的。如果通过黑市的话，倒是可以兑换，不过一般要近2000黑龙币才能兑换1乾巫币，而且一般公民根本不知道黑市在哪里。

乾巫币可是身份的象征！

“这人乘坐的是X81型飞船这种高档飞船，用的又是乾巫币，背景肯定很强大。”绿皮肤男子心中羡慕得很。

他是一个行星级九阶武者，在虬龙星只是一名普通公民，如果能突破成为恒星级强者，身份就能有所提升。可是，在虬龙星，就算是恒星级强者，碰到罗峰这种乘坐C5级纯金属构成的高档飞船且出手就是乾巫币的，气势也会瞬间弱下去。

“不用找零了。”罗峰随意地道。

“谢谢先生。”绿皮肤男子感激地道。

这时，一艘通体印着怪异图案的飞船，降落在距离罗峰不到百米的陆地上。

同样地，一名穿着灰色制服的工作人员飞了过去。飞船在降落的时候，舱门就打开了，一个胖乎乎的黑发青年率先飞了出来，他脸上有着两块紫色斑纹，眼睛微眯，显得很可爱。

他的身高倒是和罗峰差不多。

“哇！”青年飞了出来，后面跟着四个壮汉。

“后面四个壮汉实力都不弱，三个达到了恒星级三阶，还有一个达到了恒星级八阶，那个青年则达到了行星级三阶。”巴巴塔立即通知罗峰。

罗峰心中暗惊。

那个青年竟然有四个恒星级保镖，真是厉害！

来到比银蓝帝国的帝都星球还要繁华的星球，罗峰总算是见识到了真正的大家族子弟。

“天哪！”青年疾速飞到罗峰的X81型飞船旁，抚摩着，惊呼出声，“这可是100多万年前的X81型飞船，早就被有钱人当收藏品了。这艘X81型飞船还是用纯乌钇铸造的，我今天竟然能够看到此等飞船，三生有幸啊！”

“嗨，兄弟。”青年走到罗峰面前，一脸笑容，“你以后若是不想要这X81型飞船了，转手卖给我怎么样？十年后，我绝对能买得起。”

“先自我介绍一下，我叫高升·威帝，你叫我高升就行。”青年连忙说道。

“高升，这X81型飞船是经过改装后才能正常运行的，我现在可舍不得卖。”罗峰谨记巴巴塔当初的告诫，随意地说道。

“嗯！这可是100多万前的老型号飞船了，很多部件估计都坏了，维修起来，难度很大，维修费用都快赶上买一艘新飞船的了。兄弟果然是同好中人啊！”高升·威帝夸赞道，“这种纯金属的飞船开出去，那才是倍儿有面子！”

罗峰淡淡一笑。

实际上，X81型飞船一直闲置在地球的海域中，上百万年没开过，所以零件腐坏的程度很轻。

“兄弟，你还没介绍自己呢。”高升笑嘻嘻地道。

“我叫罗峰。”罗峰笑道。

“罗峰兄，就你一个人吗？没有保镖？从这里到虬龙城还有数千公里。在虬龙星上，只有在城内才能够受到保护，在城外不受保护，我们一路过去说不定会遇到强盗。”高升说道。

罗峰没有说话，只是淡淡一笑。

“唰！”罗峰旁边出现了两名穿着黑色衣服的流银护卫。

“天哪！流银护卫？！”高升十分震惊，“罗峰兄，你真是深藏不露啊！两名流银护卫跟着你，一个保护你，一个对付敌人。流银护卫变身后，牵制数百人都很轻松啊。敌人挣脱后，另外一名流银护卫负责牵制，两名流银护卫轮流来，无比安全啊。”

罗峰只是笑笑。

当初流银护卫都能够牵制金角巨兽，牵制人类自然是轻而易举的。

“罗峰兄，不嫌弃的话，我们一道走吧！我那四个保镖跟着，不会有人来惹事的。”高升笑嘻嘻地道。

“答应他，跟他一起走，麻烦事会少得多。”巴巴塔说道。

“好的！我们一道走。”罗峰点点头。

“嗖！嗖！”

罗峰和高升·威帝腾空而起，四名保镖跟在身后。

同时，高升·威帝和四名保镖身上同时出现了护甲，罗峰身上则浮现出了摩云护甲。

一行六人在空中疾速飞行着。

“罗峰，那X81型飞船是你花多少钱买的？”高升·威帝忍不住问道。

作为飞船爱好者，他对那艘X81型飞船很感兴趣。

“巴巴塔，我怎么回答？”罗峰用意念问道。

“告诉他，花了90亿黑龙币，另外改装维修，花了20亿黑龙币。”巴巴塔回道。

“这么多？”罗峰心中震惊。

按照官方汇兑规则，1黑龙币能兑换1000银蓝币，也就是说，这艘飞船花费了110亿黑龙币，价值11万亿银蓝币。

“这哪里算多啊？这可是纯乌钇打造的，整艘飞船重量在200万吨左右。每吨乌钇价值3000黑龙币，约300万银蓝币，单是纯乌钇这一材料就价值6万亿银蓝币。”巴巴塔说道，“罗峰，你别以地球人的眼光看宇宙，1吨乌钇就值3000黑龙币，1吨B级玄铁精不过9黑龙币，A级玄铁更廉价。”

罗峰恍然大悟。

若是这样，的确不贵，1吨玄铁精才值9黑龙币，1吨乌钇就值3000黑龙币。

“这是纯金属，如果是合金就便宜了，毕竟合金硬度更高。C5级飞船用合金打造的话，价格只有用纯金属打造的十分之一，甚至更低，所以用纯金属制造飞船，属于极其奢侈的行为，就和地球人用黄金制造汽车一样。”

罗峰暗叹一声。

难怪高升·威帝看到X81型飞船后那么吃惊。

“这X81型飞船是当初我花了90亿黑龙币买下的，改装维修又花了20亿黑龙币。”罗峰说道。

高升连连点头，道：“兄弟，你算是小赚了，这种老型号的飞船现在很难买呢！我老爹答应，再过十年，就将一颗星球转移到我名下。星球上有110亿人口，推算下来，平均每人一年能给我赚100卡罗币，就是0.06黑龙币，这样我一年收入就有6亿多黑龙币。我凭一颗星球贷款200亿黑龙币不难。”

罗峰笑着，心中却很震惊。

天哪！他的父亲答应将一颗星球转移到他的名下，还有110亿人在为他赚钱！

罗峰总算明白地球超级富豪和宇宙超级富豪的区别了。论资产，地球上的富豪最多拥有几套房子，宇宙中的超级富豪则拥有几颗星球啊！

第275章

帝国公民

“真漂亮！”

罗峰仰头看天，上方的天空仿佛蒙着一层紫色薄纱，而远处的天际变成了蓝色。

“虬龙星的天空颜色的确是一绝。”高升·威帝笑笑，夸赞道，“有的地方的天空是蓝色的，有的地方的天空是紫色的，或者绿色的、红色的等，而且还会经常变化，美不胜收。”

“虬龙星正是因为美景吸引了很多强者前来定居，渐渐地，虬龙星变得很繁华。”高升·威帝赞叹道。

一行人中，飞得最慢的就是高升·威帝。可高升·威帝脚下踩着奇异踏板，飞行速度也能达到2000米/秒，谈话间，他们很快就飞过了数百公里。

“天哪！”罗峰看着远处的一座城池，不禁惊呼出声。

这是一座造型非常优美的城堡。

“罗峰兄，那可是虬龙星上很奢侈的城堡，长宽都有9800米，能买下这样一座城堡用来居住的，都是很厉害的人物。”高升·威帝说着，长叹一口气，“唉，我不知道什么时候能够买得起。”

“城堡？！”罗峰愕然。

“罗峰，那是虬龙星中比较豪华的房产，类似于地球的别墅。”巴巴塔解释道，“宇宙浩瀚无垠，星球无数，宇宙中的上层人物习惯居住在非常大的地方，就拿你的老师来说，一整颗星球都是他的住所。而虬龙星这种星球比较繁华，地皮比较昂贵，长宽都达9800米的城堡的确算得上很奢侈。如果是在普通星球的话，根本不算什么。”

“哦！”罗峰点点头。

飞行途中，罗峰看到了一座座城堡。

在风景优美的虬龙星上，能够拥有自己的城堡，的确很难得。

10多分钟后——

罗峰俯瞰下方，下方出现了小型城堡密集区。

“这是虬龙星上最便宜的房产。在我们卡罗帝国，这种长宽仅仅1000米的庄园能卖10亿黑龙币就了不得了。”高升·威帝无奈地道，“可是，在虬龙星，最便宜的庄园的售价都是上百亿黑龙币。”

罗峰瞪大了眼睛。

上百亿黑龙币？！

“罗峰，你在这里有房产没？”高升·威帝问道。

“没有，我岁数太小，买不起。”罗峰说道。

“嗯，我也是。”高升·威帝连连点头，“我老爹把零花钱都管得死死的，虽说要送我一颗星球，可是要等十年后，我过完成人礼。”

高升·威帝显然很不满，道：“若非如此，我也能在虬龙星买一座庄园，想要放松或者游玩时，来这里住一段时间。那样的话，我也算是虬龙星的居民了。”

罗峰微微点头。

来之前，巴巴塔就告诉过他，一旦成为虬龙星居民，那是有特殊待遇的。

不过，这里的房产价格昂贵，能在这里买得起庄园，乃至更加昂贵的城堡的，估计都是那些属国（宇宙初等文明国度）的一些皇族，或者一些大家族子弟。最起码，都是拥有一颗星球的领主。其实，就算是拥有一颗星球的领主，都不一定舍得花重金购买这里的房产。

半个小时后——

罗峰终于看到远处一座巨大的城市，城市的城墙漆黑如墨，延伸到视野的尽头，一眼看不到边。而墙头宛如透明的琉璃，美轮美奂，好似一条琉璃巨龙盘踞在城头。

当罗峰靠近时，才发现城墙上雕刻着一条条独角龙。

“好大的城池。”罗峰和高升·威帝降落在地面上，仰头看着巨大的城墙，心惊不已。

单单城墙高度就有120米，算上城墙上方的琉璃巨龙雕刻，高度足有数百米。而且，城墙绵延到天边，一眼看不到尽头，那种气息令人震撼。

“虬龙城长宽近600万米，这座城的历史已经有300多万年了。”高升·威帝夸赞道。

“他说的和巴巴塔告诉我的一样。”

罗峰发现，虽然巴巴塔在地球上待了5万年，但是宇宙中的变化很小。无论是科技，还是一些帝国、组织，都没有多大变化。显然，对于一些历史以亿万年计算的帝国来说，5万年的确没有多大变化。

巨大的城门口，人来人往。

罗峰等人一道步入城门。

“罗峰，收到信号了，你在虬龙城的通信编号是19287342325。”巴巴塔说道。

通信编号类似于地球的电话号码。因为再厉害的通信器，也无法隔着多少光年打电话，所以一些文明星球会自动给前来的一些生命的辅助光脑等发送编码。来人可以通过通信器聊天。

而身处不同的星球的人，交流方式只有一个——进入虚拟宇宙网络，在虚拟宇宙网络中可以聊天。

“罗峰，你的通信编号是多少？”高升·威帝看向罗峰，“我的是19287342463。”

“我的是19287342325。”罗峰回道。

“行！”高升·威帝嘿嘿一笑，“我刚来虬龙城，得先去见一位长辈，我们就在这里分别吧。晚上，我发信息给你，到时我们一起吃个晚饭，我做东。”

高升·威帝深受其父的影响，喜欢广交好友，多一个朋友多一条路。在他看来，罗峰显然挺有钱，实力也很强，值得结交。

“好，那我们就在这里分开吧。”罗峰笑笑。

和高升·威帝分开后，罗峰独自行走在这座大城内，周围的景色无比绚丽。

周围的建筑风格迥异，美得让人心动。

“咦！那人竟然有三只眼睛，这个人的嘴巴和牙齿好有趣啊！”

罗峰缓步走在街道上，街道上人流涌动，同时高空中也有很多人在飞行。

这些人的样貌都非常奇怪。

仅仅5分钟之内，罗峰看到的人中最高的达10米，最矮的仿佛地球上的婴儿一般，皮肤颜色各异，有的人脑袋长得奇形怪状。

不过，大多数人还是两只眼睛、一个鼻子、一个嘴巴，只是脸上或是长毛，或是有着奇异的斑纹等。

“那个人跟神话故事里的佛陀差不多，浑身都是金色，头发更是有趣。”罗峰饶有兴致地看着。

“行星级六阶，行星级九阶，行星级一阶，恒星级三阶，恒星级五阶……”罗峰倚仗巴巴塔，发现了不少人真正的实力。

虬龙星街道上，在看不到尽头的人流中，很多是行星级强者，恒星级的强者也有不少。

其中随便一人到地球，都是超越战神的强者。罗峰甚至发现了比地球超级强者洪和雷神还强的。

“罗峰，我已经打过星球服务号询问过，黑龙山帝国驻虬龙星的行政大厦距离这里20多万米。”巴巴塔说道，“按照我们的计划，来到虬龙星的第一件事情是加入黑龙山帝国，获得公民身份。”

“出发。”罗峰点点头，立即腾空而起。

“刚刚在街道上，我见到了不少恒星级强者，怎么没看到一个宇宙级强者？”罗峰心中很疑惑。

“恒星级强者算是个人物，在一般的小星球还是很少见的，可是在虬龙星这种星球上，恒星级强者比较常见。至于宇宙级强者，整个银蓝帝国都很少。虬龙星上当然有宇宙级强者，不过要见到也是要看运气的。”巴巴塔说道。

谈话间，罗峰看到了一座巨大的建筑。

这就是黑龙山帝国在虬龙星的行政大厦。

大厦门口，有两名身高近6米的青铜色皮肤壮汉守卫。

“嗯？流银护卫？！”

“还真是流银护卫！”

两名守卫站得笔直，面带笑容。

当罗峰走到门口时，他们主动推开门，热情地说道：“先生请进。”

“巴巴塔说得没错，宇宙中的人对实力、身份、地位看得很重。”

罗峰微笑着步入大厅，身后跟着两名流银护卫。

他看了一下大厅内关于各楼层功能的介绍，很快找到了自己要去的楼层。

“32层？！”罗峰走近旁边的圆形沙发，坐了下来。

流银护卫站在一旁，罗峰当即说道：“32！”

“嘀！”圆形沙发下的托盘发出白色光芒。

圆形沙发直接冲天而起，没有一丝晃动，当停下时，已经抵达32层。

“先生，你好。”有着一双兔耳朵的女子飞了过来，微微躬身，笑道，“有什么可以为你服务的吗？”

“我要加入黑龙山帝国国籍。”罗峰笑道。

他在宇宙中要办很多事情，取得公民身份是很有必要的。

幸亏有巴巴塔指点，许多事情才能顺利进行。如果是洪和雷神，茫茫然进入一颗星球，恐怕还真的什么都不懂。

“国籍？”接待的女子大吃一惊。

这年头，谁还没有国籍啊？

第276章

五大巨无霸

“先生，请往左边走，进入里面倒数第二个房间。”接待的女子说道。

“谢谢！”罗峰微笑道谢，带着两名流银护卫朝左边走去。

接待的女子心中暗道：“这人竟然跟我这样一个服务员道谢，这才是大家族有教养的子弟的气度啊！虽然他带着两名流银护卫，但一点都不傲慢。”

罗峰看了一下房门，房门上有着文字标识。

罗峰敲了敲门。

“请进。”房间里面传出一道铿锵有力的声音。

罗峰推门而入，这是一个宽敞的房间，有两名男工作人员，黑皮肤，精瘦，眼睛为血红色。

其中一人抬头看了一眼，看到罗峰身后的两名流银护卫，热情地道：“先生，有什么能为你服务的？”

“我想要加入黑龙山帝国国籍。”罗峰笑道。

宇宙初等文明国度的国籍是最容易加入的，而加入中等文明国度的国籍，比如黑龙山帝国的国籍就需要办一些手续，花一些钱。至少在实力弱的时候，罗峰没打算离开黑龙山帝国。待他成了宇宙级强者，或者实力更强后，无论什么国籍，都没有多大区别。

“哦！敢问先生，之前是什么国籍？可办了原国籍释放手续？”另外一个红瞳男子笑着问道。

“无国籍。”罗峰回道。

“无国籍？”红瞳男子惊讶不已，不由得看了罗峰两眼，又看了看罗峰身后的流银护卫。

一般来说，星球上的普通人未达到行星级，是无法获得公民身份的。获得公民身份的先决条件是必须达到行星级。这也是当初地球发生浩劫时，罗峰说就算离开地球，他的妻儿也必须在飞船上待数十年，成长到行星级，才能进入其他星球的缘故。

非公民进入一些星球，是不受帝国保护的。

普通人如果达到了行星级，可以加入国籍。但是，眼前的人有两名流银护卫当保镖，岂会是普通人？

“估计是某个势力培养出来的精英，第一次出来吧！”红瞳男子心中暗道。

“先生，请先站在这里，别动。”红瞳男子笑道。

“好的。”罗峰很清楚对方要干什么。

红瞳男子按动手臂上的仪器按钮。

迷蒙的光芒笼罩住了罗峰。

“嘀！嘀！”仪器又接连发出两道声音。

红瞳男子低头看仪器屏幕，屏幕上出现了宇宙通用语文字：查无此人。

“既然先生从未加入过任何一个国家的国籍，很多步骤可以直接省略。”红瞳男子笑道，“先生只需要缴纳办理费用50黑龙币，一切就能搞定。”

“在虬龙星，很多地方都要用到黑龙币啊！”罗峰心中暗道。

他的手一翻，出现一枚乾巫币：“请帮我办理。”

“乾巫币？！”红瞳男子心中暗喜，迅速从怀里取出薄如蝉翼的一小叠特殊纸币，递给罗峰，“先生，这是950黑龙币。”

同时，他将那枚乾巫币放进自己的口袋，又拿出50黑龙币，放进旁边仪器的钱币入口。

“哈哈！大哥，你可赚了，今天晚上请客啊！”旁边一个眼睛略大一些的黑皮肤男子笑道。

"行！"红瞳男子显然很开心，朝罗峰热情一笑，"先生，请跟我来，我帮你把全部手续都搞定了，很快的。"

他们这种在官方部门办事的，人脉很广，完全可以用一枚乾巫币兑换1500黑龙币，也就是说，他能赚几百黑龙币，这顶得上他一两个月的薪水了。

大概20分钟后，罗峰就拿到了身份证件，自此，罗峰在黑龙山帝国公民系统上就有记录了。

"这纸币真有意思。"罗峰夸赞道。

"这纸币的韧度和硬度都很好，地球上的初级战神用尽全力才能撕开这张纸币。这种纸币一般能用两三千年，之后才会逐渐腐朽。"巴巴塔解释道。

"哦！"罗峰微微点头。

他的心情不错。有了黑龙山帝国公民身份，很多事情都好办了。

"巴巴塔，虚拟宇宙网络开户在哪儿办？"罗峰心中很期待。

宇宙中所有的人类国度，如乾巫宇宙国，还有其他诸多宇宙国的子民都经常出现在虚拟宇宙中。虚拟宇宙的人口的确称得上不计其数。

"离这里十万多米。"巴巴塔开始详细指路。

罗峰当即腾空而起，虬龙城上空极为开阔，飞行的人流密度并不大，因而罗峰能保持较快的速度飞行。

"巴巴塔，虚拟宇宙中到底有什么技术，竟然能够让分散在宇宙中任何一个地方的人通过网络交流？"罗峰十分好奇。

宇宙无比浩瀚，就算进行宇宙穿梭，有些遥远的地方也需要飞行百年乃至千年才能到达。可是，这虚拟宇宙网络竟然能让人见面交流。

"我也不知道是什么技术。"巴巴塔无奈地道，"这种技术连乾巫宇宙国都没有掌握，只有虚拟宇宙公司掌握了，各大宇宙国都有虚拟宇宙公司分部。"

"这公司肯定很厉害！"罗峰惊叹一声。

罗峰的老师，即陨墨星主人呼延博虽然得到乾巫宇宙国的礼待，但是对于这种高等文明国度，呼延博也很尊重，不敢轻易去招惹。然而，各大宇宙国都无法掌握的技术，竟然被虚拟宇宙公司掌握了，而且这公司发展得这么好。

“那是当然！”

“罗峰，虽然乾巫宇宙国和其他宇宙国都是宇宙高等文明国度，势力非常强大，可是，宇宙中真正强大的并非是国度，”巴巴塔缓缓地说道，“而是一些看似散乱，实际上却很强大的势力。”

“哪些势力？”罗峰有些好奇。

“宇宙星河银行、宇宙第一银行、巨斧斗武场、宇宙佣兵联盟、虚拟宇宙公司，是宇宙中的五大巨无霸！”巴巴塔说道，“这五大势力具有绝对的垄断地位。”

“其中两大银行做的都是有钱人的生意，很多不朽级强者的钱和宝物一般都放在这两大银行中。”巴巴塔说道，“你老师留下的财物就存在宇宙星河银行，他给你的三个账户就是在宇宙星河银行开的。”

罗峰微微点头。

“巨斧斗武场则是最公平的斗武场。至于它的强大，你以后会知道的。宇宙佣兵联盟是一个松散的组织，然而，99%的武者、精神念师都会加入宇宙佣兵联盟，你的老师当年也是其中一分子。”

听到这番话，罗峰心中一惊。

99%的武者、精神念师都加入了宇宙佣兵联盟，谁能比得过啊？幸好它只是松散组织。

“虚拟宇宙公司堪称人类第二世界，宇宙各大国家都无法撼动它，你说它有多强？”巴巴塔感叹道。

罗峰明白了。

宇宙中，乾巫宇宙国等一些国家已经够强大了，可是相比之下，那些渗透进每一个国度的组织才真正强悍。

“除了五大巨无霸，实力超强的就是宇宙国。此外，也有一些和宇宙国相差无几的隐秘势力。”巴巴塔说道，“当然，在乾巫宇宙国领土范围内，乾巫宇宙国是最强势的，最多只给五大巨无霸面子。”

罗峰微微点头。

浩瀚宇宙，自己的老师当年虽然实力很强，但是显然连乾巫宇宙国都惹不起，更别说五大巨无霸了。

虬龙城，虚拟宇宙公司。

“先生，我有什么能为你服务的吗？”一个面容姣好，穿着红色制服，有着一条毛茸茸的尾巴的女子微微躬身，笑道。

“开户。”罗峰直接说道。

“开户业务一次性需要缴纳的费用分为100年、1000年、1万年三个档次，每年的费用为10黑龙币或者是0.008乾巫币。”女子说道。

罗峰一听，震惊了。

10黑龙币相当于上万银蓝币了。星球上的普通人极少数用得起，一般是行星级人类使用。

“你们这边有意识感应头盔吧？”罗峰说道。

地球人自己制造的头盔是无法接入虚拟宇宙网络的，而像巴巴塔这样的智能生命，有方法可以轻易接入。

“一个意识感应头盔价值10黑龙币。”接待的女子眼眸中闪过一丝惊诧。

如今有身份的人都用辅助光脑，乃至更高级别的智能光脑，谁还用原始的意识感应头盔啊。

“不记名账户呢？”罗峰追问道。

宇宙中，一些星球的领主购买意识感应头盔，多是给自己星球的子民使用的，一般都是用不记名账户购买的。不过，不记名账户一般有效期为100年，到期就需要重新购买。这种不记名账户是无法绑定使用人员的，也就是说，人人都能用，最多用100年。

“不记名账户的有效期为100年，每个账户价格为2000黑龙币，或者是1.6乾巫币。”接待女子笑道。

“很好。”罗峰微微点头，“我需要10个不记名账户和10个意识感应头盔，开户之后，缴费100年即可。”

第277章

虚拟宇宙

有黑龙帝国国籍的公民身份办理开户很容易。缴纳17乾巫币后，一切手续办妥。

“先生，10个不记名账户已经和这10个意识感应头盔绑定了，这是找给你的零钱。”接待的女子笑道。

罗峰随手将10个意识感应头盔收入空间戒指中。

按照巴巴塔之前的指示，在虬龙星，罗峰可以显露自己的空间戒指。只是，显露的空间戒指长、宽、高都不能超过10米，切不可将超过此等体积的东西收进去。

毕竟空间储存器物是分档次的。罗峰乘坐的是X81型飞船，而且有流银护卫当保镖，他拥有小型储物空间是很正常的事。当然，其实罗峰拥有的是长度超600米、宽度超500米，高度超100米的空间戒指，这绝对算得上是奢侈品，如果被人知道，很可能会丢掉小命。

罗峰的陨墨星号飞船、不朽强者尸身以及兵器都是无价之宝，此外，赤混铜母残片、空间戒指也昂贵无比。

陨墨星主人这种强者随便拿出一样东西，都比虬龙星域主的强，可想而知，罗峰这个陨墨星传人如果显露出真正的宝物，后果会有多可怕。

虬龙城，一家休闲餐厅。

餐厅格调新异，里面很多东西和地球上的很像。就算是不同的星球，人类也还是有很多共同点的，比如注重私密性、想要得到尊重等。地球上的酒楼一般都有包厢，而无比发达的虬龙星上的餐厅同样有着私密性极高的包厢。当然，费用也高一些。

“好了，你出去吧！”罗峰点了一杯水果汁，就让服务员离开了。

“先生，有事的话，你就按这个按钮。”服务员叮嘱一声，就离开了。

“咔！”罗峰将包厢门关了，并且命令两名流银护卫守护自己。

“巴巴塔，进入虚拟宇宙。”罗峰吩咐道。

“哈哈！我早就等着这一天了。”巴巴塔兴奋至极。

开户后，罗峰就一直想进入虚拟宇宙，可是，进入虚拟宇宙的前提是意识必须离体，罗峰现在虽然能够一心多用，但是还没有能够把意识分割成几份的能力，所以必须找个安全的地方。

“虚拟宇宙接入中……”一道低沉的声音在罗峰的意识中回荡。

罗峰的意识陷入一片黑暗中。

这是一座古老的城池，街道由大块岩石铺就而成，行人虽然长相奇异，身高不一，族群不一，但是大多数人都穿着朴素的灰色衣服，而且每一个人的肩膀上都有一个小精灵。

“唰！”街道上突然出现了一个人，正是罗峰。

罗峰穿着朴素的灰色衣服，肩膀上坐着只有拳头大小的巴巴塔。巴巴塔穿着绿色衣服，无比可爱，宛如小精灵。

“这，这就是虚拟宇宙？”罗峰站在街道上，看着人流，有些愕然。

“那是当然。”巴巴塔的声音在罗峰的心中响起，“我们现在在虚拟宇宙的乾巫大陆边缘的黑龙山岛上。”

“黑龙山岛？”罗峰眨了一下眼睛。

“嗯！所有在黑龙山帝国疆域内连入虚拟宇宙网络的人，会直接出现在黑龙山岛上。”巴巴塔说道，“黑龙山帝国疆域有8000多个星系，其中每个星球上都有大量的人类上网，所以，这个岛屿的面积比现实宇宙中任何一颗星球的面积都要大得多。”

罗峰惊叹不已。

“任何一个进入虚拟宇宙的人都有一个虚拟助手。”巴巴塔说道，“就是每个人肩膀上的小精灵。”

“虚拟助手的智慧高低和上网的人用的是感应头盔、辅助光脑、智能光脑还是智能生命有关。小精灵根本不会思考，只会做出简单的回答，你命令它，它才会去做。”巴巴塔解释道。

罗峰微微点头。

“在虚拟宇宙中，你可以和好友远程聊天，也可以花钱传送，约对方在虚拟宇宙中见面。并且，类似于证券、期货等一些东西，在虚拟宇宙中也可以操作。你可以绑定银行账号，你也可以在这里学武，还可以在这里进行订货买卖，甚至可以玩虚拟游戏，模拟程度达到100%，和现实中的一模一样。而且，虚拟游戏分很多种，可以说，只有你想不到的，没有游戏供应商做不到的。

“游戏、美食、美女、金融、交易、比武、学习……什么都有。虚拟宇宙是比任何一颗星球都要庞大的市场，这里聚集了宇宙中的精英，现实中无法实现的，在这里都能实现。有些人将虚拟游戏当成现实，一玩就是数百年乃至上千年，甚至在游戏中娶妻生子。当然，前提是有钱玩游戏，毕竟玩虚拟游戏的大部分玩家都是花钱的，赚钱的是极少数。”

罗峰听了，惊叹不已。

相较于现实宇宙，虚拟宇宙更吸引人啊！

“不过，虚拟宇宙终究是虚拟的。”巴巴塔严肃地道，“在虚拟宇宙中待得再久，也无法让身体进化。对于强者而言，虚拟宇宙只是一条便捷的通道，通过它，可以和许多志同道合的强者认识，还可以买到许多在本土买不到的东西。而如果整天待在虚拟宇宙中，玩虚拟游戏，挥霍金钱，大多会落得悲惨的下场。”

巴巴塔很清楚虚拟游戏的诱惑力很大，所以提醒罗峰。

“当然，如果玩一些互动修炼游戏，或者单人修炼游戏，类似地球上试炼塔中的试炼考验，那倒是可以的。”巴巴塔补充道。

“试炼塔？！”罗峰无语了。

那哪里是游戏啊，纯粹是磨炼！

“巴巴塔，你查一下，金角巨兽修炼进化需要的组合金属和修炼本尊天地秘法需要的组合金属是哪些？”罗峰用意念问道。

在虚拟宇宙中，他和巴巴塔用意念交流还是很安全的。虚拟宇宙公司号称绝对不监测任何一个人的信息，也绝对不泄露任何一个人的资料。这正是虚拟宇宙公司立足的根本。

“罗峰，恒星级金角巨兽吞噬金属，最好的是325种B级纯金属组合，可以使得体内世界成长速度增加89倍。嗯，我已经搜集到这325种金属的信息，在宇宙中都有卖。”巴巴塔很快就搜集到了相关信息。

“怎么样，大概需要多少钱？”罗峰连忙问道。

从恒星级一阶到宇宙级一阶，最慢需要100年。一旦金角巨兽吞噬那组合金属，一年进步一点点，就能很快踏入宇宙级。即使在虬龙星这样的星球，宇宙级强者也算是大人物了。

在银河系，宇宙级强者更算得上是一方霸主。

“一年所吞噬的组合金属量，需要耗费600多亿黑龙币。”巴巴塔又说道。

“怎么这么多？一吨B级金属玄铁精不是才耗费9块黑龙币？虽然这是组合金属，金角巨兽吞噬组合金属，会变得更厉害，可是，它一年吞噬数10万吨组合金属就到顶了，怎么会要耗费600多亿黑龙币？”罗峰忍不住问道。

数十万吨玄铁精也不过值几百万黑龙币。

“罗峰，你的想法错了！虽然A级金属比B级金属便宜，B级金属比C级金属便宜，C级金属比D级金属便宜，但是还存在一些很特殊的金属。”巴巴塔缓缓地说道，“比如C级金属流银，就是制造流银护卫的材料。”

“制造一名流银护卫大概消耗一吨左右的流银，一吨C级乌钇才价值3000黑龙币，可是，你知道一名流银护卫多少钱吗？”巴巴塔问道。

罗峰愕然。

高升·威帝和那些官方部门的人看到流银护卫都十分惊讶，显然流银护卫很昂贵。

“一名流银护卫标价2.8亿黑龙币，一吨流银的价格是1.6亿黑龙币，比同为C级的乌钇贵得多。就是因为流银罕见，所以价格无比昂贵，比很多D级金属都要贵得多。而你的本体金角巨兽的体内世界成长所需要的325种B级金属中，有3种是具有空间属性的金属，是制造空间器物的主材料，所以比较贵，再者金角巨兽每次吞噬的量很大。”

罗峰苦笑一声。

金角巨兽每天都要吞噬上百吨金属，一年下来，吞噬的金属价值600多亿黑龙币，的确不贵，可是自己没钱啊！

900乾巫币相当于90万黑龙币。可是，他需要的是600多亿黑龙币啊！

“当然，还有其他组合金属，价格便宜得多，可你依旧买不起。”巴巴塔缓缓地说道，“比如某套组合金属一年花费100多亿，能使金角巨兽的修炼速度增加39倍；还有一年只花费30多亿黑龙币的，能使得金角巨兽的修炼速度增加20倍；还有一年花费1亿多的，使得金角巨兽的修炼速度增加5倍。”

金角巨兽要寻找到金属很麻烦。可是，身为人类，寻找金属却容易得多，在虚拟宇宙中买，有什么是买不到的？

可问题是，要花很多钱啊！

“金角巨兽太能吞噬金属了。”罗峰有些无奈。

“至于金角巨兽修炼本尊天地秘法需要的组合金属，就更昂贵了，你目前还是别想了。”巴巴塔直接说道。

罗峰点点头，又问道：“巴巴塔，如果我要将地球归在我的名下，我来当地球领主，有哪些条件？”

为了防止其他星球的人将地球贩卖，使地球人成为奴隶，最好的方法是——自己成为地球的领主。这是受帝国法律承认的，没人能夺走一颗有主的星球。

“成为地球领主？我找找看……”巴巴塔眨巴着眼睛。

第278章

念力兵器

“找到了。”巴巴塔的搜索速度极快。

“什么条件？”罗峰眼睛一亮。

“宇宙冒险者发现一颗新的星球，或者发现一颗法律上没有领主的星球后，一般有三个选择。第一个选择是告诉帝国，得到帝国的奖励，黑龙山帝国会根据被发现的星球的情况给予不同奖励，最低奖励100亿黑龙币，最高奖励1000亿黑龙币，当然，这样做是无法成为地球领主的。

“第二个选择是直接买下星球。发现者买下该星球只需花费很少的金钱。星球级别不同，售价也不同。买下星球的话，需要支付的最低费用为3000亿黑龙币，最高价为3万亿黑龙币。”

罗峰倒吸一口凉气。

这未免太贵了吧！

不过，罗峰心里也清楚，买卖星球的金额是很大的。要知道，若是拥有一颗生命星球，无异于拥有聚宝盆。而且，星球的寿命一般都很长，以亿年为单位，完全可以当传家宝。当然，因为人的寿命有限，所以星球的买卖价一般以万亿黑龙币为单位。

“第三个选择是和帝国合作管理星球。最低缴纳1000亿黑龙币，最高缴纳1万亿黑龙币。”巴巴塔说道，“这种合作管理，黑龙山帝国不会插手星球内部的事情，只会收取星球的进口、出口关税，其他都不会管。第二个和第三个都是成为地球领主的办法。”

罗峰微微点头。

星球赚钱最快的就是进出口关税，宇宙中的星球如果不和外界开展进出口业务，怎么赚取宇宙货币？

“我不在乎什么进出口关税，可以和黑龙山帝国合作，可是，我没钱。”罗峰无奈地道。

“不仅仅是没钱，而是你根本无法申请让地球成为你的领地。”巴巴塔说道。

“为什么？”罗峰很是疑惑。

“你怎么申报？当年你的老师呼延博以肉身进行宇宙穿梭，进入暗宇宙，通过空间秘法，将地球周围近千光年对应的宇宙坐标直接掩盖住了，其他飞船根本无法找寻到这个坐标，自然无法靠宇宙穿梭抵达地球。”巴巴塔说道，“一般飞船只能在近千光年外飞行，飞行近千年，才能抵达地球。”

“你申请地球成为你的领地时，难道说我们的飞船飞行近千年，发现了这颗星球？首先，飞行近千年发现的星球根本没有价值，没有谁进行贸易的时候愿意耗费那么长的时间；其次，恐怕很多人会怀疑你是陨墨星传人。除非有人能够破解你老师的空间秘法，或者周围星域突然发现一个新的虫洞，否则，地球暂时还是很安全的。”

虬龙城，一家休闲餐厅的包厢中。

罗峰的意识回归现实。

“至少现在地球还很安全！”罗峰微微一笑。

他端起旁边的果汁，喝了一口：“嗯？”

罗峰眯起眼睛，皱起眉头：“这味道……”

刚喝下去的时候，他全身的鸡皮疙瘩都起来了，可仔细品味一下，那味道倒还真的很奇特，别有一番风味。

“咱们地球人第一次喝这玩意儿，再来一口。”罗峰笑呵呵的。

“嗡嗡——”罗峰手臂上的护臂微微振动。

在虬龙星上，只有高升·威帝有自己的通信编号。

“哈哈！罗峰，我的事情搞定啦！一起吃饭啊！”高升大声喊道。

“去什么地方吃饭？”罗峰问道。

“虬龙城北城区，离奴隶市场不远，有一家很不错的餐厅，叫‘百味’。”高升·威帝道。

“行，我大概半小时赶到。”罗峰结束了通信，仰头将果汁一口喝光，咂吧两下嘴，这才朝外面走去。

银河系，地球。

阳光璀璨，洒在下方荡漾的海面上，而海洋上空，两道人影并肩飞行。

正是洪和雷神。

“小三子竟然招呼都不打，直接溜走了。”雷神气得牙痒痒。

“老三要离开一个月，估计有重要的事情吧！”洪淡淡地道，“人哪能没点自己的秘密？待他回来，他应该会告诉我们的。”

“哼！到时候我一定要狠狠灌他一通酒。”雷神咬牙切齿地道。

洪和雷神一边飞行一边聊天。

在地球的日子的确无比悠闲。

自从金角巨兽一役之后，洪、雷神、罗峰三大强者令人类空前强大。而海域怪兽中的两大兽皇接连死去，威胁程度也降到了最低。

自此，地球一片和平。

这样的日子已经持续两年多了。

地球人并不知道，在距离地球不远的星域中，一艘宇宙冒险型飞船正以惊人的速度朝地球的方向不断逼近。

距离地球32万光年的虬龙星上。

虬龙城北城区，百味餐厅二楼。

“这边，这边。”一道招呼声传来。

罗峰转头看去，只见高升·威帝正朝自己挥手。

罗峰笑了，当即大步走了过去。

“高升兄弟，你心情貌似很好啊！”罗峰坐了下来。

“遇到喜事，当然心情好。”高升·威帝嘿嘿笑道，“等一下再跟你说，我先点菜，这家百味餐厅中可是有好几道名气很大的菜。”

说完，高升·威帝微微一招手，顿时一个美丽的碧发女子走了过来。

“嗯？”罗峰有些惊讶。

这碧发女子的实力竟然还没达到行星级。

虬龙星的街道上，一般人都达到了行星级，少数人达到恒星级。

“之前我去那家餐厅喝果汁，服务员都是普通人，没想到，这家餐厅也是这样。可是，虚拟宇宙公司和官方部门的工作人员都达到了行星级。”

罗峰略微一想，顿时明白了。

普通人的薪水很低啊！或许根本就不需要薪水。

“罗峰，刚才那女子长得不错吧！梦贝族的女人都漂亮。”高升·威帝眨了一下眼睛，“你喜欢的话，就把她带走，跟老板说一声就行。”

“带走？”罗峰愕然。

“嗯！连行星级都没达到的美貌女人命运大多很悲惨。”高升·威帝感叹一声，又道，“很多连公民都不是，不受法律保护，有点权势的人想带走就带走，或者随便抓走，把她当奴隶卖掉，如果她能跟着罗峰兄弟这样的人物，是她幸运！”

罗峰听了，十分震惊。

虽然巴巴塔早就说过，修为没达到行星级的人，在宇宙中的命运很悲惨，大多数普通人只能生活在自己出生的星球上，连购买飞船船票的资格都没有。可是，此刻听高升·威帝这么一说，再看看旁边的梦贝族女子，罗峰的感触更深。

“看，她在偷看你呢！”高升·威帝揶揄道。

罗峰目光一扫。

那梦贝族女子站在餐厅角落，偷偷看过来。她显然听到了高升·威帝说的话，看到罗峰朝自己看来，脸一红，跑到里面的厨房去了。

而后，一道道精致的菜肴被端上来了。

“今天我去见一位长辈，那位长辈实在是太给面子了，竟然答应让我跟在他身边混几年，好好学习。”高升·威帝眉飞色舞地说着，“那位长辈可是做能源生意的大佬。跟着他混，一能学经验，二能积攒人脉。”

罗峰心中暗惊。

能源生意？！

宇宙中，各个星球之间进行贸易，靠的是飞船、运输舰等，可是，飞船、运输舰要运行，就需要能源，就连不朽级强者也需要能源。

不管是在地球上，还是在宇宙中，能源生意一直是能获取暴利且门槛极高的生意，比贩卖奴隶的门槛高多了。

若是没有关系和人脉，即便有钱，也做不了能源生意。

“这高升的背景不一般啊！”罗峰心中暗道。

他成年后，就能得到一颗星球，现在又得到前辈的引荐，逐渐进入能源领域。

“罗峰，你什么时候走？我看来要在这虬龙星待几年了。”高升·威帝说道。

“我很快就要走了，说不定今天就得回去。”罗峰回道。

这次来虬龙星，要办的事情差不多快办完了。

按照巴巴塔所说，如今只剩下一件事要办，那就是去乾巫道场报名。报完名后，就可以离开虬龙星了。

“这么快？！”高升·威帝显然有些遗憾，“你的虚拟宇宙通信编号是多少？回头，咱们兄弟有时间约着玩。”

“行！”

幸好开户了，罗峰当即和高升·威帝交换了各自的虚拟宇宙网络通信编号。以后，两人就算相隔千万光年，也能靠虚拟宇宙网络通信联系。

餐厅中，罗峰和高升·威帝正在交谈着。

忽然，楼梯口走上来三个青年，身高近两米，银发飘逸，瞳孔则是动人心魄的蓝色。三人都穿着黑色的特殊制服，中间的那人左胸口处还有一枚类似勋章的彩色挂件。

“罗峰，你看，这三人都是乾巫道场的学员，中间的那个还是虬龙星的居民，在这里有房产。”高升·威帝压低声音说道。

“哦？”罗峰当即看去。

那黑色的特殊制服是乾巫道场统一的练功服，勋章则是虬龙星居民的身份证明，有此勋章，在虬龙星的安全就有保障。

“韦林，把你的念力兵器借我玩半天嘛。”左侧的学员说道。

“我才买的，自己都没用呢，怎么能借给你玩呢？”

中间的学员手一翻，手中出现了一个类似斧刃组成的金属圆盘，金属圆盘上还有着奇异的秘纹。

“这是二阶念力兵器中的极品，我可是求了家里长辈好久才拿到银行卡，如果我无法达到宇宙级，这件念力兵器就要陪我一辈子了。我可是花了60亿黑龙币啊，都能买好几艘C级飞船了，一刷卡钱就花出去了，我现在想想都心疼。”

这学员故意大声说话，引得餐厅中的不少人都看了过来。

60亿黑龙币？二阶极品念力兵器？

“二阶极品念力兵器！”旁边的两名学员眼睛一亮，“我们这辈子都不敢想！”

一位精神念师要拥有念力兵器，才能发挥出最大的战斗力。然而，念力兵器的制造工序非常复杂，所以价格也很昂贵，更别说这种二阶极品念力兵器了。

中间的学员名叫韦林，此刻他轻轻地抚摩手中的念力兵器，目光炽热。

罗峰和高升·威帝都看了过去。

“念力兵器？”罗峰微微一怔，用意念问道，“巴巴塔，我的遁天梭和弧刀盘是什么级别的念力兵器？”

第279章

威帝家族

“罗峰，念力兵器分为普通、一阶、二阶、三阶、四阶、五阶这六个等级，普通的念力兵器几乎没有振幅效果，价格非常便宜；一阶念力兵器能发挥出行星级精神念师最大的战斗力；二阶念力兵器主要供恒星级精神念师使用……五阶念力兵器给界主级精神念师使用。”巴巴塔缓缓地说道，“你的弧刀盘和遁天梭都是三阶念力兵器。”

“三阶念力兵器！”罗峰心中暗喜。

那年轻人的二阶极品念力兵器就那么贵了，自己这两件兵器更贵吧！

“一件兵器越容易使用，价格就越高。”巴巴塔说道，“罗峰，你的遁天梭达到第二形态，是需要振幅达到30才能使用的。你是因为有金角巨兽这个本体，所以意识才那么强。而一般恒星级五阶或者六阶精神念师才能达到这个要求。”

“使用遁天梭第三形态要求更高，振幅达到48，宇宙级，且拥有领域，要同时满足这三大条件。”巴巴塔说道。

罗峰闻言一怔。

“同样都是二阶念力兵器，使用其中一件念力兵器，需振幅达到30方能发挥出攻击力，而使用另外一件念力兵器只需振幅达到20，就能发挥出同等攻击力，你说，哪个更贵？”巴巴塔反问。

“哦。”罗峰微微点头，表示明白了。

“这个叫韦林的年轻人的兵器使用起来非常容易，故而被称为二阶极品念力兵器。而你的遁天梭使用要求较高，所以是三阶下品念力兵器。至于弧刀盘，使用要求稍微低一点，属于三阶中品念力兵器。如果去兵器店购买，遁天梭的价格大约50亿黑龙币，而弧刀盘的价格则在200亿黑龙币。”巴巴塔解释。

“价格相差这么大！”罗峰愕然。

他感觉这两件兵器的威力差不多，价格竟然差这么多。

“当然。别人的兵器使用起来非常容易，宇宙级一阶强者就能使用，可你的兵器使用起来非常难，必须宇宙级七阶或者八阶强者才能使用，两者价格能一样吗？”巴巴塔反问。

罗峰彻底明白了。

“三阶上品念力兵器价值1000亿黑龙币，三阶极品念力兵器价值5000亿黑龙币。”巴巴塔顿了顿，继续说道，“对于宇宙级强者而言，耗费数千亿，购入一件好兵器，是很正常的。对于强者而言，最重要的就是兵器、战衣、秘法，而后是飞船。”

宇宙级强者若是加入一个帝国，可以轻易得到十几颗星球当领地，怎么会在意几千亿黑龙币呢？

……

餐厅二楼。

不少客人因为刚刚上来的三个年轻人的对话而分散了注意力。

对于恒星级强者而言，60亿黑龙币可是天文数字啊！

“只要我的念力振幅达到18，就能发挥出它二阶的威力。”韦林得意地挥动手中的金色圆盘。

“呼！”金色圆盘顿时飞了起来。

金色圆盘掠过女服务员的身旁，女服务员吓了一跳。

“哈哈！别怕，我的掌控能力很强。”韦林得意扬扬地道。

“好精妙的掌控。”旁边的两名学员当即拍起了马屁。

“啊！”刚刚端着餐盘走出厨房，就发现一道金光朝自己疾速而来的女服务员惊呼出声。

她的双手一颤，餐盘倾倒，盘中的酱汁刚好洒在环绕她飞行的金色圆盘上，令金色圆盘一下子变得脏兮兮的。

“我的念力兵器！”韦林脸色大变，大吼一声。

旋即，金色圆盘落在他的面前。

见金色圆盘沾上了乌黑的酱汁，韦林十分恼怒。

这念力兵器可是花了60亿黑龙币，比他女朋友都重要得多，竟然第一天就被泼了酱汁。

“浑蛋！”韦林瞪着脸色煞白的女服务员，咬牙切齿地道，“去死吧！”

金色圆盘变作一道金色流光，疾速袭向女服务员。

“不。”女服务员惊恐地大叫起来，却根本来不及躲闪。

“呼——”一道道精神念力仿佛藤蔓一般迅速缠绕在金色圆盘上。

金色圆盘化作流光，画出一道弧线，撞击在旁边的墙壁上。

“轰隆隆——”足以承受恒星级强者攻击的墙壁顿时出现了裂痕，窗户则瞬间碎裂开来，其中一截窗棂扫过一个女服务员的手臂，顿时女服务员鲜血直流。

“先生，住手！”一个男子瞬间出现在一旁，正是餐厅的经理。

“谁？谁敢挡我？！”韦林环顾四周，咆哮起来。

“先生，不要冲动！”餐厅经理大声喊道。

“你算什么东西！”韦林指着餐厅经理，大声斥道，“你没看到，你的人将我的念力兵器弄脏了吗？你可知道这是二阶极品念力兵器，价值60亿黑龙币？你把这家餐厅给卖了，也赔不起我的念力兵器。”

餐厅经理达到了恒星级，听了韦林的话，脸色有些难看。

“先生，抱歉。”

餐厅经理转过头来，目光扫过众服务员，冷冷地道：“谁，谁弄脏了客人的兵器？”

那名女服务员惊恐万分。

在她的家乡，恒星级强者就是魔王一般的人物，无可匹敌。而在这强者遍地的虬龙星，餐厅经理就是恒星级强者。

“是她！”韦林指着那名女服务员。

“先生，既然是她闯的祸，那她就要承担一切罪责，你可以将她带走，任意处置。”餐厅经理看着韦林，讨好地笑道，“今天先生在这里的一切消费全免。”

“刚才是谁插手的？”韦林扫了周围的客人一眼，“是哪位精神念师？怎么，有胆子英雄救美，现在没胆子承认了？杂碎，给我出来！给我出来！”

作为虬龙星的本地居民，韦林具有安全保障。要知道，连宇宙级强者也不敢在虬龙星杀本地居民，这是本地居民的特权，所以韦林才这般肆无忌惮。

“到底是谁？”韦林大声吼道。

“吵死了，你吼什么！”一道淡漠的声音响起。

韦林猛地循声看去。

说话的正是悠闲端坐着，身后站着两名流银护卫的黑发年轻人。

餐厅中死一般寂静。

“你是谁？”韦林看着罗峰问道。

罗峰却懒得理韦林，心想：“你这浑蛋，背景再大，又有屁用！回头我就离开这里，回地球了。地球的坐标可是被老师用空间秘法掩盖了，连不朽级强者都很难破解这秘法。我回到地球后，你就算是黑龙山帝国的太子，也拿我没办法。”

“哈哈，兄弟，刚才我说你看上那姑娘了，你还不承认，这下不是为她出头了吗？”旁边的高升·威帝笑了起来。

“没有，我只是看不得有人胡作非为。”罗峰淡淡一笑。

韦林见两人都不看自己一眼，反而聊了起来，不由得更加恼怒。

餐厅经理也左右为难。

一般的星球上，恒星级强者就是无敌了。可是，在这鱼龙混杂的虬龙星，他得小心翼翼行事。

韦林用的是价值60亿黑龙币的念力兵器，另外一边的罗峰和高升·威帝，身后有流银护卫和保镖，哪边都不好惹啊！

“我说兄弟，你有必要跟一个连行星级都没达到的小姑娘计较吗？丢面子啊！”高升对韦林说道。

“你又是谁？”韦林看向高升·威帝。

“高升·威帝！”高升朗声说道。

“威帝？”韦林眉头微微一皱，转头看向罗峰，“你呢？你还没告诉我，你的身份。”

“区区精神念师罢了。”罗峰摆摆手。

“呼！呼！”两道金色流光在周围疾速飞行。

看到这一幕，餐厅经理一头冷汗。

“两件念力兵器？！”

餐厅二楼的客人们则眼睛一亮。

对他们而言，虬龙星比帝都星还要繁华，此次果真是大开眼界啊！

“嗯？”韦林瞳孔一缩。

他一眼就看出这两件念力兵器都不比他的差。

“难道对方来自传说中的威帝家族？”

韦林没有说什么场面话，转头就走了。

其他两个学员跟着他一起离开了。

“哈哈！有趣！有趣！”高升·威帝大笑一声，“没想到，第一次来虬龙星就遇到这事，啧啧……”

“刚才若是我出手，是不是会给你带来麻烦？”

罗峰有些不好意思，此次若是打起来，自己之后可以回地球，高升·威帝之前可是说要在这里待几年的。

“没事，一个小兔崽子而已。”高升·威帝轻蔑一笑，“在虬龙星，还没有我惹不起的人！”

罗峰哑然失笑。

罗峰不知道的是，高升·威帝能得到一颗星球作为成年礼，这种待遇是何等惊人！高升·威帝的家族是多么强大！

“经理。”高升·威帝大声唤道。

“先生。”餐厅经理连忙走上前，恭敬行礼。

他刚才可是听到高升·威帝说自己在虬龙星还没有惹不起的人。要知道，就连银蓝帝国的皇帝也不敢说这话，说话人除非是黑龙山帝国帝都来的，或者有更大的来头。

“那个女服务员回头跟我走。”高升·威帝说道。

“好的，先生。”餐厅经理微微一笑，又道，“这是她的荣幸。”

高升·威帝点点头。

餐厅经理当即下楼去了。

罗峰看着高升·威帝，笑道：“你看上那个女服务员了？”

“不是。”高升·威帝的胖脸上满是笑容，“经过这事，这个餐厅肯定不敢继续留下那个女服务员，回头十有八九会将女服务员卖到奴隶市场，到时候，她的命运注定无比悲惨。我这个人就是看不得美丽的女人遭罪，反正我在虬龙星要待几年，需要一些仆人，就顺手收下这个女服务员。对了，你若是喜欢，你可以把她带走。”

罗峰笑笑。

“我心中只有妻儿，别无他想。而且我四处流浪，她还是跟着你比较好。”

“四处流浪？你是试炼还是到处闯荡？呃，算我没问。对了，吃完饭，我们去一趟奴隶市场吧！”高升·威帝提议道。

“奴隶市场？”罗峰点点头，“行！”

第280章

奴隶市场

两个行星级青年、四个恒星级保镖和两名流银护卫，还有一个梦贝族女仆，这就是罗峰他们的小队成员。

“达到恒星级，虽然算得上是一方高手，但是只有修为达到宇宙级，才堪称超级强者，即一个星系的霸主！”罗峰边走边想，“当我的金角巨兽达到宇宙级，那才算是有足够的底气，可是金角巨兽需要不断地吞噬金属，而金属是需要花大量金钱去购买的。”

“要不，将弧刀盘卖掉？”罗峰思考着。

自己有遁天梭和弧刀盘这两样宝物，平常战斗的时候，只要一件念力兵器即可。更何况，自己还有大杀器——赤混铜母残片。

“卖不卖弧刀盘？”罗峰心中挣扎。

“罗峰，前面有一家奇宝店，奇宝店中可是有各种各样的宝物，什么稀奇古怪的宝物都有，不过都很贵，我们先去瞧瞧吧，这里距离奴隶市场反正也不远了。”高升·威帝笑着喊道。

“奇宝店？”

罗峰很好奇，当即和高升·威帝一道步入奇宝店。

这奇宝店占地极广，堪比地球上的大型广场。店内划分了各种区域，有卖作战服、驯兽、念力兵器、奇异果实、机器人等场所，而且每样宝物都有模拟的投影图，样样奇贵无比。

“这奇宝店中的宝物虽然没有一些念力兵器专卖店、机器人专卖店的齐全。但是它的厉害之处就在于宝物繁杂。”高升·威帝赞叹道，“罗峰兄弟，你先看看，我也好好看看。”

罗峰点点头。

他先浏览那一件件商品的模拟投影，再看看那价格……

太贵了！

“摩云藤种子也有？还有紫晶果实，这也太神奇了！”罗峰表面平静，心中情绪翻涌。

这店铺内竟然有如此珍奇的宝物！

“这是……”罗峰忽然看到一小块金属，和记忆中修炼本尊天地急需的一种金属一模一样，“就是它！”

修炼本尊天地第一层所需要的最重要的金属就是这种！

“这金属的价格不菲，1克要200黑龙币？！”罗峰瞪大了眼睛，“这金属竟然是以克为单位的？！”

“金角巨兽体形极大，吞噬起金属来，可是以吨为单位的。”罗峰心中生出一种无力感。

“这种金属1克就要耗费200黑龙币，1吨就要耗费2亿黑龙币？”罗峰心中暗自思忖，“金角巨兽修炼本尊天地第一层功法，每天要吞噬1吨左右的金属，一年下来……”

罗峰的脑海中飘过一连串天文数字。

难怪一代代金角巨兽大多只能练完本尊天地第一层。

“罗峰兄弟，你看什么呢？”高升·威帝走过来，低头一看，“记忆属性的金属？！这种金属的确是好东西，即便受损也能自动恢复。”

记忆金属有不少种类，都是按克计算的，价格极其昂贵。

“我先出去吹吹风。”罗峰心中很无奈。

茫茫宇宙中，宝物很多。增强实力的，增强灵魂的，样样都有。不怕没宝物，就怕你没钱买。如果有足够的财富，买下一颗星球也是轻而易举的。

“我也不看了，没钱买，扫兴！走，咱们去奴隶市场！”高升·威帝道。

奴隶市场占地面积极广，如果是在地球上，那绝对够上大城市的规模了。可是在虬龙星，这只是虬龙城的一小部分。

奴隶市场内人山人海，这是周围上百个星系中最大的一个奴隶市场。

“铁罗人都很强壮，虽然不懂修炼，愚蠢了一点，但是每个铁罗人都堪比学徒九阶武者，只需要耗费20黑龙币，就能买下一个铁罗人。”奴隶市场外，一些人正在拉客人，热情地介绍着。

罗峰有些无语。

学徒九阶武者不就相当于地球上的高等战神吗？

20黑龙币就能买下一个学徒九阶武者，若是花费1亿黑龙币，不就能买下500万个高等战神吗？

“修为在行星级以下的，不能成为公民，所以价格都很低。”高升·威帝边走边说，“修为在行星级以下的，除非有特殊之处，否则一般只需10黑龙币。”

“嗯？”罗峰感应到另外一个广场上传来强者的气息。

只见一些行星级六阶乃至八阶的武者，以及精神念师站在广场上。此外，还有极少数行星级三阶、四阶的武者。其中不少人的气息丝毫不比洪、雷神的弱。

“什么？那个行星级八阶武者只值2万黑龙币？那个行星级九阶精神念师只值10万黑龙币？”罗峰看着一个个标价，惊叹不已。

10万黑龙币就能买下一个行星级九阶精神念师？！

要知道，在地球上，行星级九阶精神念师近乎无敌！

一旁的高升·威帝不以为意，道：“修为只达到行星级的，最多当当仆人，没有多大用途。在宇宙中，修为达到恒星级，才能算得上是保镖和随从的最佳级别。不过，修为在行星级以下的，价值10黑龙币；修为达到行星级的，价值1万黑龙币；而修为达到恒星级的，价值1亿黑龙币。”

在高升·威帝的带领下，罗峰他们很快就来到了一个更加空旷的广场，那里站着18名武者和精神念师，分别是恒星级一阶、二阶、三阶……九阶的武者和精神念师，每个都有标价。

18个恒星级奴隶都主动释放出了自己的气息，展示出了自己的强大。特别是其中的一些恒星级八阶乃至九阶武者，那可是比当年的金角巨兽都强大得多。这群人聚集在一起，散发出的气息令罗峰感到畏惧。

“好强！”旁边的高升·威帝嘀咕道，“让我都忍不住颤抖！”

“的确很强！”罗峰屏气凝神。

等级跨越是生命层次的一种跃升，越往后，这种层次跃升的幅度就越夸张。如果说行星级一阶比学徒九阶强好几倍，那么恒星级一阶比行星级九阶要强十数倍，宇宙级一阶比恒星级九阶要强数十倍。此外，越往后，这种级别之间的差距就越大。

当初洪和雷神分别已经达到行星级七阶和八阶，都是领域强者，而且都燃烧了灵魂，一开始却连金角巨兽的鳞甲都无法破开，还是洪最后发威才破开了鳞甲。原因有二：一是金角巨兽的实力太强，二是恒星级和行星级的实力差距太大。

这18个恒星级奴隶的气息都比罗峰强多了。

“恒星级一阶武者真便宜，才价值100万黑龙币，恒星级四阶武者才价值2000万黑龙币。不过，恒星级七阶武者比较贵，价值5亿黑龙币，恒星级八阶武者价值20亿黑龙币，恒星级九阶武者价值50亿黑龙币。”

罗峰看着这些标价，唏嘘不已。

至于精神念师的标价，则是同层次武者的三倍。

“这价格还算实在。”高升·威帝评价了一句。

“两位先生，看到这些恒星级奴隶，你们可有打算？”一位负责人跑过来，显然是看到罗峰和高升·威帝的保镖实力不凡，就猜出他们是潜在的大客户。

“恒星级的奴隶，我已经有了。”高升·威帝看向那位负责人，笑着说道，“听说上次虬龙星有宇宙级的奴隶卖？”

罗峰闻言，吓了一跳。

宇宙级奴隶？！

一个星系发展正常的话，才出一个宇宙级强者。

关于奴隶的信息，罗峰都是从巴巴塔那里得知的，奴隶们的脑袋中都被植入了生物芯片，而后生物芯片和大脑融合，一旦植入无法剥离，完全忠于主人。要毁掉芯片，就必须毁掉脑袋，而人类强者的灵魂在脑袋的识海之中，所以，脑袋被毁，必死无疑，除非成为域主。

域主级强者的灵魂已经脱离脑袋。即便脑袋中的芯片被毁，也不会死。

所以，理论上来说，在植入生物芯片的情况下，最强的为宇宙级九阶奴隶。当然，如果运用陨墨星秘法魂印之术，那可是连不朽级强者都能控制的。不过，那种秘法是绝对不外传的顶级秘法。

"先生，如果你想买，我们老板也是能安排的。"负责人笑眯眯地道。

"我就问问，我可买不起。"高升·威帝无奈地一笑。

"宇宙级奴隶的确很贵！没办法，活捉宇宙级强者本来就很难，要在其脑袋中植入芯片，更是难上加难。一个宇宙级奴隶的售价是以万亿黑龙币为单位的，比一颗星球都要贵。"负责人摇摇头，"依我看，有那个钱，还不如多买一些恒星级九阶奴隶回去，说不定运气好，其中有一个奴隶的修为能够突破到宇宙级。到时候转手一卖，不就发财了？"

"你糊弄我呢！"高升·威帝瞪了他一眼，"恒星级九阶突破到宇宙级极难，数万个中有一个就算不错了。"

"嘿嘿，我也就是这么一说。"负责人讪讪一笑。

罗峰却有些心动。

恒星级八九阶奴隶比现在自己地球人的分身强千倍啊！恐怕连恒星级四阶金角巨兽拼命反抗，都不一定是对手。

"唉！就是太贵了！"罗峰皱眉，"金角巨兽变强需要钱，修炼本尊天地也要钱，想要成为地球领主还是需要钱。"

罗峰一咬牙，当即做了决定："弧刀盘反正我用得不多，而且我有赤混铜母残片，干脆卖了弧刀盘，到时候，修炼本尊天地和买奴隶需要的钱都有了。"

第281章

心中冰凉

拥有弧刀盘，对自己如今的实力没什么影响，一旦卖掉，那么对自己的帮助就大了。

“看，那边也有梦贝族的人。”高升·威帝眼睛一亮，指着远处喊道，“莎莎，那些人和你都是一个族群吧！”

罗峰顺着高升·威帝指的方向看去，只见一个个美丽妖娆的碧发少女站在那里。一旁还有一群碧发男子，个个英武帅气。

那群梦贝族奴隶看到莎莎，有人叽里呱啦说出了一连串话。

高升·威帝身后的女仆莎莎眼眶红了，当即回复了一串话。

“怎么，你们认识？”高升·威帝惊诧地道。

梦贝族奴隶在奴隶市场算是比较有名气的，梦贝族的人口是以亿万计数的。没想到，高升·威帝在餐厅收下的这个女仆跟那群梦贝族奴隶认识。

“认识，认识的。”莎莎连忙说道，“主人，他们跟我来自同一个家乡，都是被领主抓住，卖给奴隶贩子的。”

“领主？”旁边的罗峰眉头一皱。

“嗯！” 莎莎恨恨地道，“我们的家乡是一颗美丽的星球，领主是我们那里的强者，统领整颗星球。他手下有两大魔王，都是恒星级强者。在我们家乡，恒星级强者已经无敌了。普通族人中，只有极少数达到了行星级，根本不是魔王的对手。”

“两大魔王带领军队，抓走成年的少女和少年，然后直接卖给奴隶商人。”莎莎流着泪，“星球中，大量族人繁衍，然后被卖掉，这就是我们的宿命，无法改变。”

听到这番话，罗峰心中十分气愤。

天哪！宇宙中竟然有专门的星球来养奴隶？！

“贩卖奴隶是暴利行业。”旁边的高升·威帝摇摇头，道，“一颗星球的人口达百亿，几十年就能繁衍出大量人口。卖掉数亿人，那就是巨额财富。不过，这都是伤天害理的事情，一旦某个族群诞生超级强者，领主就完蛋了，所以领主一般只会对一些弱小族群这么做，而且敢这么做的，都是有强大背景的星球领主。”

“人类有无数族群，而一些族群的人成年后都很弱小，很难诞生行星级强者。这样的族群被当成奴隶族群，是很正常的。”高升·威帝说道。

这些领主太残忍了！

“如果，如果地球被发现……”罗峰身体不禁颤抖。

地球人的实力太弱了！就连达到行星级一阶都很难。若是被宇宙中的一些强大势力发现，地球人也会被当成奴隶族群，繁衍出一代代的人，然后被卖去当奴隶，就像梦贝族那样。

“不，不！”罗峰心中呐喊着。

愤怒！

不甘！

他绝不允许这样的事情发生。

来到虬龙星后，看到能够轻易杀了自己的恒星级强者只是餐厅的经理，只是保镖，他就明白巴巴塔让自己装成大家族子弟的原因了。

原来宇宙间这般残酷！

“可是，我根本不是什么大家族子弟。我倒是陨墨星的传人，可陨墨星已经覆灭。我只是实力弱小的地球人，只有靠伪装才能在虬龙星上获得一丝尊重，否则谁会瞧得起一个从土著星球来的行星级小人物？”

罗峰看看眼前的奴仆莎莎，又看看那群梦贝族奴隶。女奴隶的实力较弱，而男奴隶中有不少人都已经达到了行星级。显然，梦贝族的实力比地球人还要强得多。

“我绝对不会让地球人步梦贝族的后尘！绝不！”罗峰在心中默默地道。

看到梦贝族的下场，罗峰的斗志完全被激起来了。在这浩瀚无垠的宇宙中，人类的族群万千，强大的族群如蛮卡星人，成年就是域主，而弱小者都要比地球人强。地球人的实力算是排在下游的，成年人的实力大多达不到学徒一阶，实在是太弱了。

蛮卡星人为什么这么强？那是因为他们的先辈们很努力，改善了后代的基因！

任何一个族群想要崛起，必须有英雄站起来，必须有开路的先驱！

“既然没有先辈强者，那么，就由我来开辟出一条路吧！无法靠别人，那就只能靠自己！”

罗峰一行人慢慢走着，看到一群群奴隶。不少是整个族群一起卖的，要成千上万个都有。

看到这一幕幕，罗峰心中更加愤恨。

如果有一天，地球人被成千上万地贩卖，其中还有自己的同胞，甚至有自己的亲人，那绝对是噩梦！

“高升兄弟，我还有事情要办，咱们就在这里分开吧！”

奴隶市场出口处，罗峰和高升·威帝告别。

“行！罗峰，有事的话，通过虚拟宇宙网络联系我。这几年，我会待在虬龙星。”高升·威帝热情地道。

“一定。”

当即，两人分开了。

目送罗峰和两个流银护卫离去，高升·威帝低声喃喃：“我到底是参加门派试炼，还是大家族的独立考验？”

随即，他摇摇头，带着保镖离开了。

他怎么都没想到，罗峰这个看似有强大背景的年轻人，实际上只是一颗土著星球的强者，虽然是那颗土著星球的强者，但是修为也只达到行星级而已。

“现在必须尽快增强我的实力，从而增强整个地球的实力。”罗峰行走在虬龙城的街道上，暗自思忖着。

增强实力有两个办法：第一是增强自身的实力；第二是增强其本体金角巨兽的实力。

“金角巨兽才是最强战斗力！”罗峰暗想，“不过，要让金角巨兽在一两年内达到宇宙级，需要大量黑龙币来购买金属，如此一来，就算卖掉弧刀盘也不够。那么，只有一个办法了，那就是让我自身的修为尽快达到恒星级，然后，去宇宙星河银行取出老师留下的第一个账户中的钱。用这个账户中的钱购买大量金属，让金角巨兽迅速达到宇宙级。”

罗峰很快给自己定下了计划。

陨墨星主人极其强大，财力雄厚，比虬龙星域主强得多。罗峰相信，陨墨星主人留在第一个账户中的金额应该不会让自己失望。

“巴巴塔，我要卖弧刀盘，去哪里卖最好？”罗峰问道。

“你真的要卖？”巴巴塔忍不住道。

“对！”罗峰无比坚定。

若非罗峰还拥有不朽强者尸身、赤混铜母残片、永恒之恋等宝物，此刻将弧刀盘卖掉，无异于找死。

“你真的要卖的话，那就去之前的奇宝店。”巴巴塔说道。

“奇宝店？！”罗峰一怔。

“嗯！奇宝店的货源赶不上那些念力兵器专卖店，给你的价格会高一点。”巴巴塔说道。

罗峰连忙赶往奇宝店。

片刻后——

“咦，是之前那位客人！他回来了，应该是要购买宝物。”店内的服务员看到罗峰，连忙热情地迎上去。

“尊敬的先生，我有什么能为你服务的吗？”服务员笑道。

“我要卖一件念力兵器。”罗峰看着他，淡淡地道。

服务员大吃一惊。

罗峰紧接着说道：“是三阶的！”

“请，请稍等。”服务员的声音有些发颤。

念力兵器本来就是奢侈品，等级越高，价格越昂贵。三阶念力兵器中，等级最低的也价值数十亿黑龙币，而极品价值更是达数千亿黑龙币。

“先生，请到里面谈。”

很快，服务员跑出来，将罗峰带到里面的一个会客室。

会客室内。

原本坐着的老者看到罗峰，当即站了起来。

老者脸上有着红蓝两种斑纹，身高两米六，他略微躬身，道：“尊敬的客人，听说你要卖三阶念力兵器？”

这是一个恒星级六阶的强者，在普通的星球上绝对是无敌强者。

“是的。”罗峰微微点头。

“不知道是什么念力兵器？”老者追问道。

罗峰手一翻，手中出现了弧刀盘。

老者眼睛一亮。

“这是弧刀盘，在黑龙山帝国境内，一般的念力兵器专卖店的弧刀盘的标价是210亿黑龙币。”罗峰说道。

兵器贩卖一直是暴利行业，一旦研制出一种成熟的念力兵器，是很容易遭到仿制的。当然，一般的三阶念力兵器比较难仿制，界主级强者勉强能够仿制出来，有的甚至需要不朽级强者去仿制。遁天梭是呼延博所创，弧刀盘却并非他所创。遁天梭在宇宙中比较少见，弧刀盘却属于比较常见的三阶念力兵器，至于它的使用方法，这家奇宝店肯定是知道的。

“嘀！”一道绿光笼罩了弧刀盘。

“嗯，是标准的弧刀盘，用料也不错，而且完好无损。”老者笑着看向罗峰，“我可以给你160亿黑龙币的收购价。”

“180亿黑龙币！一点也不能少！”罗峰摇摇头。

这个价格是巴巴塔告诉他的。

“180亿黑龙币？这……”老者看了看罗峰，思忖起来。

这青年对他们这一行的利润挺了解的啊！

在老者看来，接受这个价格，买下弧刀盘，不亏。首先，念力兵器进货有难度，需要花一些时间等货，念力兵器毕竟只有界主级及以上强者才能仿制；其次，如果正常进货，得花费超过180亿黑龙币才能弄到一件弧刀盘。

“成交！”老者看着罗峰。

罗峰终于露出一丝笑容，道：“拟定合同吧！”

第282章

离开之前的采购

双方拟定合同。

因为罗峰没有银行卡，所以经罗峰特别要求，在宇宙星河银行办理了一张新的银行卡，而后双方交易完毕。

弧刀盘归奇宝店，而180亿黑龙币巨款归罗峰！

“这银行卡真是奇特，竟然融合了精神印记，必须原主人才能使用，别人即便拿到银行卡，也无法使用。”罗峰赞叹不已。

这是非常安全的，比任何密码都要安全，毕竟每个人的精神印记不一样。

宇宙星河银行是遍布宇宙的超级银行！在黑龙山帝国，宇宙星河银行只接待存款超过1亿黑龙币的客户，资产低于这个数额的，根本无法办理。

“180亿黑龙币，这算是巨款了！即便像高升·威帝此等大家族子弟，还有在那个餐厅碰到的韦林，恐怕也无法拿出这么多黑龙币吧！”

罗峰的意念感觉到空间戒指中多了180亿黑龙币，有些激动。

“罗峰，你激动什么！一块赤混铜母残片就昂贵无比，由无数赤混铜母打造的陨墨星号更珍贵，连不朽强者都眼馋。那才是真正的巨款！”巴巴塔没好气地道。

“再珍贵也不敢拿出来，有什么用！”罗峰顶了回去。

巴巴塔顿时哑口无言了。

的确！陨墨星号飞船很珍贵，恐怕连整个黑龙山帝国都会不惜一切代价来拼命抢夺。

但是，罗峰哪里敢拿出来啊！即便他成了宇宙级强者，甚至成了域主级强者，都不敢拿出来吧！

罗峰和那名老者一同从宇宙星河银行回到奇宝店。

“现在既然没有足够的钱，那就让我的本体金角巨兽在短时间内达到宇宙级来增强实力，这样一来，我就必须迅速增强肉身的实力。”

罗峰心里很清楚，在茫茫宇宙中，巨额财富就代表了强大的实力。老师给自己留的第一个银行账户，自己必须尽快弄到手，所以，必须尽快增强肉身的实力。如此，灵魂才能提升。毕竟金角巨兽的灵魂达到了恒星级四阶，增强其肉身的实力是没有任何门槛的。

“罗峰，木伢晶具有生命力量，对人的灵魂、肉身都有提升作用，而且无任何副作用，所以木伢晶能让高等战神蜕变成为行星级一阶强者，也能让怪兽发生蜕变。”巴巴塔缓缓说道，“当然，你现在不需要同时强化肉身和灵魂，你只需要强化肉身。”

目前，罗峰的肉身是实力受限制的主要原因。

“想要强化肉身，以你现在拥有的黑龙币，最好的方法就是购买碧波髓。”巴巴塔解释，“你的修为处于行星级阶段，使用碧波髓这种宝物效果非常好。”

修为在不同的阶段，宝物的效用不一样。就像草木之灵能令战神的实力飙升，一些奇特的草木之灵甚至能治疗行星级强者的伤。但是，草木之灵是无法增强行星级强者的实力的，这时候就需要更好的宝物。

“罗峰先生，”奇宝店的老者微微一笑，“这是我们奇宝店的会员卡，可以享受9.8折优惠。我们奇宝店是不会轻易给出会员卡的。”

“我明白。”罗峰淡淡一笑。

罗峰得了180亿黑龙币，老者此举显然是希望罗峰在他们这里消费。

“你们这里有碧波髓吗？”罗峰问道。

他可懒得去看其他宝物。他必须最大程度地合理利用180亿黑龙币，从而提高自身的实力，绝对不能浪费，买一些没用的东西。

“有！”这恒星级六阶老者当即应道，亲自为罗峰服务。

他将罗峰带到奇宝店的一处，那里有一道模拟投影，正是碧波髓的投影。碧波髓是一种隐隐泛着点点光芒的液体，旁边有标价。

“碧波髓1克价值9000黑龙币！”罗峰微微点头，“我需要30千克！”

“30千克？”老者点头微笑。

此刻奇宝店内的一些客人都看向罗峰。

碧波髓可是很贵的，罗峰竟然一下子买了30千克。

“算上折扣后，是2.646亿黑龙币。”老者笑着问道，“不知道罗峰先生还需要什么？”

“其他的暂时就不用了。”罗峰看都不看其他宝物一眼。

老者心中有些失望，随即还是迅速办理了业务，从后面的秘密仓库中调出30千克碧波髓。也就虬龙星这种核心星球上的店铺才能一下子拿出这么多存货，其他小一点的星球根本拿不出。

“这是碧波髓，先生请收好。”

老者将一个透明的漂亮小玻璃瓶递过来，里面荡漾着泛着点点奇异光芒的类似于水银的液体。

可别小看这么一小瓶液体，不知道有多少人为了搜集这一小瓶液体而丧命。这一小瓶液体珍贵得很，价值极高，可以买超过1000万个高等战神了。

“嗯。”罗峰接过瓶子。

“唰！”瓶子消失了。

这令旁边看热闹的其他客人惊叹不已。

显然，这青年拥有空间戒指啊！

“我有了30千克碧波髓，就能在短时间内，使肉身达到行星级七阶，精神念力达到恒星级一阶。到时候，就能得到老师留给我的第一个银行账户了。”罗峰无比期待，“剩余的碧波髓还能帮到洪和雷神。”

30千克碧波髓足够了。

“先生慢走，欢迎下次光临。”老者笑道，目送罗峰离去。

而后，罗峰又来到了离奇宝店不远的奴隶市场。

奴隶市场中依旧人山人海。

倾国倾城的女奴隶只需数千黑龙币就能买到，学徒九阶武者仅仅一二十黑龙币就能买到。随处都能看到一些来这里的游客，一出手就买下几个奴隶。

“我的实力增强需要时间，而且以后许多事情都要人手，我还会经常离开地球，家里也得有仆人。”罗峰当即决定买一些奴隶回去。

很快，罗峰来到一个实力颇强的奴隶商人的商城中。

商城内。

“尊敬的先生，你需要什么样的奴隶？无论是美丽的，还是实力强大的，我们这里应有尽有。”一个极其消瘦的负责人一眼就认定罗峰是有实力的买家。

“嗯，我需要修为达到恒星级的奴隶。”罗峰说道。

“好的！”负责人很开心，连连笑道，“请到这边来，我们有大量奴隶的模拟投影，先生，你想选谁就选谁，价格绝对公道，买得多的话，还有折扣。”

恒星级奴隶的价格很贵，罗峰要买恒星级奴隶，这个负责人当然开心得很。

宽敞的会客室中。

罗峰面前出现了模拟投影，大量奴隶的模样、身高、实力、族群等详细信息都出现了，其中包括价格。

“恒星级五阶武者价值8000万黑龙币，恒星级七阶武者价值5亿黑龙币，恒星级八阶武者价值20亿黑龙币，恒星级九阶武者价值50亿黑龙币，精神念师的价格是同层次武者的3倍。”罗峰浏览着价格。

这些都是正常价格，除非是特殊的奴隶，价格才会略有差别。比如恒星级九阶精神念师，同时是九阶武者，价格自然要高一些。

“恒星级五阶精神念师，3个！”罗峰指着模拟投影，“就要这黑蒙族的。”

“好的。”负责人开心地记下。

每个黑蒙族奴隶价值2.4亿黑龙币，一共是7.2亿黑龙币。

这可是一笔大生意啊！

他果真没看错，这年轻人是个大客户！

“黑蒙族的恒星级七阶精神念师，3个！”罗峰继续说道。

黑蒙族的人身体强悍，而且常出精神念师。按照巴巴塔的说法，黑蒙族奴隶算得上是奴隶中实力很强的。

“恒星级七阶精神念师？！”负责人大吃一惊，看着罗峰，“还要3个？”

每个恒星级七阶精神念师可是价值15亿黑龙币，3个就是价值45亿黑龙币。就算是虬龙星上的大家族，也得是重要人物才能随手拿出这么多黑龙币，而一般的家族子弟很少有这么多黑龙币的。

“记下了吗？”罗峰淡淡地道。

“记下了，记下了。”负责人激动万分。

这一笔生意成了，他的奖金就有不少了。

“嗯。”罗峰微微点头，“你能给我多大折扣？”

“9.5折！这绝对是最大的折扣。”负责人笑着说道。

“好吧，你再附送给我10个恒星级一阶的，武者、精神念师各5个。再来1000个行星级九阶精神念师。”罗峰说道。

“先生，”负责人顿时瞪大眼睛，“送不了这么多。你，你这简直是要我的命啊！”

10个恒星级一阶武者和精神念师，价值2000万黑龙币，1000个行星级九阶精神念师价值1亿黑龙币啊！

“一口价。”罗峰看着负责人，“50亿黑龙币，加上我说的那些。”

负责人听了，额头和鼻子上都有汗珠渗出，脑中则在计算着。

“行！”负责人一咬牙。

若是做成这笔生意，即便大头都给高层了，他这个负责人依旧能分得一大笔钱。

“那好。”罗峰点点头，“黑蒙族的恒星级五阶和七阶精神念师各3个，外加5个恒星级一阶武者和5个恒星级一阶精神念师，再来1000个行星级九阶精神念师。至于族群，就在我选定的13个中随便选。”

“没问题。”负责人连连点头。

“我先预付1亿黑龙币当定金，回头我会通知你们将奴隶送到星球停泊港。

到时候，我们在那里结算尾款。”罗峰说道。

“那是当然。”负责人笑容满面。

超过1000个奴隶，大多都是在星球停泊港交易的。

罗峰微微点头。

此次他购买的奴隶总共有1000多人，地球上的一艘航空母舰都能容纳数千人，而X81型飞船分为上中下三层，船身长100米，如果挤一挤，一层就能放下上千号人。

“去乾巫道场报完名后，就带奴隶们离开虬龙星。”罗峰心中暗道。

离开奴隶市场后，罗峰迅速奔向虬龙城的最后一站——乾巫道场。

“巴巴塔硬是让我在乾巫道场报名，也不知是何缘故。”罗峰站在一座巨大城池的城门前，暗自想着。

这是一座城中之城，虬龙星的乾巫道场是周围近百个星系中规模最大、层次最高的。这里聚集了大量学员，整个乾巫道场直径达280公里，可以想象有多么宏伟。

“金叶子？”罗峰抬头看着乾巫道场的正门。

巨大的正门上写着四个宇宙通用语大字：乾巫道场。这四个大字的周围有一片片金色叶子当装饰。

第283章

乾巫道场

正门口，进进出出的乾巫道场学员非常多，没有人看守，罗峰就这么跟着其他学员一起进入其中。

“好多人！”

“好大！”

罗峰一眼就看到远处的超大广场上，数万名学员在一对一进行切磋。数万名学员集体训练，给人强烈的视觉冲击，而且学员中没有一个学员的修为低于行星级。

“乾巫道场不愧是周围上百个星系中最好的道场。”罗峰暗赞。

在来之前，巴巴塔就详细告诉过罗峰有关乾巫道场的信息。

这是乾巫宇宙国的一个武者精神念师学校，里面有大量武者、精神念师。此外，在乾巫宇宙国整个大星区的上亿个星系的浩瀚疆域内，是禁止任何武馆和道场传播教学的。乾巫宇宙国境内只有一个乾巫道场。

如果其他人专门跑去某个域主级或者界主级强者自己的星球上拜师，乾巫宇宙国当然不会管，但是，域主级、界主级，乃至不朽级强者都被严令禁止在诸多星球上建造武馆，收纳弟子。

“这个乾巫道场竟然有3个乾巫者！”罗峰看着对着正门的3座雕像，惊叹不已。

那是3个人类强者！

3座雕像都穿着深紫色战袍，他们的袖子上都绣着一片金叶子。

一叶乾巫者？！

“1颗星球上的乾巫道场就有3个宇宙级强者老师，想必黑龙山帝国帝都的乾巫道场的师资更强吧！如果将乾巫宇宙国上亿星系的乾巫道场加起来……”罗峰忍不住惊叹，“这乾巫道场的实力真是可怕。”

乾巫道场的学员也是分级别的：

行星级武者，乃普通学员。

恒星级武者，乃精英学员，且有资格被聘请为教员。一些普通星球的乾巫道场就是由教员管理的。

宇宙级武者，便踏入了尊贵的乾巫者行列，为一叶乾巫者！

域主级武者，乃二叶乾巫者！

界主级武者，乃三叶乾巫者！

在乾巫道场，能够得到“乾巫者”称号，能够在袖子上绣上一片金叶子，那就是无上的荣耀了。

“你老师最大的毛病就是太独断，这是你老师生前承认过的，如果他能够放下姿态，加入一些大势力，比如乾巫宇宙国，他绝对能够在乾巫宇宙国的不朽强者团体中身居高位，那样一来，当初那个凶手也不敢直接杀了他。

“你老师死前留下遗言：没有足够的实力，还是混团体比较好。俗话说得好，一个好汉三个帮。况且，你现在可是在乾巫宇宙国的地盘，若是加入乾巫道场，以后做很多事情都很方便，更何况，乾巫道场对乾巫者并没有太大束缚。唉！当初主人就是太独断专行，没什么朋友，也没加入什么团体。”

巴巴塔的声音显得有些遗憾。

罗峰唏嘘不已。

虬龙星，乾巫道场，办公楼。

罗峰敲了敲门。

“进来。”一道苍老的声音响起，随后门自动打开了。

里面坐着一名须发皆白，眉毛垂到腰部的绿皮肤老者。

老者看了过来。

罗峰笑道：“我是来报名的。”

“报名？”老者打量了罗峰一眼。

“嘀！”

旁边的显示屏上顿时出现了一些资料，其中包括罗峰的名字、国籍、实力等。

“罗峰，”老者微微点头，“行星级八阶精神念师，黑龙山帝国国籍。嗯，报名费是800黑龙币，以后每年你需要交纳10黑龙币，才能继续获得我乾巫道场的许多教学服务。”

“明白。”罗峰点点头。

实际上，最大的乾巫道场在虚拟宇宙中。不过，虚拟宇宙也有一些无法避免的缺陷。

“这是1000黑龙币。”罗峰取出一张大面额的纸币，“除了800黑龙币用作报名费，剩下的是20年教学服务的费用。”

“嗯。”老者微微点头，迅速为罗峰办理手续。

乾巫道场是一个吸纳宇宙中无数英才的重要通道，所以，只要修为达到最基本的行星级，那么报名就没有任何门槛，不必测试，不必接受其他任何考验……当然，如果不是乾巫宇宙国的人，就会麻烦一点。

“谢谢。”罗峰微笑离开。

资料已经输入，自此罗峰就有了乾巫道场学员的身份，将来办事情也容易得多。

“虬龙星的乾巫道场！”罗峰走出道场，回头看了一眼，笑了笑，“以后恐怕没什么机会来了。”

他瞥了一眼正在训练的数万名学员，关于修炼，他自己完全可以，压根不在乎乾巫道场里教的秘法。

他有陨墨星一脉的秘法。或许乾巫道场的核心秘法有超过陨墨星一脉的部分，可是，恐怕连乾巫道场内的界主级强者都不一定能够接触到陨墨星一脉的珍贵秘法。

“咦？”道场正门外，一名学员疑惑地看着罗峰离去的背影。

“怎么了，韦林？”其他两人问道。

“刚才那人似乎是我们在餐厅碰到的有2件念力兵器的小子。”韦林微微皱眉。

“你没看错？”其他两人一惊。

“没看错！”说着，韦林脸上露出一丝笑容，“哼！既然是在乾巫道场，那就好办了。回头我安排一下，先摸摸这小子的底。哼！在餐厅的时候，那小子竟然敢给我难堪！”

虬龙城上方，罗峰和诸多行人一样飞行着。

“对！”罗峰正和奴隶商人联系，“马上出发！对，你们等我，我去和你们会合，之后一起去星球停泊港。”

罗峰说完后，手臂上由巴巴塔控制的辅助光脑直接结束了通信。

而后，罗峰拨通了高升·威帝的通信编号。

“是我，罗峰！高升兄弟，我就要离开虬龙星了，不用，不用送，我就出城了。

“嗯，下次，我下次来虬龙星的话，一定去找你。

“行！回头虚拟宇宙见。”

两人通信完毕，罗峰迅速往和奴隶商人约定好的北城区的地点飞去。

北城门，3公里外的一家餐厅，六楼的豪奢包厢内。

“罗峰先生，这位就是我们的主管大人，虬龙星这边的生意都是主管大人负责的。”那个奴隶商人恭敬地介绍道。

包厢内，站着一个身材消瘦，耳朵较长的绿发男子，他身后跟着两名保镖，都穿着黑色制服，高大魁梧。

“罗峰，那两个保镖都是恒星级九阶精神念师，绿发男子是恒星级三阶精神念师。”

听到巴巴塔的提醒，罗峰很淡定。

作为负责虬龙星生意的主管，掌管着那么多奴隶，实力自然不一般。奴隶就相当于黑龙币，奴隶卖掉之前，安排两个高手保护自己，也很正常。

“你好，罗先生，自我介绍一下，我叫兀剌。”绿发男子笑道。

“兀剌先生，很高兴认识你。如果没别的事的话，我们还是立即出发吧！”罗峰直接说道。

“客户的要求，就是给我们的旨意。”兀剌微微欠身，随即笑道，“飞船已经在城外等着了。”

外来的宇宙飞船进入虬龙星，必须进入停泊港。本地居民可以将飞船停在自己的庄园内，这些和虬龙星有着千丝万缕关系的奴隶商人，在虬龙星内停泊了不少飞船、战舰。

一艘大型飞船停在城外。

“罗先生请。”兀剌谦让得很。

而后，兀剌和罗峰一道进入了飞船宽敞的会客大厅中，两人相对而坐，立即有美女送上大量美食。

“不知道罗先生是哪里人？”兀剌好奇地问道。

“抱歉，此事不便相告。”罗峰直接说道。

“哦，是我鲁莽了，还请罗先生别介意。”兀剌连忙道歉。

像这种价值达50亿黑龙币的大单子，他也是偶尔运气好才能遇到。毕竟奴隶商人不少，奴隶市场的竞争是很激烈的。对于罗峰这样出手豪爽的大客户，他当然无比重视。奴隶商人对待奴隶凶残、冷酷，对客户却无比尊敬。

“飞船已经抵达星球停泊港！”飞船内响起一道提示音。

兀剌立即站起身来，道：“罗先生，飞船已经抵达，我们现在就开始交割吧！

“因为是最高认主权限的转移，自此，我们无法再控制这些奴隶，控制权归罗先生，所以可能要稍微花一点时间。”

“嗯。”罗峰应道。

16个恒星级武者和精神念师以及1000个行星级九阶精神念师马上就要成为自己的手下了。

第284章

回银河系

“奴隶们都在地下二层的大厅中。罗先生，请随我来。”兀剌在前面带路。

这艘飞船比罗峰的X81型飞船要大得多。当然，其材质差不少，这艘仅仅是B级飞船。

飞船的地下二层中，有一个长宽都超过百米的宽敞大厅，大厅中站着大量或魁梧，或冷酷，或妖娆的奴隶。如果不说明的话，罗峰根本无法从外表看出他们是奴隶。毕竟实力最弱的都是行星级九阶精神念师，比罗峰都要强，气质岂会差？

“罗先生，请你站在前面。”兀剌说道，“整个过程需要一些时间。”

“行！”

罗峰走到大厅前面，看着一个个站得笔直的奴隶。

1000个行星级九阶奴隶站在一起，16个恒星级奴隶站在一起，这16个恒星级奴隶离罗峰是最近的。

“嘀！”一道奇异的声音响起。

瞬间，所有奴隶的眼睛变得无神。

大厅的角落中，绿发男子正安排手下迅速操纵着仪器，其中有一部仪器正对着罗峰，似乎在收集罗峰的讯息。

时间一分一秒地过去。

渐渐地，奴隶们的眼睛变得有神。

大概过去12分钟。

"主人！"

这上千个奴隶或男或女，此时都微微躬身，发出恭敬的声音。

"罗先生，"兀刺拎着银色箱子走来，满脸笑容，"一切已经搞定，这里面是1016个奴隶的控制终端微型芯片，一个控制终端微型芯片对应一个奴隶，将微型芯片插入辅助光脑，是可以进行操作的。"

"至于操作方法，我在这里面已经附送了带视频讲解的储存卡。"绿发中年人解释道。

罗峰点点头。

关于这些，巴巴塔早就跟他详细讲解过。

"兀刺先生，那我就直接转账了。"罗峰笑道。

他将余款全部转入奴隶商人的账户，双方算是交割完毕了。

"哈哈！"得到余款到账的通知信息，兀刺当即笑了起来，"罗先生，此次和你合作真愉快！这是我的虚拟宇宙网络通信编号，如果你以后还想买奴隶，尽管找我。你若是对奴隶有什么要求，也尽管提，我一定会满足，并给你最大的优惠。"

说完，兀刺递过一张名片。

"一定。"罗峰接过后，转头看向1016个奴隶。

"跟我来。"罗峰说道。

"是！主人！"

3个恒星级七阶精神念师连忙跟在罗峰的身后，后面是另外13个恒星级奴隶，最后是1000个行星级奴隶。

一些奴隶低声议论："认主一次，脑袋疼死了，看样子，我们的新主人很有地位，希望以后有好日子过。"

生物芯片虽然成本很低，但是科技含量非常高。据传，人类族群和机械族群战斗时，得到了一种科技，一旦被植入生物芯片，将会被完全控制。虽然拥有过去的所有记忆，但是内心深处完全忠诚于主人，只要有一丝不敬的念头，就会遭到生物芯片的反制。

浩瀚宇宙中，无数年来，被生物芯片控制的奴隶还没有一个敢反叛主人的。除非奴隶成为域主级强者，否则无法摆脱生物芯片的控制。生物芯片最强的手段就是爆掉奴隶的头颅，而域主级强者即使脑袋被毁，也不会死。

蚯龙星，星球停泊港。

“尊敬的先生，欢迎你以后再来蚯龙星。”一个壮汉恭敬地说道。

此人身高两米八，头上有两根弯角，皮肤是绿色的，穿着灰色制服。

他从罗峰手中拿回停泊卡，目送罗峰一行人浩浩荡荡地进入X81型飞船中。

下一刻，X81型飞船起飞，离开了停泊港。

“呼！”绿皮肤壮汉这才松了一口气，“不到一天，那人就带着一大群高手走了，其中还有3个恒星级七阶精神念师。”

绿皮肤壮汉看了看自己的辅助光脑测试出的实力，惊叹不已。

16个恒星级高手和1000个行星级九阶高手，这些精英绝对能横扫那些普通星球。

蚯龙星，外太空，X81型飞船控制室。

3个恒星级五阶奴隶和3个恒星级七阶奴隶都恭恭敬敬地站在罗峰的身后，而10个恒星级一阶奴隶则暂时去管理那1000个行星级九阶奴隶了，那1000个奴隶居住在X81型飞船的下层和中层。

“飞船已经离开了蚯龙星。”控制台的屏幕上显示出了巴巴塔的头像，“现在正在加速。”

片刻后——

“飞船还有10秒将达到光速，进行宇宙穿梭。

飞船微微震动。

此次震动持续了10秒。

“飞船穿梭成功，已经进入暗宇宙。”

罗峰这才转头看向身后的6个恒星级奴隶，自己购买的1016个奴隶中，最厉害的是这6个，全是黑蒙族的。其他1010个奴隶则分别来自罗峰当初选定的那13

个族群，那13个族群的人的共同点是——身高和长相都接近地球人。

“黑蒙族。”罗峰定定地看着这6人，其中有4个男人和2个女人。

黑蒙族的男人非常帅，女人也非常漂亮，和地球人的长相很相似。区别是，他们的嘴巴张开后，会露出獠牙，眼睛是暗红色的。

“你们叫什么名字？”罗峰问道。

“主人，”其中一个恒星级七阶女奴隶微微一笑，“我的名字翻译成宇宙通用语，是埃博拉·沙德尼恩尼塔斯娜。”

“主人，我的名字叫尾田刺·科德泥森图拉德。”其中一个壮实的男子说道。

“主人，我的名字是……”

六人相继报出自己的名字。

“天哪！”罗峰听了，十分无语。

这黑蒙族的名字还真长！

“从今天起，你们彼此之间聊天用什么称呼我不管。”罗峰直接指着恒星级七阶壮硕男子道，“你叫蒙一，以此类推，其他人分别叫蒙二、蒙三……一直到蒙六。”

罗峰直接给他们换了一个名字。

其中蒙三和蒙六是女性。

“是，主人。”六人当即应命，只是彼此相视时，眼中流露出一丝无奈。

“你们都回舱室休息吧！”罗峰吩咐道。

“是！”六人当即退下。

控制室内只剩下罗峰一人，控制室的大门自动关闭了。

“巴巴塔，连接虚拟宇宙网络。”罗峰用意念吩咐。

虚拟宇宙世界，黑龙山岛。

繁华的街道上人来人往，忽然多出一个人来。

正是罗峰。

罗峰的肩膀上坐着恶魔巴巴塔。

“罗峰先生，发现了你的宇宙星河银行账户，是否绑定？”一道声音出现在罗峰的脑海中。

“绑定。”罗峰说道。

宇宙星河银行账户融入了精神印记。而这虚拟宇宙和他的意识相连，自然也融合了精神印记。

“巴巴塔，按照计划去办吧！”

罗峰随意走进路旁的一家酒吧，要了一杯果汁，就坐在角落的桌子边。

“罗峰，我搜寻了一下，离地球三万光年范围内有大量符合你要求的星球，可以当我们的第二基地。”巴巴塔说道。

“哦？”罗峰眉头微皱。

地球是他的家园，他一定会努力争取成为地球的领主，地球自然是他的第一基地。

不过，陨墨星主人当年进入暗宇宙，用空间秘法掩盖了宇宙中地球周围近千光年的坐标，想要找到被掩藏的坐标，难度极高，不朽级强者中都很少有人能做到。除了能轻易找到被掩盖的坐标的巴巴塔，其他飞船根本无法直接抵达地球，只能够慢慢飞行。

而将来罗峰要购买大量金属和其他物品，如果让对方送货到地球，这根本是不可能的，所以他必须选定第二基地。这第二基地，罗峰将来会将它作为大量金属的接收地，也将是他和宇宙中诸多大人物进行交易的一个重要地点。

“第二基地必须尽量靠近地球，而且价格要便宜。此外，这颗星球上的人口要尽量少，仓库要足够大。”罗峰说道。

他需要一个大仓库。在宇宙中，这种为运输业服务的仓库不少。可是，一些用作仓库的星球不适合种植，也不太适合人类居住。故而，直接建造大仓库的情况也不少。

“罗峰，我在网络上查到一颗星球，条件还算不错。那颗星球名叫白兰星，是银河系中的一颗星球，距离地球1.18万光年。白兰星上常年处于极低温的状态，冷的地方能达到零下120度左右，温度最高的地方大多数时候也在零下10度左右。整颗星球的人口只有21亿，因为气温低，人们几乎都生活在城市中。”

“白兰星的极冷区有一个长98公里、宽61公里的大型仓库基地，正挂牌出售，这个仓库基地的永久产权售价为8亿银蓝币。”巴巴塔说道，“之后，每年仅需交纳星球管理税，即60万银蓝币。”

罗峰眼睛一亮。

长98公里，宽61公里，这仓库基地足够大，不愧是用于星际运输的大仓库。

这种仓库一般是用一些飞船战舰的残骸混合残渣浇灌而成的，虽然体积很大，但是材料不贵，成本绝对达不到1亿银蓝币，贵的是土地。当然，那种极冷区若是建造成人类居住区，成本太大，也没多大用途。

这个仓库基地卖这个价，也不算贵。

“行！巴巴塔，联系白兰星那边的人，谈妥此事。”罗峰直接说道。

此次谈判前后持续了3个多小时。

最终巴巴塔和白兰星的管理层谈妥，以80万黑龙币买下这个仓库基地的永久产权，并且免了500年的管理税。

黑龙币比银蓝币可要值钱多了，普通的星球居民一年都不一定能够赚到一黑龙币。

时间一天天过去。

9天后。

“我们即将抵达白兰星所在的区域，320秒后，飞船开始进行宇宙穿梭。”X81型飞船中，控制台屏幕中的巴巴塔大声喊道。

罗峰露出了笑容。

白兰星和地球很近，距离只有1万多光年，以X81型飞船的飞行速度，只需一天时间，就能在地球和白兰星之间往返一次。

第285章

罗峰未来的住宅

银河系，白兰星。

在银蓝帝国的上百万颗生命星球中，白兰星的生存条件排名倒数。而被下派到这颗星球的管理层，绝对算是银蓝帝国中没什么背景的。

白兰星北部，极冷区。

一个个超大型的仓库基地分散在这片冰冷的大地上，每一个仓库基地都建造得非常漂亮。此刻，其中一个较大的仓库基地前停着一艘银白色飞船。

“司长，那位客人什么时候到？我们都在这里等了半天了。”飞船内有十余人，其中一人不耐烦地说道。

“司长，合同都签了，他也给了黑龙币。迎接这位客人，根本没必要让我们亲自出马，让下面的一些人接待不就成了？我们整个部门全部出动，未免太瞧得起他了吧！”一个端着热饮的中年人慢腾腾地说道。

这群人出行都是乘坐飞船，在白兰星算是地位很高了，这位司长是整个白兰星的几个高层之一。

“你们着什么急！”肥头大耳的司长怒喝一声，随即压低声音道，“你们这群白痴，为了到时候你们不给我惹祸，现在我就跟你们明说了。你们可知道，在虚拟宇宙网络中，我跟这位客人进行签约，虚拟宇宙监督生效，对方的钱是从哪一个银行打过来的？”

“诺特银行？”

“布拉星系银行？”

其他人相继报出银河系一些名气较大的银行。

“蠢货！是宇宙星河银行！”司长低声喝道。

室内顿时一片寂静。

这群原本懒散地喝着热饮的人都惊愕地看着司长。

宇宙星河银行可是为宇宙中的上层人物和强大的武者们服务的，想在宇宙星河银行开户，门槛不低，存款至少得有1亿黑龙币，相当于1000多亿银蓝币。一些普通星球的首富的财产也就1000亿银蓝币，而白兰星的首富的财产不过600多亿银蓝币。

所以，宇宙星河银行一般设在宇宙初等文明国度的帝都星，以及宇宙中等文明国度的重要星球，比如虬龙星上。此外，宇宙中的大量星球上都设有宇宙星河银行分行。

“宇宙星河银行？！”

“老天！”

“真的假的？”

这群人议论纷纷。

要知道，白兰星的首富的财产都没达到在宇宙星河银行开户的门槛。然而，白兰星管理层的不少大人物都得拍那位首富的马屁。行政官员、军队官员再有钱，也比不上一颗星球的首富啊！

“所以你们一个个都给我小心说话！”司长低喝道。

“明白！明白！”

“放心吧，司长，我们一定让客人满意。”

“绝对没问题。”

原本散漫的一群人顿时打起精神。

“嘀！巴特司长，客人已到。通信直接转接过来了！”飞船内响起了一道声音。

“好的。”司长顿时站起来，一本正经。

“白兰星的巴特司长，你好，我是罗峰。”一道年轻的声音响起。

“你好，罗先生！我是巴特，现在正在你买下的仓库基地外。”司长连忙说道，“罗先生，你不用将飞船停在星球停泊港，作为在本星球拥有产业的客人，你可以直接乘坐飞船到仓库基地。”

“好的！我马上到！”

当即，通信结束了。

“快！”司长猛地看向一群手下，“我们赶紧下飞船，去迎接罗先生。”

“是，司长！”

仓库基地外面的空地上。

星球商业司署的18名高层聚齐了，其中包括司长、副司长和16名重要成员。寒冷的天气里，他们穿着厚实的衣服，正翘首以盼。

要知道，这鬼地方的温度差不多是零下90多度。

“来了。”这18人眼睛一亮。

远处，一艘黑色的飞船出现了，几乎瞬间就飞到了仓库基地上空，而后缓缓下降。

“这飞船船身的图案是黑龙，难道是黑龙山帝国生产的宇宙飞船？”

作为白兰星的管理层，面对来自黑龙山帝国的大人物，他们自然表现得谦卑。

“这是黑龙山X系列的飞船！”

“纯黑色！这不正是黑龙山X系列奢侈款飞船的标志吗？”其中一个年轻成员惊呼道，“黑龙山X系列最便宜的飞船价值都超过6亿黑龙币，据说奢侈款飞船的价格更是高达100亿黑龙币。”

这年轻人是一名飞船爱好者，虽然穷，但是挡不住他对各大系列飞船的喜爱。

“100亿黑龙币？！”

“这艘飞船竟然值100亿黑龙币？！”其他成员都震惊了。

司长不由得咽了口唾沫。

天哪！就算是在银蓝帝国最富饶、最繁华的帝都星球，能够乘坐价值100亿黑龙币的飞船的人也寥寥无几，不是豪门子弟，就是一些在黑龙山帝国闯荡的宇宙大商人。此等人物能轻易令白兰星这种落后星球的管理人员下台。

“嘟！”外舱门打开了。

这18人当即站得笔直，脸上浮现出热情的笑容，期盼地看着舱口。

“呼！呼！”

数个强者整齐划一地飞了出来。

“这，这……”

“这些人竟然都是行星级九阶精神念师！”

司长低头看了看自己的辅助光脑检测到的信息，惊愕不已。

片刻，整整1000个行星级九阶精神念师全部飞出。

“天哪！”

“这么多高手，能轻易横扫我们整个白兰星了。”

司长等人看到这一幕，身体忍不住颤抖。

白兰星的最强者倒是一个恒星级一阶的武者，可是，若是遭到这1000个行星级九阶精神念师的围攻，也必死无疑啊。

“恒星级一阶，1个，2个，3个……”

“看，恒星级五阶。”

又一队人马从飞船里飞了出来。

1000多个高手分成两排，仿佛卫队一般，静候他们的主人。

而后——

穿着随意的罗峰在3个恒星级七阶保镖的跟随下，飞出了舱门。

“七，七，七，七阶？恒星级七阶？还是精神念师？”

司长等人都低头看着自己的辅助光脑，感觉嗓子干哑得说不出话。

3个恒星级七阶精神念师当保镖，这个修为仅仅达到行星级八阶的年轻人到底是什么来头？

罗峰飞下舱门，看向迎接自己的18个人。

“哪位是巴特司长？”罗峰问道。

“是我，我是白兰星商业司署的司长巴特。”司长连忙上前，谦恭地回道。

天哪！这个罗峰竟然拥有这么强的卫队，其中还有3个恒星级七阶精神念师，就算是银蓝帝国的皇族也没这么高的待遇啊！

想到这儿，司长的态度更加恭敬了。

“罗先生，我给你介绍一下这个仓库基地的一些功能。罗先生请看，整个仓库基地坚实，防御程度堪比星际战舰。就算是发生地震等自然灾害，也绝对不会损坏仓库基地分毫。”巴特司长热情地介绍着。

这仓库基地是用大量战舰残骸浇筑而成的，极其牢固，防御程度当然不会太低。而且，仓库基地长98公里、宽61公里，面积约6000平方公里，的确让人震撼。

仓库基地的中心地带有一个住宅区，长和宽都在3公里左右。

“这是……”罗峰眼睛一亮。

“这是住宅区。仓库基地的主人如果要雇佣工人，或是要派人驻守，那些人就可以住在这里。不过，这住宅区很旧了，罗先生完全可以将其推倒重建。”

司长说着，朝后面的人看了一眼。

后面一个白皙青年连忙上前，按动自己手腕上的辅助光脑。

“嘀！”一道道模拟投影出现在半空中，是一栋栋别墅的投影。

“罗先生，需要什么别墅，可以任意挑选。”司长谄媚地道，“这些别墅都是可拆卸的，而且坚固，保暖性能好，只要将别墅的各个部分运送到这里，仅片刻就可以组装成功。”

罗峰听了，不禁有些心动。

地球上也有可移动住宅。可是，和文明程度高的星球的移动住宅相比，那就差远了。

“还有没有更大的住宅？”罗峰看着模拟投影，说道。

“更大的？”司长一怔。

旁边的白皙青年连忙回道：“有的！更大的还有庄园系列，甚至还有城堡系列。不过，那些都在其他星球，要运送过来，需要花费一点时间，价格也更昂贵。

“这是庄园系列，占地面积1万平方米至10万平方米，这是主体建筑占地面积，至于院落，主人想要多大，就可以扩建多大。

“这是城堡系列，占地面积从50万平方米到500万平方米的都有。”

罗峰点点头。

“嗯，我要两座城堡。这种占地面积达100万平方米的九层城堡各来一座。”罗峰说道。

在地球上，他倒是拥有一栋小别墅，可是如今明显不够用，毕竟他现在可是有上千个仆从。

而在地球上建造城堡实在是太慢了，这种可移动、拆卸、安装的城堡很方便，到时候自己将这种城堡带到地球上，上千个仆从很快就能安装成功。

“这白兰星是我将来和宇宙其他人接触的中转站，是我的第二基地，得留一座城堡。而地球是我的家乡，当然也得留一座城堡。”罗峰暗想。

“两座城堡？！”司长等人再次震惊了。

白兰星上的富人最多自己建造城堡，毕竟购买这种奢华的可拆卸、移动的城堡，成本明显高得多。

“城堡的风格可以任选，内部装潢也可以任选。至于城堡的售价，根据用材，有高低之分。”那白皙青年笑着说道。

罗峰笑了笑，根据投影迅速进行选择。

仅仅片刻，两座城堡的风格、内部装潢、主体用材全部选定了。

第286章

回到地球

“两座城堡的售价均为12亿银蓝币，一共是24亿银蓝币。如果用黑龙币付款的话，可以拿到8折优惠，一共是192万黑龙币。”白皙青年的声音都有些发颤。

这可是一笔巨款啊！

24亿银蓝币，比整个仓库基地的售价都要高。

“嗯！”罗峰微微点头。

这两座别墅的用材堪比B级战舰，特别是主人卧室等几个重要房间更是使用了C级合金，这可是为尊贵客人提供的定制款。

商业司署的一群高官离去后，罗峰回到了X81型飞船中。毕竟仓库基地仅有的住宅区又破旧又不保暖，远远不及飞船内舒适。

“巴巴塔，进入虚拟宇宙。”罗峰坐在X81型飞船舒适的休息室中。

……

虚拟宇宙，乾巫大陆管辖下的黑龙山岛上。

罗峰独自坐在一家酒吧的角落中，用意念和巴巴塔交流。

“巴巴塔，开始订货，购买金属。”罗峰吩咐道。

“买哪一种组合金属？”巴巴塔问道。

“我现在拥有碧波髓和木伢晶，有这两种宝物同时辅助，最多半年，我的肉身等级就能达到行星级七阶，精神念力达到恒星级一阶，到时候就可以打开老师留给我的银行账户了。依目前的情况看，先购买金角巨兽半年要吞噬的金属，价格不要超过100亿黑龙币。”罗峰用意念说道。

金角巨兽需要吞噬金属，这是自己最大的开销。现在金角巨兽才达到恒星级，如果吞噬最贵、最好的组合金属，一年就要耗费600多亿黑龙币。

到时候修炼本尊天地，消耗将更大，罗峰现在想都不敢想。

“行。”巴巴塔迅速开始搜索。

“罗峰，已经确认。有两套组合金属，其中一套需要耗费62.8亿黑龙币，可使金角巨兽进化速度提高39倍；还有一套需要耗费102.2亿黑龙币，可使金角巨兽进化速度提高51倍。第二套要贵一点，你自己选吧。”

“第二套。”罗峰毫不犹豫地道。

“行，那我订货了，我让他们送货到白兰星？”

“嗯！”

当初罗峰卖了三阶念力兵器弧刀盘，得到180亿黑龙币，购买1000多个奴隶消耗了50亿黑龙币，购买碧波髓消耗了2亿多黑龙币，而购买仓库基地和城堡，又耗费了一大笔钱，现在又买了这么多纯金属，他的资金只剩下25亿黑龙币。

“巴巴塔，购买紫光露！”罗峰说道。

“啊？又买？”巴巴塔忍不住说道。

“对！”罗峰点点头。

宇宙中有很多对身体进化有益的宝物。效果越好的，价格当然越惊人。比如之前罗峰购买的碧波髓，对行星级强者的身体大有帮助，1克就要9000黑龙币，而对学徒级武者效果极好的，类似于地球上草木之灵的玩意儿，价格仅仅是碧波髓的千分之一。

罗峰要购买的紫光露价格很便宜，是一些富贵家族常用的饮料，是以千克为单位售卖的。

1千克紫光露，价格为10黑龙币。

“巴巴塔，你确定15毫升的紫光露能让地球上武馆的高等学员进化成为学徒一阶武者？”罗峰再次确认道。

“放心，绝对没问题！太好的东西，那些高等学员根本消化不了。对于他们这种身体素质的，15毫升紫光露绝对有奇效。”巴巴塔顿了顿，疑惑地说道，“你还没靠地球人赚钱呢，现在却为他们花了这么多黑龙币。”

“别说这么多了，快买吧，买10万吨紫光露！”罗峰说道。

“这么多？你确定？”

“确定！”罗峰点点头。

紫光露的密度比水要小，15毫升的紫光露大概是10克左右。1千克紫光露可以让100名武馆高等学员进化成为武者，1吨紫光露能让10万名高等学员进化成为武者，10万吨紫光露则足以让100亿高等学员成为武者。

“只有我一个人强，是无法让地球崛起的，必须让大部分地球人变强。”罗峰暗暗地道。

地球上的武者很少，普通人和武者的比例近乎10000：1，所以整个地球上的武者也就100万而已。

而高等学员很多，虽然一个高中才3名高等学员，比例近乎1000：1，但是武馆的高等学员绝大多数都超过20岁。地球上，普通人和武馆高等学员的比例差不多是100：1，这还是很多人觉得没希望进化为学徒武者而放弃的结果。

“100：1，我要让每一名武馆高等学员都成为武者，这样一来，地球70亿人中就有7000万武者。若是人们知道只要成为高等学员，之后就能蜕变成为武者，肯定更加拼命地训练，或许比例还会提高，50人中就能有一个成为高等学员。”罗峰内心暗自期盼着。

地球上的武者数量一旦上亿，那地球武者的综合水平就会大大提高。而且，武者是可以吸收宇宙能量的，到时候会逐渐变得更强。如此一群人的实力得到提升，会令整个地球人类的基因发生变化。20年后，武者数量可能更多，数百年后，地球上很可能全是武者。

甚至一个人成年后，就是学徒一阶武者。

这是罗峰想象中的地球人进化的第一步！

“罗峰，我已经买下10万吨紫光露，因为购买的量很大，我在诸多商家中找到了一个最低折扣的，8折，总价是8亿黑龙币。”巴巴塔得意地说道。

“你做得很好！”罗峰夸赞道。

10万吨紫光露可供100亿名武馆高等学员服用。

现在地球的总人口不足70亿，这么多紫光露，可以用很久了。

当天晚上。

一艘运输舰直接抵达白兰星，将两座移动城堡的诸多部件运送过来，并且按照罗峰的要求，正在组装一座城堡，另一座城堡还处于零散的状态。

仅仅20分钟，长、宽各达一公里的九层城堡建成了。

……

罗峰来到白兰星的第二天，第一家商户送来了大量金属。罗峰分别在三家商户购买了金属。

罗峰来到白兰星的第三天，10万吨紫光露被运送过来了。

因为有些金属比较贵重，运送路途较远，直至第六天，所有金属才全部送到。

在交易过程中，罗峰趁机将当初在火星挖掘到的92.8亿吨玄铁卖给那些商家。最终，罗峰收到2000多万黑龙币。如果折合成银蓝币的话，可以卖到200多亿。

这也算得上是一笔高收入了。毕竟10个恒星级一阶奴隶才价值1000万黑龙币。

罗峰在白兰星的第七天——

“从今往后，你们就驻扎在这里。如果有事的话，可以通过虚拟宇宙网络和我联系。”罗峰吩咐道。

“是，主人！”1个恒星级一阶武者和100个行星级九阶的精神念师齐声应命。

自此，这一群人就组成了罗峰第二基地的驻守卫队。

罗峰转头，朝其他奴隶下令：“出发！”

他带领9个恒星级一阶、3个恒星级五阶、3个恒星级七阶和900个行星级九阶奴隶迅速登上了X81型飞船。

至于购买的大量金属和那套移动城堡的零部件，都被收在了巴巴塔的储物空间中。

……

X81型飞船离开白兰星，进行宇宙穿梭，前往地球。

8小时后。

“怎么回事，飞船在绕圈？”控制室内的罗峰不解地问道。

控制室的屏幕上显示出了巴巴塔的头像：“飞船已经抵达地球所对应的暗宇宙区域，不过，坐标当初被你老师用空间秘法掩盖了。我需要控制飞船按照轨迹绕行五分钟，并且不能出丝毫差错，才能找到真正的宇宙坐标。”

罗峰点点头。

空间秘法太深奥了！现在自己仅仅学了陨墨星一脉秘法的皮毛，还没学到空间秘法，显然空间秘法不是自己现在能学的。

5分钟后。

太阳系内的浩瀚星空漾起空间波纹，一艘黑色的飞碟形飞船出现了。

宇宙穿梭成功！

“回来了！”罗峰看着远处星空中的蔚蓝色星球，心中一阵激动。

此次离开地球，他更加深刻地感觉到家乡在自己心中的分量。

这颗蔚蓝色星球才是他的根啊！

“地球，我回来了。”罗峰兴奋地道。

“巴巴塔，我们终于回到地球了。”罗峰大声喊道。

“是的！”巴巴塔高声回道。

黑色的飞船在无垠的星空中飞行，疾速朝那颗蔚蓝色的星球飞去。

C国，JN基地市，此刻正是深夜时分。

一个挂着上将军衔的中年人悠闲地坐在自家沙发上，陪着家人看着电视。

忽然，手机铃声响起。

“嗯？”上将拿起手机一看，不由得一惊。

打来电话的人竟然是罗峰!

这位上将正是现如今C国专门负责和罗峰联系的。

“你好，罗峰先生。”上将当即朝旁边的房间走去，接听电话。

“王将军，我希望你们能在Y城给我提供一块长、宽超过1公里的土地。”电话内传来了罗峰的声音。

“好的，我会在半个小时内给你答复。”上将没有丝毫犹豫。

“谢谢！3天后，上午9点，我会召集全球各国、各个基地市的高层抵达Y城，召开一次关系到所有地球人进化的重要会议。”罗峰又说道。

上将闻言，愣住了。

罗峰开口要一块长、宽达1公里的土地，这对于疆域辽阔的C国来说，不算什么。

可是，罗峰又说要召开一次会议，全球各国、各个基地市的高层都要参加，而且此次会议关系到所有地球人的进化，这到底是怎么回事?

“罗峰这是什么意思？他要召开高层峰会，到底要干什么？”

上将虽然满腹疑问，却不敢追问。

现如今，在全球各国人的眼里，罗峰、洪、雷神可是地球三大强者。

“明白，我一定通知首长。”上将说道。

“嗯。”罗峰当即挂断电话。

此刻，罗峰所乘的飞船刚刚进入地球大气层，还没来得及回家，就迅速拨打了这个电话。

第287章

制订计划

C国，JN基地市，Y城。

若说Y城中最豪奢的小区，毫无疑问是西湖别院。西湖别院占地面积极广，里面的湖都改造成了大涅槃时期之前的模样，两侧还栽种了很多树。

整个西湖别院一共有12栋豪奢别墅。基地市时代，特权依旧是存在的，这12栋别墅的主人不是和军方有关系，就是拥有巨额财富，在社会上有着极强的势力。

“马上转移！”

“带上所有重要物品，迅速离开，15分钟后，整个西湖别院将不复存在。”

“快，快，快！”

“快点！”

一辆辆轿车载着别墅里的重要物品迅速离开了。

半空中，3架飞碟形战机悬浮着，战机里的人在不停地催促着。过去居住在别墅里的12个大人物狼狈地离开了。

“天哪！竟然是最高首长直接下令。”

“我们西湖别院占地面积的确很大，可是主市区的JN山水小区占地面积更大，怎么就独独赶我们走？”

一辆辆豪奢的轿车内，那些大人物的家属愤愤难平，却根本不敢发火。

他们刚刚得知，此命令来自于C国的最高决策层。

当罗峰的飞船出现在Y城西湖别院小区的上空时，除了前来迎接罗峰的军方的人之外，小区内没有任何人。

“效率真高！我电话打完不到半个小时，竟然将最好的西湖别院空出来给我了……”

45分钟后。

两辆轿车离开明月小区，抵达了西湖别院。

“爸爸，这四个字念‘西湖别院’，对不对？”轿车上，罗峰腿上的小儿子罗海指着小区正门入口的那四个大字，问道。

今年三岁的平平和小海在徐欣和罗峰父母的教导下，认识了不少字，连诗词都能背出不少。

“没错！小海真聪明！”罗峰宠溺地亲了小海一口。

“爸爸，我们来这里干什么？”旁边的平平问道。

“对啊！罗峰，你还没说，我们来这西湖别院干什么呢。”坐在一旁的徐欣也问道。

“待会儿你们就知道了。”罗峰一笑。

后面的轿车上坐着罗峰的父母、弟弟和弟媳，他们同样很困惑。

进入西湖别院，车沿着草坪边的道路绕行，罗峰等人能看到一个美丽的湖泊，还有湖岸随风摆动的杨柳枝，这西湖别院的景色很美。

原先12栋独栋别墅是分散开来的，而现在，一座足有近60米高，长、宽达1公里的美丽城堡高高耸立着。只见城堡的墙壁上挂着一些藤蔓，藤蔓爬满了城堡大半的外墙，似乎生长了很多年。

宛如传说中的精灵城堡！

“这是……”罗华大吃一惊。

“这里什么时候有了这么一座气势恢宏的城堡了？”罗洪国很震惊，“这么高的城堡，建造的时候，肯定会被人发现的。”

“对啊，而且城堡周围的墙壁上长满了藤蔓，看起来时间很久了。”罗华也道。

“奇怪！原先的那12栋别墅呢？”徐欣疑惑得很，“今天下午我还和生意伙伴通过电话，他就住在西湖别院的别墅中。”

罗峰微微一笑。

那12栋别墅被自己直接收进空间戒指了，这是最快的拆迁方法。而眼前这座城堡是在极短的时间里建造起来的。在近千个仆从的合力下，安装城堡的速度极快，毕竟仆从中修为最低的都达到了行星级九阶，力量大得惊人。而且，根本不需要器械，直接靠人力，十分迅速。

至于墙壁上的藤蔓，这是宇宙中比较流行的一种装饰性植物。

“开门。”罗峰看着城堡，直接大喊一声。

“轰隆隆！”

城堡大门打开了，大量穿着制服的仆从迅速跑了出来。

看到浩浩荡荡的队伍，罗洪国夫妇、罗华夫妇、徐欣，以及两个小娃娃都惊呆了。

近千个强者全部微微躬身，朝罗峰行礼，整齐的电子音响起：“主人！”

这些奴隶都不懂地球上的语言，所以罗峰将宇宙通用语翻译成了地球上诸多语种，并将翻译软件直接安装在他们每一个人的辅助光脑上。在宇宙中，辅助光脑实在很普遍。

这些奴隶的售价都很高，奴隶商人当然给他们配备了最基本的辅助光脑。

他们可以和辅助光脑以意念交流。想说什么，可以让辅助光脑说出电子音形式的地球语。

“这……”徐欣等人仍旧有些发蒙。

“这是我们家的仆从，也是我们家的卫队。”罗峰笑着说道，“至于详细情况，待会儿再说。走，我们进去看看，这座城堡是我出去这一个月的部分收获。”

这座城堡配备的科技设施非常先进，给居住的人带来很大的便利。这可是给宇宙中的富豪们准备的，自然不一般。

罗洪国等人参观并试用了一遍。

无论是老人还是孩子，个个都喜欢上了这座城堡。

第二天清晨。

太阳从东方升起，两道流光从远处飞向Y城。

“这就是小三子电话里提到的城堡？！”

半空中，雷神看到西湖别院小区中那座高高耸立的城堡，有些发愣。

“嗯！”洪从高空俯瞰，露出一丝笑容，“老二，看来老三这次出去收获不小啊！”

“嗯！待会儿，我们一定要好好敲打敲打他！”雷神当先俯冲而下。

“哈哈！”洪紧接着俯冲而下。

整座城堡有自动防御系统，极为先进。不过，罗峰早就给雷神和洪两人输入了朋友的设定，所以雷神和洪冲进城堡的时候，没遭到攻击。

“大哥、二哥，快过来。”罗峰在城堡中的一处阳台上喊道。

“嗖！嗖！”洪和雷神降落在阳台上。

“小三子，你竟然一走就是一个月，你……”雷神犹如吃了火药一般，见到罗峰就大吼。

“亲爱的二哥，你再不住嘴，我这次冒着生命危险进入宇宙一趟探到的消息，可就不告诉你了。”罗峰揶揄道。

雷神的表情僵住了。

洪则一脸震惊之色。

进入宇宙？！

“老三，不，亲爱的三弟，我错了，我错了。”雷神忙不迭地说道。

罗峰淡淡一笑，道：“进屋谈。”

屋内。

“你们也拜入了陨墨星一脉，应该知道，在那之前，我是陨墨星一脉的唯一传人，所以我自然有智能生命辅助。”罗峰说道。

“你和大哥都有智能光脑辅助，就我没有。”雷神没好气地道。

洪连忙说道：“二弟，别打岔，继续听三弟说。”

“在12号古文明遗迹中，我发现了那艘黑色飞船，那艘黑色飞船的激光通道一直在运转，显然一直有能量供应，故而并没有损坏得太严重。”罗峰郑重地道，“之后，我靠智能生命辅助，将飞船维修了一番，就能进行宇宙穿梭了。”

雷神和洪听了，眼睛一亮。

他们得到了很多知识传承，自然知道宇宙穿梭是什么。

“飞船进行宇宙穿梭后，我去到了地球32万光年外的一颗星球——虬龙星。”罗峰缓缓地说道。

除了关于陨墨星主人的讯息、老师给自己留下的遗物、银行账户等机密绝对不能泄露外，其他的事情罗峰并没有隐瞒。

他一口气就将自己的经历都说了出来。

雷神和洪完全听傻了！

他们当初从那些坠落的星际舰队残骸中得到了一些资料，资料上记载，恒星级武者就是一颗普通星球上的绝顶高手，所以他们一直努力修炼，想成为恒星级武者，从而拥有保护地球的力量。

可现在听罗峰这么一说，浩瀚的宇宙中，行星级武者只能混口饭吃，恒星级武者也就算是个精英而已。

他们更没想到的是，罗峰竟然一次性买下了那么多奴隶。

“天哪！这么多奴隶？！”雷神喃喃道。

“16个恒星级高手！”洪感应到了这些奴隶的实力，“还有恒星级七阶高手！”

……

“关于紫光露的事，我就是这么想的。大哥、二哥，你们觉得如何？”罗峰期待地看着洪和雷神。

“三弟，你做得对。”洪点点头，“听你这么一说，我也心有余悸。在浩瀚的宇宙中，我们地球的确就像是大海中的一滴水，太不起眼了。单靠我们三个人的力量，是很难让整个地球崛起的，必须让整个族群崛起。”

“嗯！”雷神连连点头。

“这里有10万吨紫光露，我会每隔10年分配给各国政府一次。”罗峰微微皱眉，“不过，我拥有奴隶卫队的事，现在该不该告诉各国的领导人呢？我还在犹豫。”

“这个……”雷神迟疑起来。

罗峰拥有的奴隶卫队实在太强大了，特别是其中还有3个恒星级七阶武者，这可比当初祸害地球的金角巨兽都要强得多，随便一个都能横扫现如今的地球。

如此强大的势力，是否告诉各国领导人，的确是个问题。

“暂时不能说。”洪表情严肃，郑重地道，“三弟，既然你决定了，向他们揭示宇宙残酷的真面目，并且交给他们紫光露，让他们为地球崛起而努力，你拥有奴隶卫队的事情就暂时保密吧！如果让他们知道有这么强大的卫队保护地球，他们就没有危机感了。只有让他们有危机感，他们才会努力训练，想方设法成为武者，从而加快人类的进化速度。”

“我赞同。”雷神点点头。

“嗯。”罗峰微微点头。

后天的高层峰会该怎么做，罗峰心中已经有底了。

第288章

宇宙冒险者来了

C国时间10月29日，上午8点30分。

秋高气爽，天气极好。

西湖别院今天成了整个地球的重地，军队早早就将西湖别院重重围住了，周围的街道早就戒严了。一架架来自全球各国、各个基地市的战机降落在西湖别院的草坪上，五大强国的领导人齐聚于此。

今天，地球三强者之一的罗峰要在此召开重要会议。

罗峰麾下的最强卫队待在城堡的西楼中，没有一人出来。负责招待的人员是C国安排的。

城堡主楼一楼的会议大厅灯光璀璨，超大的圆桌旁站着各国和各基地市的领导人。

地球一共有五大强国，还有23个独立基地市。此刻，五大强国和独立基地市的领导人彼此交谈着。而作为主人的罗峰则和洪、雷神站在城堡的大厅门口，迎接每一位与会的领导人。

上午9点整，会议正式开始。

“轰！”巨大圆桌中央的上空陡然发生爆炸。

顿时，所有领导人一惊。

上空缓缓平静，浮现出了三维模拟投影，这是浩瀚星空的模拟投影。

“各位，”罗峰站了起来，目光扫过周围所有领导人后，沉声道，“今天的会议极其重要，其重要性不亚于大涅槃时期的大战，也不亚于人类和金角巨兽一役。”

当即，所有领导人一阵哗然。

“大家看，”罗峰指着圆桌上方的星空投影，“这是浩瀚的宇宙，相信你们都知道宇宙中也有生命。据我估计，在座不少人还知道很多。”

“我们地球是银河系中拥有生命的20多万颗星球之一。”罗峰直接说道。

那虚拟投影中迅速浮现出一颗颗星球，其中就有白兰星的剪影，随后，所有星球迅速缩小，出现了整个银河系的图像。

“而银河星系、贝塔星系等八大星系组成了银蓝帝国！”

罗峰此话一出，在座所有人都震惊了。

统治八大星系的帝国该是多么强大啊！

罗峰听着那些领导人彼此低声议论，郑重地道：“然而，在宇宙中，银蓝帝国无比弱小，属于最低层次的宇宙国度。”

“怎么可能？”

“银蓝帝国竟然属于最低层次？！”

“那可是由八大星系组成的帝国，一个星系就有20多万颗生命星球，这么庞大的帝国，竟然是很弱小的？”

所有领导人惊讶不已。

罗峰则继续介绍着宇宙。

半个小时后——

会议厅一片寂静。

“我给大家介绍一个族群。”罗峰指向圆桌上空，顿时模拟投影一变，出现了一颗巨大的星球，那颗星球上一道道人影飞闪而过，“这是一个叫黑蒙族的人类族群生存的星球。黑蒙族中，修为达到行星级的人非常多，数以百万计，其中还有恒星级强者，恒星级武者和精神念师的数量更惊人，就连恒星级五、六阶的高手都很多。你们可知道，恒星级五、六阶高手实力比得上当初那头金角巨兽。而黑蒙族中，实力比金角巨兽强大的多得是！”

听着罗峰的介绍，所有领导人都十分惊奇。

“黑蒙族真是强大啊，实力赶得上金角巨兽的高手都有这么多！”

“超越战神的强者数以百万计，这简直太惊人了！”

“行星级这么容易就能达到？我们地球的行星级武者加起来都不足100个。”

所有领导人都羡慕地看着那模拟的投影。

地球什么时候才能赶上黑蒙族啊？

现在地球上可是连一个恒星级高手都没有。

在地球上，一个行星级一阶高手乃至战神宫议员，地位堪比国家领导人。

可是，在黑蒙族，行星级高手数不胜数。

“黑蒙族是宇宙中被奴役的一个族群。”罗峰声音低沉。

所有领导人顿时愣住了。

什么？比地球人强数倍的黑蒙族竟然是被奴役的族群？

“嗯！整个黑蒙族的子民都是奴隶，他们的后代子孙依旧是奴隶！黑蒙族的人被植入生物芯片，成为被人控制的奴隶，犹如货物一样被贩卖。一代又一代，永远无法翻身。”罗峰的声音如来自九幽，让在场的所有领导人不由得心颤。

不少领导人的额头上都渗出了冷汗。

“敢问罗先生，你怎么知道这些事？”E国的女总理站起来。

“因为我去过宇宙一次。”罗峰沉声说道，“惭愧的是，我在宇宙中并没有待很久，我被宇宙的残酷现实给吓回来了。”

天哪！罗峰竟然进入过浩瀚的宇宙！

“各位，”罗峰看向众位领导人，“我今天请大家来，要告诉大家的，相信大家都知道了，至于你们相不相信，很简单……”

罗峰转头看向门口，道：“拿上来！”

顿时，一名工作人员捧着一个黑色头盔走了上来。

“意识感应头盔？！”一些领导人惊呼出声。

“这不是我们地球仿制的那种感应头盔，而是宇宙中的原版头盔。”旁边的洪缓缓说道，“你们可以让专门研制意识感应器的专家看看，就会清楚，这就是宇宙中的产物，许多材料根本是地球上无法找到的。”

“这是我从宇宙中的其他星球上带来的。”罗峰看向各位领导人，“你们可以派一个人用意识感应头盔，让意识进入虚拟宇宙网络。之前，我已经给你们讲述过虚拟宇宙网络的概念。”

罗峰的话令在场的领导人沸腾了。

进入虚拟宇宙网络？

这可是地球第一次和浩瀚宇宙真正接轨啊！

这样一来，他们就可以得知宇宙中的很多讯息了。

“罗峰，这意识感应头盔有几个？”C国的首长有些激动。

“意识感应头盔不多，我只能提供6个。”罗峰看向众人，“五大强国各1个，23个基地市共用1个，每个基地市每个月都拥有意识感应头盔 1 天的试用期限。至于具体使用时间，你们自己调整。”

当初购买意识感应头盔的时候，罗峰就盘算好了。

为了让整个人类快速进步，必须让他们接触到宇宙，而进入虚拟宇宙就是一个好办法，而且这种是不记名账户，任何人都能用。

不过，各国都没有宇宙货币，所以就算进入虚拟宇宙，也只能查看一些免费讯息等，却无法消费。

“罗先生，”A国总统激动地说道，“你说得对，这对于地球意义重大。进入虚拟宇宙，这是我们地球人接触宇宙的第一步，也是关键性的一步。”

“嗯！不过，我还有更重要的事情没说。”罗峰说道。

会议厅鸦雀无声。

一群领导人都紧紧地盯着罗峰，想知道还有什么重要的事情。

“我有一种名叫紫光露的奇异露水，10克紫光露可以让一名武馆高等学员进化成为武者。”罗峰说道。

“嗯？”

“就这点功效？”

“这算不得宝物吧！”

有些领导人忍不住低声议论起来。

其他人则看着罗峰。

地球上有比紫光露更好的东西，比如草木之灵，当初罗峰就是用一份草木之灵让家人直接成为学徒二阶、三阶武者，效果的确强很多。可是，草木之灵稀少，连战神都很少拥有。

“我有大批量的紫光露。”罗峰又道。

这一群领导人一愣。

“多大批量？可以给多少人使用？”一位基地市的领导人当即问道。

“全球！”罗峰沉声说道，“我能供应全球所有武馆的高等学员，只要地球上诞生一名高等学员，我就能让他服用紫光露，从而成为武者！”

“什么？能供应全球所有武馆的高等学员？”

“天哪！”

“这，这……”

很多人都懂得一个道理，即越是珍贵的宝物，数量就越少。的确，那么大批量的紫光露，罗峰可是花费了 8 亿黑龙币才买到的。

“武馆总人数和高等学员比例大概是100：1，那不就是说，地球上能诞生近7000万名武者？”

“不止，很多人都认为自己没有希望成为武者，就放弃了。如果知道成为高等学员后就能突破，之后能够成为武者，肯定不会放弃，甚至会变得更加努力。我相信，以后武馆总人数和高等学员的比例很有可能达到50：1，那么地球上的武者数量将超过1亿，人类基因将迅速进化，比我们原先估计的进化速度快千万倍。”

一群领导人无比激动。

这简直比获得无数财物更让人激动啊！

“10克紫光露能供应1名高等学员，1千克紫光露能供应100名高等学员，1吨紫光露可以供应10万名高等学员，回头我按照各国人口比例的1：10，先提供近7000吨紫光露。”罗峰说道。

“7000吨紫光露？！”

各国领导人听了，心中激动不已。

当天，罗峰就按照各国和各个基地市的人口数量分配了不同分量的紫光露，自此，地球人类的大进化步伐正式迈出。

各国人都看到了人类崛起的曙光。

罗峰、洪、雷神三人也期待着。

……

地球上各地开始尝试使用紫光露，而且为紫光露的奇效而惊喜。

C国时间11月23日，上午9点30分。

太阳系的浩瀚星空中，一艘飞碟形的银灰色飞船已经靠近地球。

“多么漂亮的一颗星球，蔚蓝色是让人心动的颜色。”

飞船的控制室内。

穿着银色作战服的船长看着眼前的外景模拟中的蔚蓝色星球，面露喜色：“太让人沉醉了！我喜欢它！因为它将给我带来地位和金钱。”

旁边的船员们早就激动得大叫起来。

这是一颗没有主人的星球，对于他们这些宇宙冒险者而言，是多么美妙的一件事啊！

第289章

降临

地球，海洋某区域的上空。

“哗哗——”幽暗的海水缓缓荡漾着。

此时是C国时间上午9点30分，而此区域却处于深夜。在辽阔的海域上空，一艘银灰色的飞船悬浮着，地球上没有任何仪器发现它的踪迹。

控制室内，一群宇宙冒险者激动万分。

“船长，”控制室的屏幕上出现了一个孩童的头像，孩童清脆的声音响起，“根据推测，这颗星球的形状接近球形，半径近6400公里，表面积为5.1亿平方公里，其中29.2%为陆地，70.8%为水域。星球表面引力约0.11个宇宙标准重力单位。空气成分较为复杂，氮气约占78%，氧气约占21%……”

飞船的智能生命阿图卡迅速报出了一些探测出来的数据。

“很好。”船长脸上浮现一抹疯狂之色，转身看向身后激动不已的8名船员，“兄弟们，现在已经快到我们收取胜利果实的时候了。不过，越是这种关键时刻，我们就越不能掉以轻心，毕竟这是一颗无敌强者曾经统治的星球，我们对它几乎一无所知。”

8名船员都屏息以待。

“我们此次发现的是一颗无主的星球，必须谨慎、小心，说不定这种土著星球上有一些绝世强者。”船长沉声道。

阴沟里翻船，这种事情并非没有。

很久之前，一个宇宙冒险者小队偶然发现某土著星球，大意之下，却被土著星球上的强者给杀了。眼看就要胜利，却丧命了，实在不值得。

“明白，船长。”

“船长，你就放心吧，我们不会大意的。”

“怎么可能阴沟里翻船？我们经历生死可不止一两次了。”

船员们相继做出保证。

船长满意地点点头，道：“一切以我们的安全为主。”

“若这颗星球上没有比我们强的，那么，我们可以获得最大利润。”

“若这颗星球上有比我们强的强者，那么，我们只有两条路：一是通知奴隶商人，二是通知我的家族。”船长郑重地道。

土著星球上有强者，这种事情在宇宙历史上是很常见的，冒险者的任务是发现星球，没必要和星球上的强者去硬碰硬。

船长看向控制台的屏幕，道：“阿图卡，开始全方位探测这颗星球，以最快速度获得这颗星球的资料。”

“船长，这颗星球拥有信息网络。”阿图卡兴奋地说道，“我可以入侵这颗星球的网络，迅速得到这颗星球的诸多资料。”

“很好！”船长眼睛更亮了。

“这颗星球竟然有信息网络？！”

船员们都很惊讶。

宇宙历史上，冒险者们发现的土著星球大多很落后，根本没有信息网络。

“嗯！迅速入侵，从经济、强者、军事、科技等方面了解这颗星球。”船长下令，“最重要的是，这颗星球的强者资料，优先搜集这颗星球强者的信息。”

“是，船长！”阿图卡连声应道，而后轻而易举地入侵了地球的网络。

这艘宇宙冒险型飞船的先进程度是远远超过现如今的地球科技水平的，完全能跟X81型飞船相比。

一切都在悄无声息地进行。

地球的历史和其他诸多方面的资料迅速被搜集，除了一些进行了物理储存、断网保存的秘密资料外，其他只要是在网络上能够找到的资料，全部都被阿图卡搜集到了。

然而，此时地球上没有一个人发现此事。

C国，JN基地市，罗峰家的城堡天台。

罗峰、洪、雷神三人围绕一个桌子而坐。

“我早就达到了行星级九阶，怎么就是无法突破呢？”雷神不爽地挠了挠头，“自从有了老三的秘籍，我的技巧、发力等都大大增强了。现在洪哥也达到了行星级九阶，可是论武者身体素质，我可是一直比洪哥强的。”

洪瞥了雷神一眼：“我才踏入行星级九阶，你倒是达到行星级九阶有一段时间了，不过也用不着显摆吧！”

“不管怎么样，还是小三子进步最大啊！”雷神高声感叹。

“别喊我小三子！”罗峰没好气地道。

当这三位强者悠闲自得的时候，已经有一艘宇宙冒险型飞船来到地球，并且迅速入侵地球的信息网络，搜集了大量关于地球的资料。

他们一直很担心，以为很久以后才会发生的事，此刻，正在发生……

海域上空。

银灰色飞船悬浮着，一动不动。

控制室内。

船长和8名船员都默默地等待着飞船的智能搜集资料。

“船长，这颗星球的强者资料收集完毕！”阿图卡大声说道。

飞船内的冒险者们眼睛一亮。

这颗星球的强者信息是他们最关心的。如果这颗星球上的强者比他们强，那么他们获得的利润将大大减少。可是，如果这颗星球上的强者比他们弱得多，那么，这颗星球将会任由他们宰割，他们可以攫取最大利益。

“快说！”船长连忙说道。

“我已经设定了宇宙通用语言和这颗星球本土语言的翻译程序。这颗星球被称为‘地球’，地球上一共有近70亿人，其中学徒级武者人数接近100万，而行星级武者的人数接近100，恒星级武者人数为0。”阿图卡直接说道。

飞船内一片寂静。

船长和8名船员都有些发愣。

“哈哈！太好了！”船长朗声大笑。

“行星级武者人数竟然只接近100，没有一个恒星级武者，这颗星球的强者力量太弱了。”

船员们十分兴奋。

在这艘飞船上，船长的实力毫无疑问是最强的，而其他船员个个都有绝技。包括船长在内，恒星级强者一共有3个。其他6人的实力也不俗，其中4人是行星级九阶强者，剩下2人是飞船辅助人员。这样一支强大的队伍，完全能够力压地球上的强者。

这样一来，他们就能为所欲为，攫取这颗星球的最大利润了。

“船长，还有一些详细资料，你务必要看看。”飞船智能阿图卡提醒道。

“什么资料？”船长问道。

刚进入地球的时候，他还比较谨慎，当得知整个地球上连一个恒星级强者都没有时，他当即放松下来。

罗峰在虬龙星购买了一批实力极强的奴隶组成了卫队，现如今地球上知道此事的人很少，连各国领导人都不知道，网络上更是查不到。

“船长，地球上有名气极大的三大强者，分别叫罗峰、洪、雷神。”阿图卡说道，“这是罗峰和一头怪兽战斗的视频。”

控制室的半空中出现了虚拟投影。

正是当初罗峰击杀八爪兽皇的视频。

“这个地球人飞得挺快，他脚下踩着的东西是什么？”一个绿皮肤女子问道。

“那是念力兵器！”

“能在星球内部，空气阻力那么大的情况下，飞得这么快，肯定是念力兵器。”

“一个只达到行星级的小子竟然有念力兵器！”

“愚蠢！这可是当初被无敌强者控制的星球之一，无敌强者遗留一些宝贝在地球，也不算什么。”

冒险者们议论纷纷。

视频中，罗峰用弧刀盘击杀八爪兽皇。

“弧刀盘！”

“三阶念力兵器弧刀盘！”

船长和一个大汉同时惊呼起来。

大汉大声吼道：“船长，我们发了！发了！这颗星球上肯定有不少无敌强者遗留的宝物，否则那小子绝对不可能有一件三阶念力兵器。”

“嗯。”船长点点头。

地球确实不同于一般的土著星球。

“船长，这是第二段视频，是洪和雷神联手对战金角巨兽的视频。”阿图卡又播放了第二段在网络上流传甚广的视频。

洪和雷神两人联手，激战金角巨兽。

视频中，洪和雷神都施展出了领域，准备燃烧灵魂，拼死一战。

“这两个是行星级武者吧，怎么都拥有领域？”

“天哪！拥有领域的行星级武者，而且还一下子冒出两个。放眼整个黑龙山帝国，一颗星球上出现两个拥有领域的行星级高手，也不太现实吧。”

“这简直太奇怪了。”

“快看，那个穿黑衣服的男子面前竟然瞬间出现了一堆金属，肯定有储物的空间神器，而且空间神器的容量还不小。”

“空间神器？！如果真是如此，地球不愧是被无敌强者统治过的地方。”

“你们看他们身上穿的战甲。”

“那个黑衣服男子身上的战甲好奇怪，绝对不是一般的作战服。”

船员们都惊呼起来。

船长却表情严肃，死死地盯着洪和雷神的对手——金角巨兽。

星空巨兽的资料一向非常少，而且也没多少人特意关注这些资料。虚拟宇宙网络中虽然有一些公开的资料，但也就大概介绍了一些星空巨兽，没有详细介绍金角巨兽。

须知，连陨墨星主人这个不朽级强者也仅仅知道金角巨兽的一些基本信息。其他普通的冒险者大多什么都不知道，极少数冒险者也就知道大概情况。

“这，这是……”船长死死地盯着视频中的金角巨兽，面露惊讶之色。

船长作为诺岚山家族的直系子弟，受过高等教育，堪称非常优秀的宇宙见习佣兵，曾经看到对星空巨兽中最为可怕的一类巨兽的介绍，其中就有以暴虐著称的怪兽——金角巨兽。

“金角巨兽！那竟然是金角巨兽？！看样子，还只是恒星级一阶的金角巨兽，只能算是金角巨兽中的幼兽。”

“天哪！如果活捉这头幼兽的话，那就发了，这可比10颗星球还值钱啊！”船长激动不已。

这可是一笔巨大的财富！

要知道，宇宙中绝对有不朽级强者愿意出大价钱买下这种具有顶级血统的星空巨兽的幼兽。

“看，是流银护卫。两名流银护卫相互配合拦住了那头怪兽。”

“这地球上竟然有流银护卫！”

“不愧是被无敌强者统治过的星球啊！”

船员们显得很兴奋。

之前视频显示出了很多比较贵重的宝物，这发出了一个信号，即那个无敌强者殒身后，将很多宝物遗留在了地球上。须知，那可是令银蓝帝国不敢反抗，连黑龙山帝国也不愿招惹的无敌强者啊！

“阿图卡！”船长双眸赤红，有些激动，“那怪兽是生是死？”

第290章

诺岚山家族

“地球上8位英雄，洪、雷神、罗峰、默汉德森、伊斯特、特里帕蒂·辛格、贾谊、索科洛夫，施展某种念力秘法，最终击杀了金角巨兽，拯救了人类。”阿图卡迅速将从网络上搜集到的信息告诉他们。

“浑蛋！”船长忍不住怒骂一声。

8名船员都很惊愕。

今天可是令人惊喜的日子，船长怎么这么生气？

“它怎么会死呢！”船长难以置信。

金角巨兽本身天赋极高，一旦达到界主级九阶，堪称无敌。如此厉害的金角巨兽很不好惹，更是难以被活捉。不过，地球上曾出现的仅仅是恒星级一阶的金角巨兽幼兽，对于宇宙冒险者而言，他们有的是办法活捉它。

毕竟才达到恒星级一阶，只要是厉害一点的精神念师或幻术师，就可轻易驯服金角巨兽。

金角巨兽极其稀少，因而很珍贵。想要遇到一头金角巨兽幼兽，也是很难的事情，恐怕任何一个不朽级强者或者界主级强者都愿意花天价买下金角巨兽幼兽。

“一头金角巨兽幼兽也值天价啊！”船长心中无比悔恨。

为什么自己不早一点来到地球？

地球人竟然直接杀了金角巨兽幼兽，简直是暴殄天物！

若是金角巨兽幼兽被自己得到，只要小心操作，自己很可能会成为宇宙的上层人物。一头金角巨兽幼兽的价值恐怕不会比整个诺岚山家族低，毕竟它很可能成长为界主级金角巨兽。

“浑蛋！浑蛋！”船长想到这里，恨极了。

“尸身！对，金角巨兽的尸身！”忽然，船长眼睛一亮，“不朽级强者的尸身都无比珍贵，金角巨兽幼兽的尸身一样很珍贵。虽然金角巨兽幼兽尸身的价值远远比不上活的，但是绝对比一颗星球值钱。”

宇宙中，有的是大势力、大组织，愿意花大价钱购买金角巨兽尸身去解剖、研究。

“阿图卡，那金角巨兽的尸身呢？！”船长大声问道。

8个船员都疑惑得很。

船长问这个做什么？

“船长，”阿图卡当即回道，“金角巨兽被杀后，人类曾经派遣行星级武者进入海底，不过，无数海域怪兽围在金角巨兽尸身周围，导致人类无法得到金角巨兽尸身。至今，金角巨兽的尸身在何处，依旧是个谜。”

“金角巨兽能吞噬金属，显然是有体内世界的。”船长心中暗自推测，“虽然它死了，但是它的体内世界在崩溃的过程中，散发出的能量能够保护身体，它的尸身三年内应该都不会腐烂。而且，金角巨兽的鳞甲防御力很强，就算身死，也不会被那些普通怪兽吃掉。”

船长顿时放松下来。

目前来说，这金角巨兽的尸身绝对是这颗星球上最让他眼馋的宝物。

宇宙冒险型飞船悬浮在海域上空，继续搜集着地球上的资料，随着时间的推移，资料搜集得越来越全。

C国时间中午11点42分。

“船长，资料全部收集完毕。”阿图卡说道。

“地球的科技、军事等方面还处于太空文明的起始阶段，和宇宙文明相差很远。此外，这颗星球的武力较弱，面对我们宇宙冒险者小队，是没有反抗的力量的。唯一值得注意的是，地球上有木伢晶、黑神作战服、摩云藤、念力兵器、空间戒指等诸多宇宙中珍贵的宝物。”阿图卡说道。

当年，雾岛一役，洪一人大战兽皇，用的正是摩云藤，那一战的视频虽然隐秘，但是看到视频的人也很多，有手段的人能通过一些特殊渠道找到。而且，当初搜集木伢晶的人很疯狂，网络上还是有一些相关的宝物信息，比如黑神套装、念力兵器、空间戎指等。

船长和8个船员都有些激动。

“摩云藤？！”

“摩云藤的种子若能成活，培育成幼苗，每一株幼苗都价值千亿黑龙币。”

“这么贵也不奇怪，毕竟只要花大力气培育摩云藤幼苗，服用之后的效果很好，几乎能使修炼者100%达到宇宙级。”

摩云藤的种子不算昂贵，但种子要成活，培育成幼苗是很难的。而幼苗成长到宇宙级不难，比如只要吞噬足够多的木伢晶，就能达到宇宙级。一个宇宙级强者的价值可想而知，因此摩云藤幼苗培育的代价极大，价格非常昂贵。

“木伢晶？！驯养怪兽、培育植物的极品食物木伢晶？那可是连域主级、界主级，乃至不朽级强者都会购买的宝物啊！”

“木伢晶的用途很广，适用于人类、怪兽、植物等。”

“这个地球上竟然有木伢晶！”

飞船上的人都无比激动。

“船长，我们在地球上还发现了一种特殊的露水，被地球人命名为‘进化之露’，经过鉴别，应该就是宇宙中的紫光露。”阿图卡又道，“而且，根据推测，地球上的紫光露数量非常庞大，估计达数百吨。”

阿图卡是根据现如今地球上的高等学员人数推测出的数量。

“地球上有紫光露？”船长笑了，“那个无敌强者给地球的恩泽真是不小。”

数百吨紫光露跟摩云藤、弧刀盘、金角巨兽的尸身相比，价值太低了。一些盛产紫光露的星球，出产的紫光露可是数以万吨计的，数百吨紫光露并没让船长感到多么惊讶。

控制室中。

船长和8名船员正在商量怎么攫取地球上的宝物。

“毫无疑问，地球上最珍贵的就是那个无敌强者遗留的宝物。”那个绿皮肤女子眼睛发亮，“那可是能够让肉身进入暗宇宙，掩盖宇宙坐标的无敌强者，如果我们能得到这个强者遗留的宝物，那……”

“你就做梦吧！”一个大汉摇摇头，“先不说那个无敌强者是否真是在地球上殒身的，即便我们将无敌强者遗留的宝物拿到手，也很可能会丢掉小命。”

船员们议论纷纷。

船长皱眉，思考怎么行动。

“按照3号方案行动！”片刻后，船长低沉的声音响起。

“船长？！”8名船员都看了过来。

“船长！”飞船智能阿图卡大声喊道，“收到家族舰队的通话请求。”

“嗯？”船长表情微变。

“你们待在这里，待会儿再行动，我先去应付一下那群嚣张的家伙。”

船长交代了一句，就离开了控制室，进入了自己单独的房间。

船长休息室中。

船长坐在椅子上，闭上眼睛，淡淡地道：“接入虚拟宇宙网络。”

智能光脑平常都是处于半接入虚拟宇宙的状态，可以收到别人发来的讯息。如果要通话或者发讯息，就必须让意识完全进入虚拟宇宙。

虚拟宇宙，乾巫大陆管辖下的黑龙山岛。

船长倏地出现在一座民宅院落中，他的肩膀上有着拳头大小的小精灵。这座民宅就是这位船长在虚拟宇宙中的房产。若是在虚拟宇宙中没有房产的话，就会如罗峰一样，直接出现在街上；有房产的话，则直接出现在虚拟宇宙的家里。

民宅，客厅中。

“嘟！”客厅的墙壁上浮现出屏幕，屏幕上出现了一则通话申请。

“哼！你现在知道求我了！”船长看着屏幕，冷笑一声，而后说道，“接通。”

屏幕微微震动，而后巨大的屏幕上出现了8个人。这8个人中，有3个人的耳朵尖尖的，眼眸泛着红光，和船长一样；另外5人的长相比较特殊，显然跟船长并非同一族群。

“嗯？竟然有8位亲传弟子同时见我？！”船长眉毛一挑。

“布罗，”8人中为首的英俊青年冷冷地道，“你应该抵达那颗生命星球了吧！”

“我抵达了，怎么了？”布罗冷笑一声，“普拉，之前我都已经将条件说清楚了。此次，无论是发现虫洞，还是抵达这颗生命星球，主要是我的功劳，甚至这颗生命星球我想给谁就给谁。”

“哼！”8人中一个身材魁梧的黑皮肤男子冷哼一声。

“你哼什么？！”布罗瞪了他一眼，“克罗米，你就算达到了恒星级九阶，有了亲传弟子的身份，你也只是外人，我才是诺岚山家族的直系子弟！”

很多外人拜入诺岚山家族，其中只有达到恒星级九阶的才有资格成为亲传弟子，拥有特殊地位。

“布罗，我们找你不是要和你谈判，而是通知你，老族长得知虚无区域的消息后，亲自下达了命令。对于这颗曾经被无敌强者统治的星球，老族长非常感兴趣，所以，这颗星球归家族所有，绝对不能有任何意外，否则……”

“否则什么！”布罗冷冷地道，“八大亲传弟子，据说还有30多名诺岚族护卫，加起来超过40个恒星级九阶高手，的确是一股可怕的力量啊，要杀我，简直跟捏死一只蚂蚁一样容易。”

第291章

抓捕罗峰三兄弟

“我好害怕啊！”布罗佯装出一副恐惧的模样，随即咆哮道，“滚蛋！你们有本事的话，就来杀我啊！来啊，来啊！”

八大亲传弟子脸色铁青。

“哼！我可不怕你们！”布罗冷笑一声，“你们最好给我认清局势，我已经不是当年那个落魄的小子了，现在是家族有求于我，所以，你们给我放尊重一点。好了，我今天看你们很不爽，一天后，再谈这颗生命星球的事吧！”

“嘟！”通信猛地终止了。

布罗关掉通信后，悠闲地走到一旁，拿起一瓶酒，给自己倒了一杯。

“嘀！嘀！嘀！”

“船长，家族舰队那边请求通话。”布罗肩膀上的小精灵阿图卡说道。

“嗯，我知道了。”布罗坐在沙发上，微微晃动手中的酒杯，“不用理他们，暂且把他们晾在一边，我要让他们明白，这一次谈判，是我掌握着主动权。哼！一群愚蠢的家伙！”

“船长，家族舰队第二次请求通话。”

“家族舰队第三次请求通话……”

时间一分一秒地过去。

布罗躺在沙发上，听着家族舰队第九次发来通话申请，喃喃道：“普拉，这一次我要让你知道，我才是家族这一代中最优秀的，而你，只不过是在温室中长大的花朵而已。”

“嘀！”又一道提示声响起。

“船长，有陌生通信编号邀请通话，对方主动显示了身份，是宇宙级强者。”布罗肩膀上的阿图卡说道。

“噗！”布罗直接喷出一口酒，猛地站起来，眼睛瞪得滚圆。

“什么？宇宙级强者？”

通过辅助光脑或者智能光脑接入虚拟宇宙网络时，是可以申请检测自身实力的。虚拟宇宙网络会通过智能光脑或辅助光脑上的装置扫描人体，从而检测出实力。平常在虚拟宇宙中，大家都是不显示实力的。不过在一些特殊时候，比如当一些特殊的地方对进入者的实力有要求时，那就需要显示出实力了。

“接通！”布罗刚下令，转而又道，“等一下！”

布罗深吸一口气，让自己平静下来，又道，“接通通信。”

“是，船长。”阿图卡应道。

客厅的墙壁上浮现出屏幕，屏幕上出现了一个双耳尖尖、眼睛微微泛红的中年男子，这中年男子和布罗有几分相像。

“老族长。”布罗恭恭敬敬地躬身。

诺岚山家族作为新晋的强大家族，包括现任族长在内，一共有过三任族长。第一任族长开创了诺岚山家族，后面两任族长的实力很强，都达到了宇宙级，才取得继任族长的资格。这老族长正是第二任族长，老族长当年继任族长时，达到了宇宙级一阶。几万年过去了，现在老族长已经是宇宙级六阶的强者了。而现任族长是布罗的祖父。

“布罗！”老族长看着布罗，微微一笑，“家族后辈众多，我认识的很少，今天应该是我和你第一次交谈吧？”

“是的，老族长。”布罗恭敬地应道。

他从出生到后来离开家族，上千年来，虽然远远看到过老族长，但是没资格和老族长交谈，这是两人第一次交谈。

“在家族的保护下成长的子弟，终究比较脆弱。而像你这样在宇宙中冒险流浪的弟子，才能得到更好的磨砺。”老族长夸赞一声，“我诺岚山家族一向是以功劳和实力评判族人的。这颗生命星球因为曾经被一个不朽级强者控制，所以意义特殊……”

对整个诺岚山家族而言，普通的生命星球的确不算什么，这种具有特殊性的星球才算珍贵。

“家族将给予你1000亿黑龙币作为奖励，并且给予你家族长老会终身长老的职位。”老族长直接说道。

“终身长老？”布罗顿时睁大了眼睛。

家族中的长老地位非常高，比那些亲传弟子地位还高。不过，就算担任长老一职，如果犯了大错，经过族长、长老会的共同审议，还是会被罢免的。终身长老就不一样了，就算犯了大错，最多被削减福利，永远不会被罢免。只有做出巨大贡献的人，才有资格获得这个职位。

“我诺岚山家族的荣耀是靠一代代弟子共同努力才建立的。”老族长说道。

“老族长放心，我身为诺岚山家族的子弟，愿意为家族的荣耀去战斗。”布罗挺直腰杆。

“你很优秀。”老族长点点头，“此次对于这颗生命星球的征服行动，你的冒险者小队作为先锋队，家族舰队三个月后到达。”

“明白！族长放心，这颗星球上的最强武者也就达到行星级九阶左右，我的冒险者队伍一定能征服这颗星球，我会将一切准备好，等待家族舰队来接收一切。”布罗挺起胸膛，响亮地说道。

老族长满意地点点头，笑道：“回归之日，就是我亲自授予你终身长老荣誉之时！”

说完，通信结束。

“哈哈！”布罗很激动，“地球的价值是很大，可是我终究只是个恒星级武者，价值如此高的地球，我根本守不住，还不如将其献给家族，这样一来，我就能成为家族中高高在上的终身长老了！”

“地球！”布罗眼睛一亮。

他整个人消失在虚拟宇宙中。

地球，海域上空。

银灰色飞船悬浮在那里。

“按照3号方案行动！直接抓住地球上的三个超级强者——罗峰、洪、雷神。只要这三大超级强者被抓，其他地球人将没有反抗的勇气。此外，通过这三大强者，我们能轻易知道地球上的许多隐秘。”飞船控制室内的布罗意气风发地道。

“是，船长。”布罗身后的8名船员齐声应道。

“阿图卡，说一下罗峰三人所在的位置。”布罗说道。

“我侵入地球的卫星网络后了解到，洪和雷神都飞往了罗峰的住处——C国JN基地市Y城。”控制台屏幕上的孩童头像闪动，一道清脆的声音响起。

“出发，目标——C国JN基地市Y城！”

布罗遥指C国方向。

银灰色宇宙飞船瞬间化为一道流光，横跨海洋，直接飞向C国大陆。

C国，JN基地市八大卫城之一的Y城。

西湖别院那座城堡的主人是罗峰。

洪的飞船建筑、雷神的七星楼、罗峰的城堡，这是地球上三大超级强者的居所。

城堡的天台上。

罗峰、洪、雷神三人都盘膝静坐。

“罗峰，罗峰，有一艘宇宙飞船进入了警戒区域！”巴巴塔焦急地喊道。

“什么？！”罗峰猛地睁开眼睛，额头上渗出了冷汗。

在地球上，除了自己的宇宙飞船，还有谁拥有宇宙飞船？

难道宇宙其他星球的冒险者发现了地球？

可是，地球所在的星域对应的暗宇宙坐标早就被老师用空间秘法给掩盖了，冒险者们怎么会发现地球呢？

“真的是宇宙飞船，而且是C级宇宙飞船！”巴巴塔焦急的声音再次响起。

“怎么会有宇宙飞船？”罗峰心中很着急。

"不知道，那艘宇宙飞船已经抵达城堡上空了。"巴巴塔说道。

旁边的洪和雷神明显感觉到周围原本平静的意境被搅乱了，同时睁开了眼睛，疑惑地看向罗峰。

罗峰脸色煞白。

巴巴塔的警戒区域是以它为中心的半径为2万米的区域，当初在雾岛的地底时，巴巴塔就是靠这个警戒区域探测周围人的实力的。平常，这个警戒区域是由巴巴塔维持的，它一下子就发现了闯入的宇宙飞船。

宇宙飞船悬浮在城堡上空3000米处。

"地球人真弱，我们的宇宙飞船就停在这里，他们都发现不了。"绿皮肤女子得意地道。

"看，地球上的那3个超级强者正坐在那座城堡的天台上呢。"

"哼！什么超级强者，这样的实力，放到宇宙中也就勉强能混口饭吃而已。"那个大汉嗤笑一声。

他可是这支冒险小队中3个恒星级强者之一，自然没把罗峰他们放在眼里。

布罗透过外景模拟看着下方，笑道："各位，做完这一笔后，我们就不必再冒险了。走！去见见这三个所谓的超级强者，让他们明白，什么叫作真正的高手。"

"好！那就让他们见识见识我们的实力。"

船员们都得意地大笑起来。

舱门打开了。

除了2名辅助人员留守飞船外，以船长布罗为首的几个宇宙冒险者都朝下方飞去。

"来了？！"罗峰抬头看去，只见天空中突然飞下7人。

或是犹如黑猩猩般高大的汉子，或是俊美的中年男子，或是绿色皮肤的妖娆女子……这7人正是来自宇宙的冒险者，长相和地球人明显不同。

7人脸上都带着不屑的笑容，浑身透着掌控一切的优越感。

"哼！3个土著人！"

布罗俯瞰着下方脸色难看的罗峰三人，心情非常好。

在他看来，地球上的这3个超级强者根本不堪一击，唯一能让他瞧得上眼的，就是他们身上的宝物。

天台上，罗峰、洪、雷神都看着手臂上辅助光脑的屏幕。

“1个恒星级六阶高手，1个恒星级二阶高手，1个恒星级一阶高手，还有4个行星级九阶高手。”

三人相视一眼。

“麻烦大了。”罗峰、洪、雷神三人顿感不妙。

事实上，罗峰三人根本没把这7名宇宙冒险者放在眼里。可是，7名宇宙冒险者的到来，说明地球已经不安全了。

“地球人！”布罗俯瞰下方，缓缓开口，智能光脑自动将他说的话翻译成了地球语言，“我是来自宇宙的强者布罗·诺岚山，从现在起，你们就是我的奴隶。”

低沉的声音响彻天地。

城堡外街道上的行人惊愕地抬头看向天空。

半空中，布罗凌空站立，显得高高在上，轻蔑地看着下方城堡天台上的罗峰三人。

天台上，罗峰三人表情凝重。

“来人。”罗峰当即下令。

一道道人影闪电一般从城堡的廊道、窗户、阳台上冲出，而后迅速冲天而起。

瞬间就将那7名宇宙冒险者给包围了。

“这……”布罗等人顿时呆住了。

原本在他们看来，罗峰三人只是怀有宝物的弱者罢了，没想到，竟然一下子冒出这么多强者。

第292章

麻烦大了

“恒星级七阶精神念师？！而且是3个恒星级七阶精神念师？！”

布罗惊恐地看着自己的智能光脑显示的信息。

其他六人也看到了自己的辅助光脑屏幕显示的信息，十分惊讶。

天哪！他们中实力最强的船长仅仅是恒星级六阶武者。

这里却突然出现了3个恒星级七阶精神念师。要知道，一个恒星级七阶精神念师就足以灭掉整支冒险者小队了，更别说足足有3个恒星级七阶精神念师。

“主人。”那些人朝天台上的罗峰恭敬行礼。

“主人？！”7名宇宙冒险者惊愕地看向城堡天台上的罗峰。

“抓住他们！反抗者，杀！”罗峰冷冷地下令。

“是！”奴仆卫队恭敬应命。

顿时，奴仆卫队朝7名冒险者逼近。

绿皮肤女子率先出声，她的辅助光脑迅速将她的话翻译成了地球语言：“我投降！”

“我投降。”那大汉也道。

“我们投降。”

“别杀我们。”

在场有7名宇宙冒险者，其中6人第一时间都选择了投降。

冒险者虽然是在做危险的事情，却不是傻子。此刻，他们面对的是以3个恒星级七阶精神念师为首的强大卫队，根本没有任何胜算。这支卫队一旦爆发，可以轻易扫荡数十支冒险小队。他们反抗的话，只有一个结果，那就是死，所以这6个人都选择了投降。

“怎么，怎么会这样……”布罗仍旧难以置信。

之前得到的情报，地球上的人类不堪一击，整个地球差点被恒星级一阶的金角巨兽毁灭。

怎么会一下子冒出来这么多恒星级强者呢？更可怕的是，他一眼就可以辨别出，这些恒星级强者根本就不是地球人。

“死，还是投降？”

三个黑蒙族的恒星级强者冷漠地看着布罗。

“我……”布罗咬咬牙，沉声道，“投降。”

自此，七名宇宙冒险者全部投降，连反抗的胆量都没有。

罗峰三人当即飞向空中。

雷神和洪都仔细地打量着这七人。论长相，这七人中有好几人长得很奇特。

当初罗峰选择奴隶时，特意选了身高和样貌都接近地球人的。而这七名宇宙冒险者的长相和地球人差别很大。

“蒙一，你带领第一小队接近那艘宇宙飞船，让那艘宇宙飞船中的人投降。”罗峰下令。

“是！”当即，蒙一带领一支小队迅速冲天而起。

银灰色飞船中的人见势不妙，疾速逃跑。

这时候，一艘黑色的飞船倏地出现，迅速拦截下银灰色飞船。

“地球人竟然也有飞船！”

这一刻，宇宙冒险者彻底绝望了，之前他们可没查到这个消息。

“我们投降！”

“投降，别杀我们。”

银灰色飞船迅速停下。

两名飞船辅助人员心里都清楚，那些恒星级七阶精神念师要杀他们简直轻而易举，只靠精神攻击就能做到。而且，这艘银灰色飞船的智能系统是听命于船长的，是不可能不管船长而带着他们逃跑的。

罗峰、洪、雷神悬浮在城堡上空，周围有近千个奴仆。

蒙一则带人进入那艘银灰色宇宙飞船中了。

“你叫布罗·诺岚山？”罗峰看着这支宇宙冒险队的老大。

“是的。”布罗站得笔直，他的身侧就是押解他的蒙二和蒙三。

布罗长叹一声，道：“两三年前，地球还因为一头恒星级一阶的星空巨兽的袭击，而陷入整个族群即将灭亡的灾难，没想到，短短两三年时间，地球上就有这么多强者了。”

布罗看着罗峰，目光复杂：“你有宇宙飞船，那你肯定去过宇宙中的其他星球，这些黑蒙族的强者是你买来的？”

布罗常年在宇宙中冒险，又不傻，当然猜得出来。

“聪明。”罗峰笑道。

“可笑！我竟然还将你们当成土著。”布罗无奈地一笑。

早知道这个地球上有这么多实力强的武者，他根本不会这么早现身，而会在太空中耐心等待家族舰队前来。家族舰队一到，地球人根本无法反抗。

他根据搜集到的讯息，确定地球上并没有超越恒星级的战斗力。

没错，他非常确定这一点。

如果有绝世强者，那金角巨兽幼兽怎么会给地球带来那么大的灾难？

况且，地球上厉害的武者就是洪、雷神、罗峰这三人。如今，他亲眼看到了这三人，都不是恒星级高手。

“命运弄人啊！”布罗心中暗叹。

“你们来了多少人？”罗峰问道，“又是怎么来到地球的？”

布罗闻言，心中生出一丝希望。

“看样子，这些地球人根本不知道我家族的舰队正朝地球而来。我现在要做的是拖延时间，到时候家族舰队一到，一举消灭他们，运气好的话，我还有生还的希望。”布罗暗自盘算着。

“我们一共有九个人。”布罗沉声道，“我们是因为无意中闯入一个虫洞，才进入这个虚无星域的。我们根据古老的星图得知这个虚无星域中有两颗生命星球，欣喜若狂，毕竟发现一颗星球是天大的惊喜，星球在宇宙中代表着巨大的财富，所以我们这支冒险者小队来到了地球。”

“虫洞？”罗峰、洪、雷神三人彼此相视。

难怪他们来到了地球，否则的话，就算以光速从虚无星域的边缘地带出发，也得耗费1000年左右的时间才能飞到这里。只有虫洞才能让一艘宇宙飞船这么快就进入这个星域。

“就你们九人？”洪问道。

“是的。”布罗点点头，“我们可不会相信其他人，发现星球是大事，怎么能轻易告诉别人呢？”

罗峰、洪、雷神都微微点头。

这布罗说得也有道理。

“蒙二，你催眠一下其他六人，仔细询问一遍。”

罗峰很谨慎，当即吩咐蒙二，而后迅速冲天而起。

洪和雷神紧随其后，一起朝那艘银灰色飞船飞去。

“催眠？”布罗脸色大变。

其他六个冒险者都大惊失色。

一直在宇宙中冒险，他们善于抓住任何一个逃命的机会，之前布罗那么一说，他们就清楚该怎么做。只有靠家族舰队的救援，他们才有一丝生存的希望。如果此事暴露的话，这些地球人绝对不会饶过他们。还没等到家族舰队前来，他们就已经没命了。

他们不说，阿图卡也不会泄露消息，智能光脑阿图卡一向听从布罗的命令。

银灰色飞船。

罗峰、洪、雷神三人进入控制室。

“主人。”蒙一等护卫恭敬行礼。

旁边是被蒙一等人押着的两名飞船辅助人员。

“嗯。”罗峰点点头，随手取出一块芯片卡。

“哧！”他直接将芯片卡插进控制台的一个凹槽中。

“罗峰，看我的吧！”巴巴塔开始侵入这艘银灰色飞船的智能系统。

控制台的屏幕上立即浮现了一个孩童的头像，那孩童慌乱地大喊道：“停止侵入！立即停止侵入！”

“哈哈！你只能算是普通的智能光脑，还赶不上黑龙山X81型飞船中的智能。”屏幕上浮现出巴巴塔的头像。

巴巴塔露出獠牙，异常得意，迅速侵入系统，完全控制了整艘飞船。

“嘟！”

罗峰拿出口袋内的手机，一看，是C国专门负责和自己联系的王将军打来的。

“罗峰先生，刚刚收到情报，说是你的城堡那边出现了一道声音，翻译成地球语言是‘从现在起，你们就是我的奴隶’，这是怎么回事？”王将军焦急地问道，“而且，我们还发现了大量腾空而起的强者，有近千名之多。”

能腾空飞行的，最起码都是行星级高手。

近千名行星级高手？

这可不是小势力，王将军怎么可能不紧张？

“放心吧，只是遇到了从宇宙中来的冒险者，已经被我们制服了，没什么事。”罗峰随意地说道。

……

“喂！”

“哦，是拉里女士啊！”

此时，洪和雷神都接到了电话。

之前城堡上空突然冒出近千名强者，此事显然惊动了各国领导。他们不可能不知晓，因为罗峰的城堡这种重要地方周围是有大量间谍的。

“没事。”

“已经没事了。”

洪和雷神都笑着回复。

罗峰拿着手机，正笑着说着，可是他的表情忽然变了，只见面前的控制台屏幕上迅速浮现出大量文字，正是巴巴塔主动显示出来的。

“不可能。”罗峰的脸色瞬间变得煞白。

洪和雷神惊愕地看过来，当看到屏幕上的文字时，脸色也苍白无比。

“不，不……”洪、雷神脸上有着惊怒之色。

“主人，主人，刚才那个船长撒谎了，他们这支冒险者小队只是先锋队，后面还有庞大的诺岚山家族舰队。”负责催眠审问那些船员的蒙二，闪电一般冲入控制室中，焦急地喊道。

罗峰点点头。

他已经知道了！

“杀了那个船长！”旁边的雷神怒道。

“别杀他，先将他给关起来，好好审问。”洪道。

“对，审问！关于诺岚山家族的一切信息，都给我审问出来。”罗峰脸色铁青。

“怎么了？”

“发生什么事情了？”

“亲爱的洪，这到底是怎么回事？”

三人的手机中同时传出疑问声。

“王将军，地球有大麻烦了。”罗峰双眸泛红，紧紧地盯着控制台的屏幕，控制台屏幕上的文字仿佛一把尖刀插在他的心脏上。

“我们有大麻烦了。”雷神也沉声道。

第293章

地球宝藏

“我建议，马上召集地球上五大国和23个基地市的领导人去战神宫。”洪冷冷地说道。

罗峰点点头。

一想到诺岚山家族舰队拥有极其强大的实力，罗峰就不禁感到恐惧。

“这，这简直不是一个级别的。”罗峰忍不住心慌。

巴巴塔侵入那艘冒险者飞船的智能系统，得到了一些资料，发现此次诺岚山家族发起的征服地球的行动，是以小型宇宙飞船为前锋，诺岚山家族舰队为主力的。

此次派出的诺岚山家族舰队由两艘战舰组成，战舰军队的为首之人是诺岚山家族族长亲传弟子普拉，此外，还有7个亲传弟子辅助他。

8个亲传弟子的身边跟着30多个诺岚卫。

族长的亲传弟子，身份尊贵。一般来说，必须达到恒星级九阶，才有资格当族长的亲传弟子。

诺岚卫是诺岚山家族的精英，每个实力都很强，皆达到了恒星级九阶。此次诺岚山家族舰队中有超过40个恒星级九阶强者，恒星级七八阶强者更多。

巴巴塔根据布罗的智能光脑阿图卡的资料还推测出，两大战舰上的恒星级强者应该有1000个，还有超过1万个行星级强者。

“一个恒星级九阶强者就能横扫地球，这次竟然来了40多个。”罗峰脸色惨白。

“现在很麻烦。”雷神沉声说道，“40多个恒星级九阶强者率领1000个恒星级强者前来，还有上万个行星级强者。这怎么打？根本没法打！除非我们中有宇宙级强者，才有与之一拼的机会。可是，哪里有宇宙级强者啊？”

罗峰急了。

如果再给他一两年的时间，他的本体金角巨兽就能达到宇宙级。可是，诺岚山家族舰队很快就到了。

罗峰十分着急。

刚刚闭眼静坐的洪突然睁开眼睛。

“查到了？”雷神看向洪。

罗峰也看向洪。

“嗯。”洪点点头，表情很严肃，“卡罗帝国的诺岚山家族在浩瀚宇宙中只能算是一个小家族，我在虚拟宇宙网络上很容易就查到了一些资料。

“在81066年前，宇宙级强者诺岚山建立了诺岚山家族，诺岚山为第一代族长，他的名字也成了家族的姓氏。

“诺岚山天赋极高，悟性极强，达到宇宙级后，就广收弟子。现如今，诺岚山已经是宇宙级九阶强者了。他的弟子众多，又善于教导弟子，其中有6个弟子是宇宙级强者。这6个弟子中，有2个是诺岚山家族的人，分别担任第二任族长和现任族长，也就是第三任族长。”

“什么？”罗峰心中震惊。

虽然罗峰早就知道有师承后，诞生宇宙级强者的概率会比较高，但是包括家族创始人在内，诺岚山家族竟然有7个宇宙级强者，简直太令人震撼了。

“这怎么打？”雷神也急了。

“诺岚山家族是卡罗帝国的第三大家族。”洪继续说道，“卡罗帝国是宇宙初等文明国度，是黑龙山帝国五百多个属国之一，实力却在五百多个属国中排前三。卡罗帝国的第一大家族是皇族卡罗家族，卡罗皇族的第一强者达到了域主级，卡罗帝国的第二大家族是威帝家族。”

威帝家族？

罗峰心念一动。

他在虬龙星认识的好友高升·威帝就是威帝家族的。照洪所说，威帝家族只是卡罗帝国的第二大家族，高升·威帝却说虬龙星上没有他惹不起的人。

高升·威帝敢这么说，不应该只是因为自己是一个初等文明国度家族的子弟吧？难道高升·威帝的家族和这个威帝家族不是同一个？

“威帝家族是一个商业家族，只有老家在卡罗帝国。”洪顿了顿，继续说道，“现如今，威帝家族的绝大部分势力在黑龙山帝国，甚至延伸到乾巫宇宙国去了。论整体实力，威帝家族比整个卡罗帝国还要可怕。不过，在卡罗帝国内，威帝家族也就十余个宇宙级强者而已。”

“至于卡罗帝国的第三大家族，正是诺岚山家族。因为教导出了6个宇宙级强者，故而诺岚山名气极大，很多人都想当他的弟子。加上诺岚山数万年的经营，诺岚山家族领地中仅生命星球就超过1000颗，其旗下的诺岚卫号称‘八千诺岚卫’，也就是说，至少有8000个恒星级九阶强者。最可怕的是诺岚山，他的战斗力极强，在黑龙山帝国境内都颇有名气。”

罗峰感到无奈。

对方是势力强大的诺岚山家族，他们真的无法抵抗。

8000名诺岚卫！

七大宇宙级强者！

“到底该怎么办呢？短短三个月，我的本体金角巨兽根本来不及达到宇宙级。”罗峰迅速思考着，“成为地球领主？那么就必须在三个月内，让分身的修为达到恒星级，并且打开老师留下的第一个银行账户，才能买下整个地球。”

一般而言，发现一颗无主星球，有三种选择：

一、获得奖励，无其他好处，如何处置地球，发现者根本无法插手；

二、交钱成为星球领主，不过，黑龙山帝国拥有征收星球的进口、出口关税权；

三、直接买下星球，拥有百分之百的权力。

罗峰不想选第一种方法，一旦选择，地球人的命运将无法保证。

“只能想办法，以最快速度达到恒星级。”罗峰咬咬牙，“我拥有碧波髓，结合木伢晶，三个月的时间，还是……还是有可能达到恒星级的。”

“二弟、三弟，五大强国和各个基地市的领导人差不多都到战神宫了，我们去虚拟空间吧！”洪道。

“好的！”

“我们这就进入虚拟空间。”

罗峰、洪、雷神三人都进入了旁边的个人静修室，然后进入虚拟空间战神宫。

……

无数年来，地球人一直从未真正和宇宙国度接触过，现在竟然有一个来自宇宙中的强大家族欲征服并且控制整个地球。

特别是罗峰三人说出诺岚山家族的实力后，更让地球的高层感到焦急、慌乱。

怎么办？

不过，这群高层不愧是地球上的精英，很快就冷静下来，最后制订出了详细的计划。

城堡的天台上。

罗峰、洪、雷神三人都俯瞰着大地。

“我们没有其他选择了吗？”洪轻声问道。

“罗峰，你没有骗我们，真有这么一个账户？”雷神看向罗峰。

“是的！可我必须达到恒星级，才能获得这个银行账户。”罗峰看着远处街道上络绎不绝的人流，神情凝重。

他仅仅将此事告诉了妻子、洪和雷神，没再对其他人说过。

“那就只能拼一把了。”雷神说道。

“嗯！”洪点点头。

“是的，我只能奋力拼一次了。”罗峰也点点头。

“三个月内，我若成为恒星级强者，一切都好解决，若不能，就只能将采样、数据等送到黑龙山帝国，获得1000亿黑龙币的奖励。这样一来，虽然地球的所有权归黑龙山帝国所有，但是至少诺岚山家族不敢对付地球。”罗峰缓缓地道，“黑龙山帝国想要控制地球，即便通过虫洞，也需要两年多的星际旅行。两年多的时间，我可以靠飞船悄悄将地球人转移。”

这就是罗峰的计划！

他早就想好了做两手准备。成功的话，自己就成为地球领主；失败的话，就来个金蝉脱壳之计，尽量让地球人在两年多的时间内全部转移。当然，这条路会很艰辛，让近70亿人迁移是一件非常难的事。不到最后时刻，罗峰不会这么做。

当天下午。

雷神的女儿、洪的子女、罗峰的亲人都聚集在城堡中，就连地球上的不少高层都来到这里。

“你们在宇宙中的其他星球也要小心。”

“地球上无数人的希望都在你们身上。”

“加油！”

……

在众人的期待下，罗峰亲了亲妻儿，便和洪、雷神一起朝半空中的X81型飞船飞去。

“爸爸，早点回来。”

罗峰的两个儿子大声喊着。

“嗯！我会的！”

罗峰、洪、雷神三人进入了X81型飞船。

“咔！”舱门关闭了。

X81型飞船载着罗峰三人迅速离开了地球。

而地球上绝大多数人都不知道此时有三个人已经离开了地球，去往浩瀚的宇宙，为他们的生存博取一丝希望。

X81型飞船的控制室内，外景模拟100%。

罗峰、洪、雷神三人都转头看着身后那颗美丽的蔚蓝色星球。

“巴巴塔，”片刻，罗峰下令，“加速，准备进行宇宙穿梭，目的地——白兰星。”

X81型飞船载着地球的三大强者开始了宇宙穿梭。

上次只有罗峰一个人，为的是见见世面，为修炼秘法购买宝物。

这次却是三个人，为的是守护整个地球。

距离地球并不遥远的某一处浩瀚星空。

两艘灰色战舰正一前一后飞行着，无比巨大，模样也很相似，长度都很惊人，达到了6000多米。此刻，正化为两道模糊的流光，在星空中疾速飞行。

前面一艘战舰的控制室内，一个长相和布罗相似的俊美青年坐在那里，他的身侧还坐着三个男子。

“怎么回事？”俊美青年皱眉道，“为什么连接不上？”

黑皮肤男子摇摇头。

俊美青年冷哼一声，道：“这个布罗真是自以为是。老族长承诺他，待事成之后，让他担任终身长老一职，他还真以为自己高高在上，能踩在我们头上了！关于那颗生命星球的情报，他竟然一点都不透露给我们，真够狠的！”

“是啊！我们主动申请通话，他也不接。”另一个俊美青年恨恨地道，“普拉，我看我们还是把他……”

说着，这人做了个抹脖子的动作。

其他两人见了，脸色一变。

普拉摇摇头，道：“别乱来，家族的大事要紧，反正只要三个月就抵达那颗星球了，按照老族长所说，那颗星球上很可能有巨大的宝藏！”

第294章

生存基地

罗峰三兄弟乘坐X81型飞船进行宇宙穿梭，当天就抵达了距离地球1.18万光年的白兰星。

白兰星，极冷区。

一个个大型仓库基地散乱分布着，一艘黑色的宇宙飞船缓缓降落在其中一个超大型仓库基地内部住宅区的城堡前。

“嗖！嗖！嗖！”

罗峰、洪、雷神迅速跳下飞船，他们身后跟着四个黑蒙族强者。

“主人！”101个驻扎在白兰星的黑蒙族强者站在城堡外，恭敬地迎接罗峰三兄弟。

“大哥、二哥，跟我来。”罗峰走向城堡。

三人缓步走在城堡中的旋转楼梯上。

“三弟，你这里不错啊！”

雷神通过楼梯旁的窗户，看到外面被冰雪覆盖的大地。这是他第一次离开地球，来到宇宙中的其他生命星球，感觉新奇得很。

“我这辈子还是第一次离开地球，竟然一下子来到……哎，这是离地球多少光年的生命星球来着？”

“1.18万光年。”罗峰笑道。

因为诺岚山家族入侵地球的事，罗峰压力很大，可是，他这二哥之前紧张得很，一来到白兰星，反而放松下来了。他有些哭笑不得。

“1.18万光年啊，多么遥远的地方啊！”雷神赞叹一声。

“这是个落脚的好地方。”洪则微微点头。

“大哥、二哥，你们现在怎么一点都不急了？”罗峰说着，推开门，进入会客厅。

三兄弟相继坐在沙发上。

“面对危机，着急是没有任何用处的。”洪很平静，“无论是老二精通的古瑜伽冥想，还是我们C国自古流传的内家守神养神之道，对人的心境修炼都是非常有好处的。”

“心境修炼？”罗峰有些疑惑。

不管是陨墨星一脉，还是其他门派的修炼，大多是对技艺、境界等有修炼要求，这里的境界跟心境是两码事。一个心境很差的邪恶之人，只要勤加修炼，照样能够成为强者。

“难道……”智能空间中的巴巴塔眼睛一亮，“这就是洪和雷神达到行星级时就拥有了领域的原因？在地球上，C国和I国的强者很多，而且很多高手的境界都达到了意境这一层次，比宇宙中的平均水准高不少。”

境界主要分为基础、意境、领域、世界这四大层次。再往上，就是不朽级了。

“不谈这事。”罗峰郑重地说道，“大哥、二哥，在我们赶来白兰星的途中，我一直都在想，之前的计划有点冒险。”

“冒险？”

洪和雷神略微思索，都点点头。

“可是，不冒险的话，又能怎么办呢？”雷神无奈地道。

“我们制订计划没办法精确到每分每秒，一旦诺岚山家族舰队抵达地球，恐怕他们会立即抓捕并控制一些重要人物。”罗峰目光坚定，“无论如何，我绝对不能让我的家人冒险。两位大哥，你们也不想这样吧？”

洪点点头，道：“我们不是将另外一艘飞船留在地球上了吗？”

之前那支宇宙冒险者小队所乘坐的C级飞船被罗峰的人缴获了，把它停在罗峰城堡的后方，就是供罗峰、洪、雷神三人的家人和一些重要人物在关键时刻逃亡用的。

“不行！那艘飞船太小，恐怕只能容纳3000人，物资储备怎么办？他们吃什么喝什么？”罗峰摇摇头，“碰到最糟糕的情况，仅仅救下上千人，恐怕连族群繁衍都很困难。”

“那你的意思是……”洪和雷神都看着罗峰。

“购买生存基地！”罗峰说道。

“生存基地？”洪和雷神都很不解。

“一般来说，开发原始星球，或者开发重要的矿产星球，都会在该星球上建造一个生存基地。”罗峰解释道，“小的生存基地能供上千万人居住，大的可供数十亿人居住，生存基地可以保证空气、水、食物等的供给。”

“哦？”洪、雷神眼睛一亮。

“我们这就去虚拟宇宙网络，寻找出售生存基地的人吧！”罗峰笑着说道。

虽说诺岚山家族舰队三个月后就可抵达地球，但是他们不知道具体的时间，说不定对方会提前到达地球。为了防止意外发生，还是购买一个坚固的生存基地比较好。

虚拟宇宙，乾巫大陆管辖下的黑龙山岛。

虽然这只是座岛屿，但是其面积比地球上所有陆地总面积都要大。

一间餐厅的包厢中。

“虽然这是虚拟宇宙，但是这里的菜肴很美味，跟真的一样。”雷神啧啧称奇，“而且，这些菜肴的价格还非常便宜。”

“别吃了，待会儿铁洛公司的主管就到了。”洪说道。

罗峰的眉宇间透着一丝烦恼之色。

刚才他让巴巴塔查阅了一下生存基地的价格，心情瞬间跌到谷底。

“咚！咚！咚！”敲门声响起。

雷神当即起身，打开了门。

来人是一个身材健壮，身高约两米六，皮肤呈棕色，左右脸颊上有着三道纹痕的男子，这人正是宇宙中的大公司铁洛公司派驻黑龙山帝国分公司的二级主管。

男子面带笑容，微微行礼："我叫洛迪，很高兴见到三位。三位要购买的生存基地涉及的数额实在太大，我们还是见面谈比较好。"

"明白。"罗峰微微点头。

洛迪将手中的黑色画板放在桌上，黑色画板上顿时浮现出一个个生存基地的模型。

"你们看，生存基地有大有小，价格当然也完全不一样。这是最便宜的A级生存基地，只要10万黑龙币。这种生存基地长宽分别为1万米，高约100米，分成30层，足以容纳3亿人。当然，还有更大的生存基地。

"三位客人，你们要求防御性强的，属于B6级生存基地，价格要高多了，和前面的生存基地大小相同，不过，需要9000万黑龙币。"

洛迪侃侃而谈。

洪和雷神看着一个个生存基地的价格。

"我需要能够抵挡宇宙级一阶强者攻击的生存基地。"罗峰直接说道。

诺兰山家族舰队中有四十多个恒星级九阶强者，差不多相当于一个宇宙级一阶强者。

"哦？那可就贵了！"洛迪微微一笑，"这是C5级的生存基地，能够容纳3亿人居住，也能抵挡住宇宙级一阶强者的攻击，不过需要980亿黑龙币。"

罗峰眉头紧蹙。

当初他卖了弧刀盘，得了180亿黑龙币，后来买了碧波髓、奴隶、组合金属、紫光露，现如今只剩下17亿黑龙币了。若是在普通星球，罗峰绝对算得上是首富了。可是，要购买一个超大型的能抵挡宇宙级一阶强者攻击的生存基地，却远远不够。

"C3级的生存基地呢？"罗峰问道。

"C3级的生存基地相对比较便宜，能够容纳3亿人，只需要510亿黑龙币。"洛迪说道。

“再小一点的呢？”罗峰皱眉。

“这是可以容纳3000万人的生存基地，只需要89亿。”洛迪继续说道。

“没有更小的吗？”

“没了。”洛迪的表情变得有些难看。

这三个人难道是故意来消遣他的？

罗峰心中思忖着，这种生存基地的居住标准是人均居住面积达到10平方米，而关键时刻，能够容纳3000万人的生存基地完全可以容纳1亿人。

“我们得到消息，你们公司可以定制生存基地，是吗？”罗峰问道。

“定制？”洛迪瞥了罗峰一眼，“按照你们的要求去定制生存基地的话，是很麻烦的。定制是赋予超过100亿黑龙币的大单子的特权。嘿，你们三个到底买不买啊？买不起C级的话，就买B级的啊！”

“你会不会说话啊！”雷神恼了。

“哟！你还生气了啊！”洛迪嗤笑一声，“我负责管理虚拟宇宙这边的生意，经常遇到你们这种人，根本什么也买不起，还故意问东问西，浪费我的时间！你们是不是以为现在在虚拟宇宙中，我就没法教训你们，所以就敢消遣我？”

罗峰、洪、雷神三人都惊呆了。

这个主管哪有一点生意人的样子？

“怎么啦？不服气？我就骂你们了，怎么着？若是在现实世界中，我早就狠狠教训你们了。”洛迪站了起来，不屑地冷哼一声，“三个穷鬼！”

而后，他就消失不见了，显然是直接离开了虚拟宇宙。

包厢内，罗峰、洪、雷神三人都气得不轻。

“如果我会说宇宙通用语，我一定将其狠狠骂一顿。”雷神忍不住道。

“骂他不算什么。”罗峰肩膀上的巴巴塔笑道，“你们直接成为铁洛公司的大客户，然后投诉这个洛迪，说他的服务态度非常差。他只是分公司部门的二级主管，会直接被辞退的，到时候他一定会后悔！”

“大客户？”罗峰、洪、雷神三人一怔。

“可是我们没有那么多钱，怎么成为大客户？”雷神说道。

“这很简单。”巴巴塔神秘地一笑，“罗峰，你不是有黑龙山X81型飞船吗？这种老古董绝对是飞船爱好者的最爱，你只要展示出来，有的是飞船爱好者想要买。”

“什么？卖飞船？”罗峰一惊。

“嗯！论性能，你们抓获的那支冒险者小队的宇宙飞船不比X81型飞船差，毕竟那也是C级飞船，只是材质是合金的，那艘飞船价值仅仅几亿黑龙币，而X81型飞船的价值超过百亿黑龙币。除此以外，它与X81型飞船的性能没什么区别。卖了X81型飞船后，你就用缴获的那艘飞船吧。更何况，等你得到你老师留下的银行账户，取出其中的钱，比黑龙山X81型飞船更好的飞船都能买到，还在乎X81型飞船吗？”

罗峰顿时笑了。

没错！待自己达到恒星级后，自然可以再买新的飞船。

“怎么卖X81型飞船？”罗峰问道。

“简单，你直接联系高升。他是飞船爱好者，又有身份、地位，肯定认识一大群有同样爱好，且有钱、有身份的人，他们肯定可以出很高的价钱。”巴巴塔直接说道，“卖了X81型飞船后，给地球人购买几个生存基地，那才是为地球做了大贡献。而且，你还能以大客户的身份，教训一下那个狗眼看人低的家伙。”

罗峰点点头。

他当即让巴巴塔联系高升·威帝。

“喂，罗峰，这都有好长一段日子了，你怎么才联系我啊？”

不一会儿，罗峰三人面前的屏幕上出现了高升·威帝的影像。

“旁边的两位是你的族人？”高升问道。

“对。”罗峰点点头，“我最近手头紧……”

“你尽管说，只要不是太大的数目，不超过10亿黑龙币，我来帮你搞定，一分利息都不要。”高升爽快地道。

第295章 三个月

借钱当然是要利息的，高升·威帝能够这么说，的确够朋友。

“不是，我是想卖掉我那艘黑龙山X81型宇宙飞船。”罗峰说道。

“什么？！”高升·威帝眼睛瞪得老大，“你竟然舍得卖那艘飞船！那可是百万年前的老古董了，能够保存得那么完好的飞船是很少的。那绝对是每个飞船爱好者都想要收藏的宝贝，我劝你不要卖，一旦卖了，想买回来就难了。”

罗峰笑笑。

他可没有这种爱好。

“我是真的要卖飞船，你有渠道吗？”罗峰问道。

“你真的要卖的话，很简单。”高升·威帝缓缓地道，“你只要将消息散播出去，就能卖掉。不过，想要卖高价，并不容易。这样吧，我之前加入了好几个飞船爱好者的团体，我去帮你群发一下消息，告诉他们。上次我向他们透露过X81型飞船的事情，还有人想买呢。”

“那就多谢了。”罗峰心中一喜。

“嗯！你等下，给我一点时间，待会儿我再联系你，一定给你卖个最高价。”高升·威帝信心满满地道。

当即，通信结束了。

雷神道：“罗峰，你让这个人帮忙，他靠不靠谱啊，不会从中捞钱吧？”

“二哥，别担心，我觉得他不是那样的人。再者，除了他，我也找不到别的好渠道了。”罗峰露出一丝笑容，“而且，价格只要和我预估的差不多就成，我不奢求太多。”

大概过了25分钟。

“嘀！”一道提示音响起。

“罗峰，高升的通信申请来了。”巴巴塔喊道。

“接通！”罗峰眼睛一亮。

“嘟！”屏幕再次在罗峰三人面前浮现，屏幕上出现了高升·威帝的影像。

“一切搞定，我跟黑龙山帝国帝都星球的一个兄弟谈了一下，他愿意出128亿黑龙币买下X81型飞船，这是我诸多好友中报出的最高价了。”高升·威帝直接说道，“那些人都不傻，都不愿意出更高的价。”

“行，那就这个价。”罗峰干脆地道。

“嗯！这是他的虚拟宇宙网络通信编号，你和他拟定合同，约定交货地点吧。”高升·威帝直接告诉了罗峰一个通信编号。

谈妥后，罗峰三人回了地球一趟。

他们将那艘银灰色宇宙飞船带到了白兰星。最近一段日子，他们只能使用这艘银灰色宇宙飞船了。

12天后。

白兰星，星球停泊港。

“这颗星球太冷了。”

一艘刻着利剑花纹的宇宙飞船的舱门打开，穿着华服的少年带着两个恒星级八阶强者走了出来。这少年的脸肥嘟嘟的，一头长发扎成了数十条小辫子，额头上还有着奇异的花纹。

“先生。”星球停泊港的总负责人恭敬地在一旁迎接。

少年瞥了总负责人一眼，而后朝四周看去，一下子就看到远处的罗峰三人，连忙高声喊道：“罗峰兄弟，很高兴见到你。”

而后，少年跑了过去，给了罗峰一个拥抱。

“很高兴见到你，科瑞兄弟。”罗峰也拥抱了少年。

“我的宝贝呢？”科瑞当即问道。

“看！”罗峰指着远处。

科瑞顺着罗峰手指指的方向看去，果然看到了那艘纯黑色的X81型飞船。他当即飞奔过去，伸出手，抚摩着飞船船身上的纹痕，忍不住赞叹道：“哇！这可是纯乌钇打造的，还有老X款式的黑龙纹痕，现在很难见到呢。”

“这艘飞船保养得太好了！”科瑞激动不已。

之后，在罗峰的带领下，科瑞参观了X81型飞船内的船舱和各个舱室。罗峰从高升那儿得知，科瑞来自黑龙山帝国的帝都星，背景很强大，科瑞的家族可比诺岚山家族强大得多。

不过，科瑞和罗峰刚刚结识，而且两人只是交易关系，这种大家族嫡系子弟不可能因为罗峰而去得罪宇宙级九阶强者的。

“128亿黑龙币，一手交钱，一手交货。”科瑞走出舱门，笑着说道，“我刚刚已经将128亿黑龙币转到你的账户了。”

双方交易成功!

很快，科瑞就带着他的新收藏品黑龙山X81型飞船离开了白兰星，而罗峰立即和铁洛公司联系，准备定制生存基地。

“500万人标准的C2级小型生存基地定制4个。”罗峰直接说道。

“可以。这种C2级小型生存基地价格16亿黑龙币，共计64亿黑龙币！”铁洛公司黑龙山帝国分公司总经理回道。

“1000万人标准的C2级生存基地定制1个。”

“嗯！这种C2级生存基地的价格是26亿黑龙币。”

“1000万人标准的C3级生存基地定制1个。”

“好的！这种C3级生存基地的价格是42亿黑龙币。罗峰先生，共计132亿黑龙币。”

“没问题。对了，你们铁洛公司在黑龙山帝国的分公司有个二级主管叫洛迪，他是负责虚拟宇宙中的生意的，其虚拟宇宙网络通信编号是……这人的态度非常不好。”

罗峰说完了正事，开始投诉。

这是他二哥雷神强烈要求加上的。

谁让那个洛迪狗眼看人低！

果不其然，铁洛公司黑龙山帝国分公司总经理收到投诉后，当即就把洛迪给辞退了。铁洛公司可是宇宙中的大公司，是有规矩的，怎么可能放任洛迪这种轻视客户的员工？

更何况，罗峰是铁洛公司的大客户，一笔单子的金额就达百亿，铁洛公司自然不会得罪罗峰。

至此，罗峰三兄弟完成定制生存基地的任务时，也算出了一口恶气。

这些日子，罗峰完全沉浸在修炼中，在巴巴塔的指导下，罗峰以最高的效率进化着身体，只在偶尔需要接收货物的时候才会出去。

时间飞快流逝。

2262年12月24日，距离布罗带领的冒险小队来到地球已经过去了一个月，罗峰三人乘坐银灰色飞船再次回到了地球。

“在接下来的一天，我会在A国建造一个生存基地，这个生存基地能够容纳500万人，当然，特殊时期，完全可以多住一些人；在I国，我同样会建造一座能够容纳500万人的生存基地；而R国和E国领土接壤，可以联合使用一个能够容纳1000万人的生存基地；C国独自使用一个能够容纳1000万人的生存基地；亚洲的人口众多，亚洲的其他诸多基地市共用一个能够容纳500万人的生存基地；非洲和南美洲的基地市共用一个能够容纳500万人的生存基地。”

战神宫中，地球上的高层云集。

罗峰当场宣布了此事。

论人口数量，C国的确不算最多的，毕竟E国和R国的人口加起来，远远超过了C国。可是，C国可以单独使用能够容纳1000万人的生存基地，E国和R国却要共用能够容纳1000万人的生存基地。对于这一点，各国领导人也不好说什么，毕竟这生存基地是罗峰白送给他们的。

罗峰送生存基地，是出于仁义。

即便不送，也怪不得罗峰。

事实上，C国的生存基地是C3级别的，其他生存基地是C2级别的。虽然C2级别的生存基地也能勉强抵挡住宇宙级一阶强者的攻击，却没有C3级别的生存基地那么坚固。

罗峰毕竟是C国人，自然要为自己的国家多着想一些。

C国。

“希望号”生存基地坐落在JN基地市的北方区域，整个生存基地仿佛一座巨型碉堡。这个生存基地通体呈古铜色，长、宽各达2000米，高度近90米，一共分为28层，人均居住面积能达到10平方米。

生存基地16层的廊道上，C国的高层人员正在视察。

“首长，这样是不是太拥挤了？”一个中年人忍不住说道。

“拥挤？”一名满头银发的老者摇摇头，“现在不过是将房间的床改造了一下，弄成上下铺和左右铺，使每个房间可以住四个人，活动区域等地都没动，怎么能算拥挤呢？这个生存基地现在可以住进4000万人，完全还能再增加一些人。”

“再增加的话，连活动的地方都没了。”中年人连忙说道。

“拥挤一点不算什么，总比没命要好。”银发老者低叹一声。

他通过走廊上的镜子，看了看镜中的自己，现在他的头发已经全白了。

“宇宙是地球人完全陌生的地方。不久之后，地球即将遭到宇宙冒险者的入侵，那又将是一场极大的灾难啊！罗峰，一切就看你们三个的了。”

这段时间，各国领导人下令将武者和科技精英迁移到了生存基地。这些特殊群体之前都住在特定的小区，他们集体迁移并没有闹出多大动静，普通人几乎没发现什么异样。

普通人依旧过着平静的生活。

此时，罗峰去了距离银河系比较近的黑龙山帝国驻扎的星球——碧岩星。这是周边几个属国的核心星球，地位堪比初等文明国度的帝都星。

碧岩星比虬龙星离地球更近。

罗峰三兄弟乘坐银灰色飞船在宇宙中穿梭了五天，就到达了碧岩星。

碧岩星上。

罗峰不敢有丝毫松懈，以最高效率进化着身体。

一旦达到恒星级，他就能打开老师留下的银行账户，立即申请成为地球领主。

星空中。

恒星的周围有八颗行星，它们不断围绕恒星运转，这里正是太阳系，有一颗生命星球——地球。

两艘巨大的星际战舰一前一后，正在星空中以惊人的速度飞行。

“普拉师兄，还有2小时26分，就能抵达那颗生命星球。”

“已经取景。蔚蓝色的星球真漂亮。”

诺岚山家族舰队经过两年多的星际飞行，终于抵达太阳系。

这一天是C国时间2263年2月21日。

太阳系，环绕海王星飞行的一颗小卫星上满是灰色的大型仪器。

“嘀！”

其中的镜头正对准从远处的木星旁飞过的那两艘庞大的战舰。

“嘟！嘟！嘟！”

大型仪器上立即出现了几道警示灯光，而后发出讯息。

……

自从上一次那艘宇宙冒险型飞船悄无声息地进入地球后，罗峰去白兰星时，就订购了几架星空侦查仪器，分别架在太阳系中的几颗卫星上，可以第一时间侦查出诺岚山舰队的动态。

第296章

十万火急

C国，“希望号”生存基地。

“呜——”

刺耳的警报声瞬间回荡在整个生存基地中，生存基地顶层打开的能量光板立即收起，所有大窗户全部自动关闭，重要的通道入口也迅速自动关闭，一切进入应急状态。

生存基地12层。

罗峰的家人、雷神的家人、洪的家人同住在这个宽敞的大宅子内。他们虽然因为罗峰、洪、雷神的关系，待遇略微特殊一些，但是人均居住面积也仅仅10平方米而已。

“主人。”蒙二和蒙四这两大强者迅速冲进来。

他们是罗峰特意留下保护徐欣等人的。

“宇宙舰队快要抵达地球了。”徐欣看了看手中的辅助光脑，急切地道。

这辅助光脑是罗峰留给她的。

“仪器讯号的传送速度是光速，比探测到的两艘战舰要快，不过，估计1个小时左右，敌方的星际战舰就会抵达地球。”

宅子中的人都安静下来。

“我现在就去通知罗峰他们。”

徐欣说完，当即朝旁边的一个房间跑去，房里放着一个和不记名账户绑定的意识感应器头盔。

同一时刻，五大强国和23个基地市的领导人都得知了这个消息。

他们早就知道诺岚山家族舰队会在3个月后抵达地球，所以早就做好了准备措施。刚刚收到情报，各国领导人便立即下令实施计划。

尽管如此，他们心中依旧担忧得很。谁也不知道，将来人类的命运会如何！面对宇宙中强大家族的星际舰队的攻击，地球人毫无反抗之力。他们只能寄希望于远在碧岩星的罗峰三兄弟。

碧岩星乃周围六大属国之间的重要枢纽，也是黑龙山帝国官方驻扎的星球，黑龙山帝国主要靠此星球威慑着包括银蓝帝国在内的六大属国。

碧岩星上无比繁华。

罗峰三兄弟包了一座临海酒店的独栋别墅住下。

“今天已经是2月21日了。估计诺岚山家族舰队这几天就会抵达地球。”雷神站在别墅外，看着外面波涛汹涌的大海，皱着眉头，“大哥，三弟的修为到现在还没有突破，会不会来不及……那么我们就只能……”

“不要慌！还有希望！”洪沉声道。

罗峰如果没能在关键时刻突破，那就只能将地球的采样、数据等都送到黑龙山帝国，换得巨额奖励。那样一来，地球所有权就归黑龙山帝国了。

一旦归黑龙山帝国所有，那么地球之后将被如何处置，罗峰、洪、雷神根本无法插手。

“再等等。”

虽然雷神心态很好，但日子一天天过去，离诺岚山舰队抵达地球的时间越近，他心里的压迫感就越强。如果换作普通人，早就急疯了。

“我都突破到恒星级了，可是三弟还没有突破。”

雷神本来修为达到了行星级九阶巅峰，靠着陨墨星一脉的武者修炼秘传，修为有所提升。来到碧岩星的时候，罗峰给他们购买了一些辅助宝物，雷神率先突破了，达到了恒星级一阶，洪则依旧停留在行星级九阶。